Renate Kinzel
Zwischen den Wenden
Ein Jahrhundertroman
Band II

[Handschriftliche Widmung:]

Liebe Frau Ra...se!
Eine kleine Zeitreise, wie es uns
gelang, aus der friedl. Revolution
DDR im "Goldenen Westen"
Fuß zu fassen.

Renate Kinzel
Im Juli 2023

Bibliografische Information der Deutschen Nationalbibliothek: Die Deutsche Nationalbibliothek verzeichnet diese Publikation in der Deutschen Nationalbibliografie; detaillierte bibliografische Daten sind im Internet über dnb.dnb.de abrufbar.

ISBN 978-3-937772-39-4

1. Auflage September 2021
© 2021 biografieVerlag ruthdamwerth, Münster
Alle Rechte vorbehalten
Einbandgestaltung: Stefanie König, www.koenigswege-design.de
Herstellung: books on demand GmbH Norderstedt

www.biografieverlag.de

Renate Kinzel

Zwischen den Wenden

Ein Jahrhundertroman
Band II

*biografie*VERLAG
ruth damwerth

Teil II

Im Süden und Westen

Die Stenzelbergstraße

Am Frühstückstisch von Frau Kaspers und ihren beiden Töchtern geht es lebhaft zu. Sie warten gespannt auf die Ankunft der Frau und der beiden Töchter ihres neuen Untermieters Erwin Kinzel, die ihm endlich in den Westen folgen dürfen. Wie sie wohl gekleidet sein werden? In der neu gegründeten Deutschen Demokratischen Republik, „bei den Russen", soll es ja kaum etwas zu kaufen geben. Die Türglocke ertönt. Sie kommen! Die Begrüßung fällt herzlich, aber kurz aus, denn die achtzehnjährige Walburga muss gleich zur Arbeit und auf die zwölfjährige Olga wartet ein besonderer Schultag: Im Gegensatz zu Berlin endet hier das Schuljahr bereits mit Beginn der Osterferien und heute gibt es Zeugnisse!

Frau Kaspers führt Kinzels in das ehemalige Zimmer ihrer Töchter, die, seit sie Kriegerwitwe geworden ist, ihr Schlafzimmer teilen. Um ihre Haushaltskasse etwas aufzubessern, vermietete sie das freigewordene Zimmer an einen jungen Mann, Helmut Garbe, Erwins Freund und Kollegen. Aber, so läuft es manchmal im Leben, er gehört als zukünftiger Ehemann von Walburga bereits zur Familie, gibt deshalb das Zimmer an Erwin und dessen Familie ab und schläft selbst auf dem Sofa im Wohnzimmer. Zwei Betten, Tisch und Stühle, ein Schrank. Das also wird Kinzels neues Heim sein. „Doch jetzt wird erst einmal gefrühstückt!" Mit fröhlicher Energie lädt Frau Kaspers die Familie ein, in der Küche Platz zu nehmen. Frieda atmet auf. Trotz der Enge spürt sie, dass sie willkommen ist.

Der nächste Tag ist Palmsonntag. Die ganze Familie Kaspers geht zusammen mit Helmut zur Kirche. Darüber kann Erwin nur den Kopf schütteln, da Helmut nicht katholisch, sondern evangelisch ist. Seine drei Frauen erstaunt etwas ganz anderes: Helmut ist der Palmesel! Dieses Wort haben sie noch nie gehört, und Olga muss sie aufklären: „Das ist derjenige, der am Palmsonntag als letzter aufsteht. Wir mussten ihn wecken!" Andere Länder, andere Sitten, sagt man. In dem Fall trifft das bereits in einer anderen Stadt zu!

Erstaunlich, wie viele Kinder die Familien in dieser Straße haben, und da Ferien sind, bekommt man sie oft zu Gesicht, denn genau wie in Niederschönhausen wird hier auf der Straße gespielt. Wer kann sich 1950 schon ein Auto leisten? Rosmarie hat bald Anschluss gefunden und spielt mit anderen Jugendlichen Völkerball. Renate streift allein durch die Gegend. Sie braucht ein bisschen länger, bis sie sich den Kindern ihres Alters anschließt. Ein paar Straßen weiter entdeckt sie einen Eckladen, der seine Tür genau wie der Stoffladen in Zeitz dort hat, wo zwei Straßen im spitzen Winkel aufeinandertreffen. Diese Bauweise fasziniert sie noch immer. Sie betritt das Geschäft und schaut sich um. Für einen Pfennig kann man sich dort einen Bonbon kaufen. Das muss sie gleich Zuhause erzählen: „Vati, schenkst du mir einen Pfennig?" Er schenkt ihr sogar vier Pfennige, und überglücklich läuft sie los, um ihren Einkauf zu tätigen. Aber das ist gar nicht so einfach, denn die Auswahl ist groß. Schließlich entscheidet sie sich für einen roten, einen grünen und einen ganz besonderen Bonbon, der deshalb auch zwei Pfennige kostet. Er ist flach wie eine Scheibe. Der Rand ist grün, das Innere weiß, doch darin ist noch eine bunte Blume. Schön sieht er aus, dieser Bonbon. Sie wird ihn als Letzten lutschen.

Erwin ist bei der Arbeit, die Mädchen sind mit anderen Kindern aus der Nachbarschaft unterwegs, nur Frieda weiß mal wieder nicht, was sie anfangen soll, denn aufzuräumen gibt es nicht viel. Also geht sie ein bisschen spazieren und entdeckt, dass zwei Straßen weiter nur Ruinen stehen. Frau Kaspers' Wohnung hätte also genauso von den Bomben getroffen werden können, wie ihre in Berlin. In dieser Hinsicht hat sie Glück gehabt, hat aber dafür ihren Mann verloren. Nein, Frieda möchte nicht mit ihr tauschen.

Zurück in der Wohnung lädt Frau Kaspers sie in der Küche zu einem Tässchen Kaffee ein. Das ist nett von ihr. Peinlich ist nur, dass Frieda zuerst kaum versteht, was ihre Gastgeberin sagt. Wenn sie wenigstens langsamer sprechen würde! Doch die äußerst lebhafte Frau sprudelt in einem schwer zu verstehenden Dialekt förmlich über vor Begeisterung, dessen Ursache für Frieda ein Rätsel ist. Nach einer Weile haben sich ihre Ohren an den fremden Klang gewöhnt, und sie bekommt wenigstens ungefähr mit, worum es geht, nämlich um den noch nicht lange zurückliegenden Karneval. Im Augenblick erzählt Frau Kaspers von der Weiberfastnacht, und wie lustig es war, an besagtem Donnerstag vor dem eigentlichen Karneval den Männern den Schlips abschneiden zu dürfen. Frieda versteht nicht, was daran so lustig sein soll. Ein Schlips ist doch teuer! Auch vom Rosenmontag erzählt Frau Kaspers, und in welcher Verkleidung sie und ihre Töchter den Umzug angeschaut haben. Sie sind verkleidet auf die Straße gegangen? Das ist für Frieda erst recht unvorstellbar. In ihrer Jugend war sie manchmal mit Grete bei einem Maskenball, bei dem man sich um Mitternacht zu erkennen gab. Und sie erinnert sich schmunzelnd daran, wie wütend

Grete war, als sie die Schwester einmal schon vor der Demaskierung an ihren Armen erkannt hat. Aber sich im Kostüm auf der Straße sehen zu lassen? Nein, das würde Frieda niemals tun.

Abends wird die Familie ins Wohnzimmer gebeten, weil zwei Ehepaare zu Besuch gekommen sind. Auch sie wollen die Berliner aus der russischen Zone kennenlernen. Ein Mann sagt zu Renate etwas von einem Stöpsel. Nun lachen alle, anscheinend über sie, weil es ein Witz gewesen sein soll, den sie nicht verstanden hat. Renate ist wie benommen. Mutti hat ihr zwar gesagt, dass man in Köln anders spricht, und deshalb hat sie auf dem Bahnhof erwartet, Vati nicht zu verstehen. Zum Glück hat er so gesprochen wie immer. Doch von dem, was die Leute hier reden, versteht sie kein Wort. Nachdem sich alle vier Mädchen in die Schlafzimmer zurückgezogen haben, wird es noch lustiger. Die Herren erzählen Witze und die Damen lachen darüber. Frieda und Erwin schmunzeln aus Höflichkeit. „Ich weiß wirklich nicht", sagt Erwin später in ihrem Zimmer, „was an den Witzen so lustig gewesen sein soll. Über so einen Schwachsinn kann ich nicht lachen. Anscheinend haben die Kölner einen ganz anderen Humor als wir." Frieda muss ihm Recht geben, hat nur geglaubt, bei ihr wäre der ungewohnte Dialekt daran schuld, dass sie die Witze nicht verstanden hat.

Abgesehen davon war es ein schöner Abend und es hat beiden gut getan, mit solcher Herzlichkeit aufgenommen zu werden.

Natürlich ist Frieda glücklich, in Westdeutschland und vor allem bei Erwin sein zu können, fühlt sich aber schon etwas beengt. Noch sind Ferien. Wie wird das aber mit der Küchenbenutzung werden, wenn die Kinder zur Schule gehen und das Frühstück rechtzeitig fertig sein soll? Wie mit der Badbenutzung, wenn alle zur gleichen Zeit aufstehen? In Berlin gab es auf dem Hof zwei Plumpsklosetts. Die haben gereicht. Selten musste jemand warten. Doch hier, in diesem herrlichen Bad, wäscht man sich auch. Und das dauert! Aber am schlimmsten ist die Ungewissheit, wie lange sie hier bleiben müssen. Auf unbestimmte Zeit hat Frau Kaspers ihnen das Zimmer gegeben. Auf unbestimmte Zeit! Da sie jetzt offiziell in Köln gemeldet sind, können sie auf Wohnungssuche gehen. Aber genau wie in Berlin liegen viele Häuser in Trümmern. Es wird noch lange dauern, bis alle Ruinen beseitigt und neue Wohnhäuser errichtet worden sind. Und wohnungssuchende Kölner stehen auf der Liste weit über ihnen.

Ostern im Westen! Renate will Vati als Geschenk auf ihrer Blockflöte das Lied von Kuckuck und Esel vorspielen. Doch bevor sie anfängt, soll er erst mal eine Weile suchen, so wie es an Ostern üblich ist. Wann spielt sie denn endlich? Frieda wird schon ganz ungeduldig und gibt ihr ein Zeichen. Doch sie wartet noch. Auch Erwin wird die Sucherei langsam lästig. Das ist ja wie im letzten Jahr, als er den Füller so lange nicht gefunden hat. Endlich steckt sein Töchterchen die drei Teile ihrer Altblockflöte zusammen und beginnt zu spielen. Und Vati ist dementsprechend überrascht!

Wie am vergangenen Sonntag geht Helmut am Ostersonntag zusammen mit Familie Kaspers zur Kirche. Erwin meint, ganz abgesehen davon, dass er evangelisch sei, sei ihm nicht bekannt, dass Helmut in Berlin jemals einen Gottesdienst besucht habe. Auch bei den Nachbarn, die fast alle evangelisch sind, konnte er dergleichen nie beobachten. Hier dagegen scheint die ganze Nachbarschaft ohne Ausnahme den sonntäglichen Gottesdienst zu besuchen. Für Frieda ist das nichts Neues, sie kennt diesen Brauch bereits aus Ostpreußen und versteht nicht, warum Erwin so herablassend darüber urteilt. Jagalskis haben sich doch immer wohl dabei gefühlt. Manchmal wäre sie damals am liebsten mitgegangen. Doch das erzählt sie Erwin lieber nicht. Er könnte sicher nicht verstehen, dass man im Gebet Trost und neue Kraft finden kann. Frau Kaspers pflegt sogar unter der Woche zur Kirche zu gehen, und das scheint hier in Köln nichts Außergewöhnliches zu sein.

Inzwischen hat auch Renate Anschluss an eine Gruppe Kinder gefunden. „Die Kinder heißen hier alle was mit Josef", erzählt sie daheim, „der von nebenan heißt Otto-Josef." Wie kann man sein Kind Otto-Josef nennen? In der Hinsicht sind sich alle Kinzels einig. Äußerst beliebt ist das Versteckspiel in den Ruinen. Zusammen mit dem fünfzehnjährigen Günter läuft Renate zu einer Ruine, vor der ein Schutthaufen liegt. Darin hat sich ein Gang gebildet, durch den sie auf allen vieren kriechen können. Nach ein paar Metern kommen sie in einen dunklen Raum. Nur durch einen schmalen Spalt dringt Licht und es dauert eine Weile, bis sich ihre Augen an die Dunkelheit gewöhnt haben. Günter geht mit ihr nach links und stellt sich dort dicht an die Wand. Schon hören sie jemanden durch den Gang kriechen. Günter legt seinen Finger auf den Mund als Zeichen, dass sie sich still verhalten soll. Renates Augen haben sich inzwischen so gut an die Dunkelheit gewöhnt, dass sie den Jungen, der durch den Gang gekrochen kommt, sich hinstellt und lauscht, gut erkennen kann. Es ist Otto-Josef, der Nachbarjunge. Er scheint jedoch noch nichts zu erkennen. Während die beiden anderen den

Atem anhalten, lauscht er angestrengt und kehrt wieder um. Nach einer Weile kriechen sie zurück und können sich als Nichtgefundene erfolgreich abschlagen. Abends im Bett kommen Renate beängstigende Gedanken: Wenn bald danach dieser Gang eingestürzt wäre, hätte man nicht nach ihnen gesucht, denn Otto-Josef hätte ja bezeugen können, dass niemand in dem Raum war. Nie wieder wird sie sich in den Ruinen verstecken!

Die Osterferien sind vorbei, und die Kinder sollten zur Schule gehen. Doch da hier bereits das neue Schuljahr beginnt, fehlt Renate noch ein Vierteljahr von der vierten Klasse. Es wäre also verfrüht, sie im Gymnasium anzumelden. Frieda und Erwin beschließen, sie noch einmal ins vierte Schuljahr zu schicken, und da sowieso noch nicht feststeht, in welchem Stadtteil sie endgültig wohnen werden, soll sie ruhig noch zu Hause bleiben. Doch was wäre für Rosmarie besser? Da sie die zehnte Klasse noch nicht beendet hat, kann sie kein Zeugnis dafür aufweisen und hat deshalb noch nicht die mittlere Reife. Kann sie in die nächste Klasse aufsteigen oder soll sie die zehnte wiederholen? Auch fragt sich, ob es hier ebenfalls eine Hochbegabtenklasse gibt. Doch dann taucht ein ganz anderes Problem auf, mit dem niemand von ihnen gerechnet hat: Hier ist Französisch nach Englisch die zweite Sprache, und Rosmarie hat Latein, Englisch und Russisch gehabt! Sie müsste viel nachlernen, was nur mit Nachhilfeunterricht möglich wäre. Doch dafür fehlt im Augenblick das Geld.

Erwin und Frieda beschließen, sie auf die höhere Handelsschule zu schicken, in der nur Englisch verlangt wird, und die mit der mittleren Reife endet. Dann hat sie wenigstens diesen Abschluss. Frieda stellt sie sich als erfolgreiche Sekretärin vor, so wie sie es gewesen ist, Erwin denkt, dass sie dann das Abitur in der Abendschule nachholen kann. Rosmarie wird nicht gefragt.

Frau Kaspers gibt der Familie mit ihrer lebenslustigen Art immer das Gefühl, willkommen zu sein. Frieda, die sich meistens in der Wohnung aufhält, erfüllt dieses Verhalten zwar mit großer Dankbarkeit, doch wird für sie diese Enge allmählich unerträglich. Vor allem weiß sie nicht, womit sie sich beschäftigen kann. Der neue Pullover für Renate ist bald fertig gestrickt. Drei Wochen sind nun schon vergangen. Auf unbestimmte Zeit dürfen sie bleiben. Wie lange wird das sein? Das ganze restliche Leben? In ihr wird der Wunsch immer stärker, endlich ihr eigenes Heim einrichten zu können. Aber wo soll man in dieser zerbombten Stadt eine Wohnung herzaubern?

Am Abend kommt Erwin mit der Nachricht nach Hause, es bestünde Aussicht auf eine Wohnung, wenn man tausend Mark Kaution auf den Tisch legen könne. So viel Geld haben sie natürlich nicht übrig. Doch bei der allgemeinen Notlage wäre das vielleicht die einzige Chance, in nächster Zukunft zu einer Wohnung zu kommen. Deshalb versucht Erwin, sich das Geld im Bekanntenkreis zu leihen, kann aber nur zweihundert Mark auftreiben. Doch ein Versuch kann nicht schaden. Und sie haben Glück! Es handelt sich nämlich um die letzte noch freie Wohneinheit, der betreffende Herr, der sie vermittelt, möchte dieses Geschäft abschließen und begnügt sich deshalb mit einer Anzahlung. Irgendwie werden sie das restliche Geld auftreiben können. Auf die Straße wird man sie ja nicht gleich wieder setzen, sollte das nicht termingerecht gelingen.

Die Barbarakaserne

Familie Kinzel steht auf dem Kasernengelände. „Das da vorn ist unser Block!" Der Krieg ist vorbei, deutsche Soldaten gibt es keine mehr, dafür aber jede Menge Wohnungssuchende. Deshalb hat die Stadt Köln beschlossen, zwei dieser Gebäude als Wohnraum zu nutzen. In einem bringt sie zum größten Teil Bedürftige unter, für die sie verantwortlich ist, das andere steht frei zur Verfügung. Kinzels steigen die Treppe hinauf bis in den dritten, den obersten Stock. Sie betreten einen großen, über drei Meter hohen Raum mit unansehnlichen Wänden. Durch ein weiteres, schmaleres Zimmer gelangen sie in einen hellen, freundlichen Raum, der zwei über Eck gelegene Fenster besitzt. Frieda freut sich über die breiten Fensterbretter. Auf ihnen hat ihr ganzes Geschirr Platz, und sie braucht vorerst keinen Küchenschrank. Gut, dass dieses Zimmer ein Waschbecken besitzt. So müssen sie sich nicht im Toilettenraum waschen, der, im Treppenhaus gelegen, von vier Familien benutzt wird. Außerdem hat sie jederzeit innerhalb der Wohnung Wasser zur Verfügung, sei es zum Kochen, Waschen oder zum Geschirrspülen.

Frieda ist glücklich. Endlich kann sie wieder ihr eigenes Heim gestalten, ein Heim hier im Westen Deutschlands. Ohne die Hilfsbereitschaft von Frau Kaspers wäre das nicht möglich gewesen, es sei denn über ein Flüchtlingslager. Doch das wollte sie sich und ihren Töchtern auf keinen Fall antun. Womöglich wäre ihre Älteste dort noch in Hinblick auf Geschlechtskrankheiten untersucht worden. Jedenfalls ist ihr dergleichen schon einmal zu Ohren gekommen. Die gute Frau Kaspers hätte nichts dagegen, wenn sie noch länger bei ihr wohnen würden, ist auch in allem sehr zuvorkommend, aber es lebt sich nun einmal leichter, wenn man sich bei der Benutzung von Küche und Bad nicht nach anderen richten muss.

Als Erstes kaufen Erwin und Frieda Tapeten. Sie entsprechen nicht gerade ihrem Geschmack, sind aber die billigsten, die zu haben sind. Im Gegensatz zu ihnen finden ihre Töchter das jeweilige Blumenmuster schön, im Mädchenzimmer in Beige- und Orangetönen gehalten, im Wohnzimmer in Beige und Braun. Ein Kollege borgt eine große Leiter und auf geht's! Den ersten Raum lassen sie, wie er ist, denn Erwin hat ihn an einen jungen Kollegen weitervermietet, der mit Frau und Baby noch bei den Schwiegereltern wohnt. Dem macht es nichts aus, dass Familie Kinzel in Ermangelung eines Flurs beim Verlassen oder Betreten ihrer Räume dieses Zimmer durchqueren muss. Hauptsache, er hat für seine kleine Familie eine eigene Bleibe.

Sie selbst haben wieder einmal keine Möbel. Doch auch in Köln wohnen viele Genossen, ehemalige Anarchosyndikalisten, die sich nach dem Krieg wieder getroffen und die Zeitschrift „Die freie Gesellschaft" gegründet haben. Jetzt nennen sie sich Föderation freiheitlicher Sozialisten. Obwohl einige von ihnen ebenfalls ausgebombt sind, wollen sie ihnen helfen. Für den Anfang werden fünf Matratzenteile und eine Kommode gebracht. Später sollen noch Bettgestelle folgen. Frieda stellt die Kommode mitten ins Wohnzimmer. So wird der große Raum in Küche und Wohnbereich unterteilt und wirkt gleich nicht mehr gar so kahl. Im mittleren Zimmer werden drei Matratzenteile quer hintereinander und daneben zwei längs gelegt. Auf dieser Fläche haben sie alle vier Platz. Leider haben sie noch keinen Herd, ziehen aber trotzdem ein.

Nur die Eingangstür ist eingehängt, die beiden anderen Türen liegen auf dem Boden. Vom Rhein her weht oft ein heftiger Wind herüber, und da die Fenster nicht dicht sind, zieht es. Deshalb versucht Erwin, die Tür zwischen den beiden Zimmern, die sie beziehen wollen, einzuhängen, schafft es aber auch mit Friedas Hilfe nicht, weil es sich um schwere eiserne Türen handelt. Also stellen die beiden sie einfach nur schräg vor die Öffnung. Danach bleibt Frieda stehen, während Erwin auf die Toilette gehen will. Bereits im vorderen Zimmer angelangt, sagt er etwas zu ihr. „Was sagst du?", fragt sie und geht zwei Schritte nach vorn, um ihn besser verstehen zu können. In diesem Augenblick öffnet er die Wohnungstür, ein Luftzug entsteht, und die schwere, nur angelehnte eiserne Tür kracht direkt hinter Friedas Rücken zu Boden. Alle stehen wie erstarrt, auch die beiden Mädchen, die genau gesehen haben, wie die Tür fast noch Muttis Rücken gestreift hat. Hätte sie nicht zwei Schritte nach vorn getan, wäre sie erschlagen worden. Sie haben sich noch nicht gefangen, als der Bewohner, der unter ihnen wohnt, erscheint und fragt, was passiert sei. Mit ihm zusammen, einem jungen kräftigen Mann, gelingt es Erwin noch am gleichen Abend, beide Zimmertüren einzuhängen.

Am nächsten Tag fährt Rosmarie nach der Schule mit der Straßenbahn bei Erwins Firma vorbei. Er hat dort eine Tütensuppe gekocht und gibt sie ihr in einer Thermoskanne mit, damit seine Frauen wenigstens etwas Warmes in den Bauch bekommen. Die Suppe ergibt genau drei Teller. Rosmarie darf als Erste die köstliche Erbsensuppe genießen. Als Stuhl dient eine Kiste, als Tisch ein über eine hochgestellte Tapetenrolle gelegtes Brett. Renate nimmt als Letzte vor dem improvisierten Tisch Platz. Mit dem linken Ellbogen stützt sie sich auf dem Brett auf. Das schnellt hoch, und die gute warme Suppe ergießt sich über den Fußboden.

Weitere Möbel können warten. Wichtiger ist ein Herd. Einer von Erwins Kollegen kann einen gusseisernen entbehren und hilft ihm am nächsten Tag, dieses schwere Ungetüm die Treppe hinaufzutragen. Sie sind fast oben, als der Herd Erwin aus der Hand rutscht und auf seinen großen Zeh knallt. Der ist breit. Noch tagelang muss Erwin mit einem Hausschuh zur Arbeit gehen, bis der Zeh endlich wieder in einen normalen Schuh passt. Andere Freunde leihen ihnen zwei eiserne Bettgestelle, dazu die nötigen noch fehlenden Matratzen. Nun haben die Mädchen ihr eigenes Zimmer. Auch für die Eltern wird ein Bettgestell gebracht, das allerdings keine Füße hat. Es kommt ins Wohnzimmer und wird auf vier Ziegelsteintürmchen platziert. So ist es hoch genug, um tagsüber wie ein Sofa als Sitzgelegenheit zu dienen. Davor steht ein geliehener Tisch. Nun kann bequem gegessen werden.

Das Kochen hier in Köln, im „goldenen Westen", macht wesentlich mehr Spaß als im Osten Berlins, und Frieda experimentiert gern. Das Nationalgericht der Kölner heißt Himmel und Erde. Es besteht aus Kartoffelbrei, gebratener Blutwurst und Apfelmus. Frieda serviert es ihrer Familie. Doch die meint, das brauche sie nicht noch einmal zu kochen. Bouletten dagegen seien immer willkommen.

Renate hat in den Holzbohlen ihres Zimmers eine kreisrunde Vertiefung entdeckt, geeignet zum Murmelspielen. Draußen ist der schönste Sonnenschein, doch sie spielt drinnen mit sich selber Murmeln. Frieda hat sie schon mehrmals ohne Erfolg aufgefordert, hinunter zu den anderen Kindern zu gehen. Hat sie Angst vor denen? Als sie noch bei Frau Kaspers gewohnt haben, hat sie doch auch Anschluss gehabt! Schließlich reißt Frieda der Geduldsfaden. Sie packt ihre Tochter und stellt sie vor die Wohnungstür. Sie lauscht. Renate bleibt stehen. Na endlich! Frieda hört, wie sie die Treppe hinuntergeht. Als sie nach einer Weile aus dem Fenster schaut, sieht sie, wie ihr Töchterchen mit zwei anderen Mädchen Hopse spielt. Der Bann ist gebrochen.

Inzwischen ist auch Familie Leo eingezogen, zur Freude von Renate, denn sie darf öfter ihr Baby, den kleinen Wilfried, hüten. Aber es wird Zeit, dass sie endlich wieder zur Schule geht.

Das Schulgebäude, ein riesiger Kasten, ist ganz in der Nähe. Doch wie entsetzt ist Frieda, als sie im Sekretariat erfährt, dass Renate aus Glaubensgründen nicht aufgenommen werden kann. In diese Schule dürfen nur Katholiken gehen! Dabei handelt es sich nicht etwa um eine Privatschule, wie Frieda im ersten Augenblick annimmt, sondern um eine staatliche Schule. Alle anderen Kinder, auch ihre konfessionslose Renate, müssen die „Christliche Gemeinschaftsschule" besuchen, eine Baracke mit drei Klassenzimmern, auf der anderen Seite des Schulhofs gelegen. Wie in einer Dorfschule werden erstes und zweites Schuljahr, drittes und viertes Schuljahr und die übrigen vier Schuljahre jeweils in einem Raum zusammen unterrichtet. Genau genommen gehört Renate als Nichtchristin hier auch nicht her, doch die evangelische Gemeinde ist nicht so engstirnig und von sich eingenommen wie die katholische. Frieda und Erwin verstehen nur nicht, wie die Stadt Köln so etwas dulden kann. Doch dann erfahren sie, dass es in Wirklichkeit noch viel schlimmer ist, als sie angenommen haben: Die Stadt selbst ist für diese Regelung verantwortlich!

Wider Erwarten fühlt sich Renate in ihrer Schule ausgesprochen wohl. Die dritte und vierte Klasse werden vom Schulleiter, Herrn Sachs, unterrichtet, doch mit einigen Kindern, zu denen bald auch Renate gehört, nimmt er im Rechnen bereits das Pensum vom fünften Schuljahr durch. In Deutsch und Heimatkunde werden ganz andere Themen angesprochen als in Berlin, sodass es ihr nie langweilig wird. Eine Lehrerin bietet an einem Nachmittag Englischunterricht an. Renate fragt erst nach den Sommerferien, ob sie dazukommen könnte. Die Lehrerin meint zweifelnd: „Mitten im Jahr?" Renate fällt es jedoch leicht mitzukommen, weil die große Schwester schon oft mit ihr englisch gesprochen hat. Rosmarie beherrscht diese Sprache nämlich schon recht sicher. Zu schade, dass für Nachhilfestunden in Französisch kein Geld da ist, auch diese Sprache würde ihr bestimmt leicht fallen. Abgesehen von Stenografie und Maschineschreiben kann ihr der Lehrplan nichts Neues bieten. Nur lustlos macht sie ihre Hausaufgaben. Oft wirkt sie bedrückt.

Endlich! Sie sind oben. Erwin klopft und Frau Leo öffnet. „Oh, Sie bringen Stühle", sagt sie. Renate kommt aus dem anderen Raum und staunt: „Das sind ja Sessel!" In der Tat sehen die Stühle mit den Armlehnen aus lackiertem Holz wie Sessel aus. „Wer hat euch die denn geborgt?" - „Nein", antwortet Frieda glücklich, „die hat uns niemand geborgt. Das sind unsere eigenen Sessel, unsere erste Anschaffung im neuen Heim." Und Erwin fügt hinzu: „Eigentlich haben wir vier solcher Stühle und einen Tisch gekauft. Doch nur diese beiden waren vorrätig. Die andern Stühle und der Tisch werden nachgeliefert." Als Rosmarie von der Schule kommt, staunt auch sie: „Wie gemütlich das Zimmer gleich wirkt!"

Jetzt endlich kann man Freunde einladen. Natürlich reichen zwei Stühle nicht aus, aber auf ihrem „Sofa" haben rundherum viele Gäste Platz, und den Teller kann man in die Hand nehmen. Man isst und trinkt, man hat so viel zu erzählen, man lacht. Ja, man lacht so sehr, dass die Matratze in Schwingung gerät und plötzlich von den Ziegelsteinen rutscht. Alles purzelt durcheinander. Noch mehr Gelächter! Frieda und ihre Älteste halten sich den Bauch vor Lachen. Ach, so gut ging es ihnen schon lange nicht mehr. Und die beiden lachen nun einmal so gern! Abends, als sich alle verabschiedet haben, meint Erwin zu seiner Frau: „Hast du bemerkt, dass Franz ganz pikiert geschaut hat, als die Matratze gerutscht ist? Er scheint sich für was Besseres zu halten." Nein, das hat Frieda nicht beachtet, so lustig, wie sie alle waren, sondern etwas ganz anderes: „Ich habe vielmehr gesehen, welche Blicke sich Rosmarie und Franz den ganzen Abend über zugeworfen haben. Wenigstens hat sie die Trennung von Horst überwunden, denn sie scheint offensichtlich in Franz verliebt zu sein." Bald gehört Franz zur Familie. Er arbeitet als Gärtner im Botanischen Garten, hat aber nebenher in der Abendschule sein Abitur nachgemacht und studiert jetzt Wirtschaftskunde im letzten Semester. Und natürlich, wie kann es anders sein, sieht Frieda in ihm schon den zukünftigen Schwiegersohn. Heute führt Franz Rosmaries kleine Schwester durch den Botanischen Garten. So viel Interessantes kann er ihr von den Pflanzen erzählen! Ganz ehrfurchtsvoll schaut sie zu ihm auf. „Fass einmal diese Nadeln an", sagt er, als sie vor einer Eibe stehen. Renate staunt, denn sie fühlen sich ganz weich an. „Eiben bekommen keine Zapfen wie die anderen Nadelbäume, sondern kleine rote Früchte. Aber Vorsicht, die Nadeln und die kleinen Kerne in den Früchten sind äußerst giftig! Die Früchte kann man jedoch essen, man darf nur nicht den Kern mit hinunterschlucken. Doch die meisten Menschen wissen das nicht, sondern meinen, dass gerade die Früchte giftig sind." Und er erzählt ihr von einer englischen Schriftstellerin, von Agatha Christie, die Kriminalromane geschrieben hat. „In einem Buch schreibt sie, dass jemand vergiftet wird, indem man ihm das Fruchtfleisch von Eiben in die Orangenmarmelade gemischt hat. Die Gute hat nicht gewusst, dass man daran nicht sterben kann." Sie gehen in ein Gewächshaus. Warm und schwül ist es drinnen, denn hier wächst in einem Teich die Victoria regia, deren Heimat das Amazonasgebiet ist. „Sie erblüht nur nachts und nur für zwei Tage. Aber schau dir die Blätter an! Sie sind so groß und kräftig, dass ein kleines Kind wie auf einem Boot darauf über das Wasser fahren könnte." Wie bei Goldtöchterchen, denkt Renate. Dieses Märchen von Richard Leander steht in dem Buch, das ihr Helmut Garbe geschenkt hat. Das kleine Mädchen sitzt auf einem Seerosenblatt, eine Ente nimmt dessen Stiel in den Schnabel und zieht es so über das Wasser ans andere Ufer des Teichs. Sie liebt dieses Märchen ganz besonders.

Renate hat der Botanische Garten so gut gefallen, dass sie gern noch öfter darin spazieren gehen möchte. Aber Kinder dürfen sich nur in Begleitung von Erwachsenen dort aufhalten. Da hat sie eine Idee: Sie nimmt Malheft und Farbstifte mit und beginnt, ein Stiefmütterchen abzuzeichnen. Dem Ordnungshüter, der sie auffordert, den Garten zu verlassen, erklärt sie, dass sie für die Schule Blumen abzeichnen soll. Sie darf bleiben. Ein andermal verschaffen ihr Tränende Herzen das Bleiberecht.

Erwin grübelt. Ihm ist etwas aufgefallen, was er sich nicht erklären kann. Als sie sich neulich mit den Genossen getroffen haben, war nicht zu übersehen, dass Rosmarie die Nähe von Franz ganz bewusst gemieden hat. Sie geht nicht mehr bei ihm vorbei, und auch seine Besuche bei ihnen zu Hause haben aufgehört. Irgendetwas muss vorgefallen sein. Vielleicht weiß Frieda mehr. Aber allem Anschein nach hat sie das gar nicht mitbekommen. Rosmarie könnte ihm ihr Verhalten erklären, aber sie spricht nicht darüber, behält für sich, dass Franz sie bei ihrem letzten Besuch auf sein Bett geschmissen und... Nein, vergewaltigt hat er sie nicht, denn als sie sich wehrt, lässt er sie sofort in Ruhe. Sie richtet ihre Wäsche und geht. Gegen Zärtlichkeiten hätte sie keine Einwände gehabt. Und Franz? Er bleibt verwirrt zurück. Er hat doch gedacht, Frauen mögen das so. Jedenfalls nach den Worten anderer junger Männer. Er möchte Rosmarie zur Frau. Unbedingt! Und er wollte ihr doch zeigen, wie sehr er sie begehrt. Nur hat er nicht bedacht, dass sie erst sechzehn Jahre alt ist. Ein solcher Wunsch muss reifen. Er selbst, erst zweiundzwanzig Jahre alt, hat noch keinerlei Erfahrungen mit Frauen gemacht. Er versucht, dieses unangenehme Erlebnis zu verdrängen, denn er muss sich jetzt erst einmal auf seine bevorstehende Prüfung konzentrieren. Diese Tatsache - auch die Genossen erfahren, dass er demnächst wenig Zeit hat - macht es Rosmarie leichter, der Mutter gegenüber den wahren Grund für Franz' Wegbleiben zu verschweigen.

„Ein Betrüger!" Als Frieda die Treppe hinuntergeht, hört sie mehrere Hausbewohner aufgeregt durcheinander reden. Was ist passiert? Der Herr, den man mit der Vergabe der Wohnungen betraut hatte, war gar nicht berechtigt gewesen, tausend Mark Kaution zu verlangen. Und nun hat er sich mit dem Geld unauffindbar davongemacht. „Wie gut, dass wir nur zweihundert Mark gehabt haben", ist Friedas erster Gedanke. Das Geld ist zwar verloren, aber, denkt sie erleichtert, die fehlenden achthundert Mark müssen nun nicht mehr bezahlt werden. Als Erwin am Abend davon erfährt, ist er natürlich auch froh darüber, dass sie nicht die geforderten tausend Mark haben auftreiben können: „Deswegen war er mit zweihundert Mark zufrieden", meint. „Er war schon auf dem Sprung und hat gedacht, besser noch zweihundert dazu als gar nichts." Das Geld ist weg, doch die Wohnung ist ihnen sicher. Im Grunde genommen müssen sie diesem Betrüger dankbar sein, denn es fragt sich, ob für sie ohne diese hohe Kaution überhaupt noch eine Wohnung übrig geblieben wäre.

Zu Gretel Saballa entwickelt sich eine besonders tiefe Freundschaft. Ihr Mann hat zwar das Konzentrationslager überlebt, ist aber ein paar Monate nach der Befreiung an den Folgen der Misshandlungen gestorben. Fast fünf Jahre sind seitdem vergangen und sie versucht, dem Leben wieder seine schönen Seiten abzugewinnen. Als sie heute bei Kinzels vorbeikommt, erfährt sie, dass Renate Geburtstag hat. Sie hat das gar nicht gewusst und gibt ihr in Ermangelung eines kleinen Geschenks eine Mark. Da die Eltern zurzeit nicht in der Lage sind, ihren Töchtern Taschengeld zu zahlen, fühlt sich diese Mark in der Hand besonders gut an und macht es Renate möglich, beim gemeinsamen Spaziergang allen ein Eis zu spendieren. Es ist Vanilleeis am Stiel, mit Milchschokolade überzogen. Was für ein schöner Geburtstag! Als Gretel ein andermal ihren Besuch ankündigt, will Frieda sie zu einer guten Suppe einladen. Teller und Tassen stehen wie üblich auf dem Fensterbrett. Da reißt eine Bö das Fenster auf, das Frieda eigentlich gut verriegelt geglaubt hat, und das Geschirr liegt zerbrochen auf dem Fußboden, abgesehen von einem Teller, der schmutzig im Waschbecken steht. Da liegt es, ihr Geschirr, das sie so fürsorglich in Federbetten verpackt nach Köln geschickt hat! Aber zum Weinen ist keine Zeit. Sie drückt Rosmarie Geld in die Hand, um schnell neue Suppenteller zu kaufen. Doch diese kommt nur mit zwei Tellern nach Hause, für drei hat das Geld nicht gereicht. Unser Wrubbelarsch schafft Abhilfe, indem sie selbst die Suppe aus dem Topfdeckel isst, den man gut an seinem Griff umgekehrt in der Hand halten kann.

Wilfried weint schon wieder. Das beunruhigt Frieda, denn irgendetwas muss mit dem Kind sein. „Na, Frau Leo, was hat Ihr Kleiner denn?" - „Er will nicht essen. Aber er muss doch Hunger haben." Frieda holt sich einen Löffel und probiert den Grießbrei, weil sie vermutet, dass er zu heiß ist. „Da ist ja gar kein Zucker dran!" Frau Leo steigt die Schamröte ins Gesicht und ganz leise sagt sie: „Ich habe keinen." Als Frieda es abends Erwin erzählt, bekommt dieser nicht nur eine Wut auf Herrn Leo, sondern vor allem auf einige seiner Kollegen. Freitag für Freitag verführen sie den jungen Herrn Leo dazu, mit ihnen saufen zu gehen, wobei sie es so zu arrangieren wissen, dass er eine Runde nach der anderen schmeißt, sodass von seinem Wochenlohn kaum noch etwas übrig bleibt. „Ich habe so etwas vermutet, aber nicht gedacht, dass seine Frau nicht einmal in der Lage ist, die notwendigsten Lebensmittel zu kaufen." - „Aber wieso denkt er dabei nicht an seine Familie?" Frieda kann das nicht verstehen. „Ja, warum wohl?" Kopfschüttelnd fügt Erwin hinzu: „Sie reden ihm ein, dass er ein Weichei ist, wenn er auf seine Frau hört. Und leider ist er das wirklich, sonst würde er sich nicht so ausnehmen lassen, sondern zeigen, dass ihm seine Familie wichtig ist." Erwin nimmt sich vor, diesen Kollegen, die man eigentlich gar nicht als solche bezeichnen kann, morgen ordentlich die Meinung zu sagen. Aber er wird auch versuchen, Herrn Leo zur Vernunft zu bringen.

An den Sonntagen hält sich die Familie oft unten am Rheinufer auf, wo Erwin den Töchtern Butterstullenwerfen beibringt. Er schafft es, die flachen Steine auf dem Wasser fünfmal auftippen zu lassen, bevor sie versinken. Die Mädchen versuchen vergeblich, es ihm nachzumachen. Frieda begnügt sich damit, stille Beobachterin zu sein. „Bist wohl jeck, watt?", hört Erwin sie rufen und amüsiert sich über seine Frieda, die sich über einen jungen Burschen geärgert hat. Typisch Berlinerin, aber das Kölner Wort für doof benutzen!

Sie treffen Freunde und besuchen mit ihnen zusammen auf einem Schiff eine Ausstellung. Als sie zurück an Land kommen, ist Renate noch auf dem Schiff, und sie müssen auf sie warten. Doch sie gehen schon ein Stückchen weiter, um anderen Aussteigenden Platz zu machen. Nun kommt sie herausgerannt, entdeckt ihre Eltern, verlässt, um schneller bei ihnen zu sein, den Steg und springt in ihre Richtung. Frieda schreit auf, denn das, was Renate offensichtlich für Erde hält, ist in Wirklichkeit Schlamm.

Schlimme Erinnerungen werden in ihr wach. Mit dem rechten Fuß berührt ihre Tochter diesen Schlamm, mit dem linken Fuß springt sie an Land. Gott sei Dank! Aber der Schlamm hat sich an ihrem rechten Schuh festgesaugt und ihn von ihrem Fuß gezogen. Mit Stöcken versuchen Erwin und einer der Freunde, ihn aus dem Schlamm zu angeln. Vergeblich. Er ist unauffindbar in die Tiefe gesunken. Nicht vorzustellen, was passiert wäre, wenn Renate mit dem zweiten Schritt noch nicht das feste Ufer erreicht hätte! Zur Erinnerung an den Morast damals in Sachsen, in dem ihre Tochter bis übers Kinn versunken war, gesellt sich nun auch das Erlebnis mit dem verlorenen Schuh!

Die Leute von gegenüber

Der Abstand zwischen den beiden Blocks ist nicht sehr groß. Wenn abends das Licht angeschaltet wird, kann man die Menschen im gegenüberliegenden Zimmer gut sehen, denn genau wie bei Familie Kinzel hängen am Fenster keine Gardinen. Renate ist neugierig, was Henrike und Peter so treiben, zwei Kinder, mit denen sie oft spielt. Sie und ihre Eltern wohnen nicht allein in diesem Raum, sondern haben noch einer Frau und ihrer kleinen Tochter Unterkunft gewährt. Dieses Mädchen steht gerade nackt auf einem Stuhl und wird von seiner Mutter abgeseift.

Frieda kommt hinzu: „Man schaut anderen Leuten nicht ins Fenster. Oder wolltest du heimlich beobachtet werden?" Nein, das wollte sie nicht. Renate geht zurück in ihr Zimmer. Aber Frieda bleibt nachdenklich stehen. Es gibt wirklich viele gute Menschen auf der Welt. Ohne Frau Kaspers wären sie noch nicht hier bei Erwin, hier im Westen Deutschlands. Und diese Leute nehmen zusätzlich noch jemanden auf, obwohl sie für sich und ihre beiden Kinder nur dieses eine Zimmer haben. Wie viele Räume wohl die Familie im darunter liegenden Stockwerk bewohnt? Mit den vielen Kindern haben sie sicher mindestens zwei Räume. Jeden Morgen hängt die Frau ein Laken mit drei nassen Stellen zum Trocknen aus dem Fenster. In dem Bett schlafen wohl die Jüngsten, die Nacht für Nacht ins Bett machen. Im Erdgeschoss dieses Blocks befindet sich ein kleiner Tante-Emma-Laden. Als Frieda am nächsten Morgen dort etwas kaufen will, wird vor ihr die Mutter dieser vielen Kinder bedient. Ihre Kleidung ist geflickt und ihre Füße stecken nackt in abgetragenen Schuhen. Natürlich geht, kaum dass sie den Laden verlassen hat, das Gerede los. Mit dem achtzehnten Kind ist sie schwanger! Und es ist bestimmt noch nicht das letzte. Die beiden ältesten sind bereits ausgezogen, fünf Kinder gestorben, aber zehn sind noch zu versorgen. Natürlich gehen sie alle in die Hilfsschule. Auch von den anderen Familien, die in diesem Gebäude leben, wird gesprochen, alle kinderreich. Doch keine ist so heruntergekommen wie diese Familie. Diese Familie! Wie sich das anhört! Renate spielt öfter mit Inge und Helga und meint, dass sie ihr gar nicht so dumm vorkommen. Hilfsschule! Auch das klingt so abwertend. Beide Mädchen finden es schön in ihrer Schule und erzählen oft davon. Als Renate am nächsten Nachmittag hinunter in den Hof kommt, ist kein Kind zu sehen. Henrike will sie nicht fragen, ob sie Zeit zum Spielen hätte, denn sie kann ihren Bruder Peter nicht leiden. Genau wie ihre katholischen Klassenkameradinnen aus dem Berliner Waisenhaus beschimpft er sie als Ungetaufte, steigert sich allerdings noch: „Deswegen wirst du mal in der Hölle schmoren!“ Auf ihr Argument, dass, sollte es tatsächlich eine Hölle geben, es ja wohl darauf ankommt, ob man ein Sünder ist, antwortet er: „Ich darf sündigen. Ich muss es nur beichten. Dann ist es mir vergeben." Diese Aussage verstärkt in ihr die Abneigung gegen den Katholizismus noch mehr. Was für ein ungerechter Glaube! Aber vielleicht haben Inge und Helga Zeit zum Spielen. Sie betritt das Gebäude, steigt die Treppe bis zum ersten Stock hinauf, öffnet eine Tür und kommt in einen langen Gang, von dem aus alle Räume zu betreten sind, denn dieser Block hat keine Wohneinheiten wie der ihre. Doch Renate, von Panik erfasst, tritt sofort den Rückzug an, denn in diesem Gang wimmelt es von krabbelnden Kleinkindern.

Wieder auf der Straße, weiß sie nicht, was sie anfangen soll. Da erscheint ein Mann, der sich unter die Wohnzimmerfenster ihres Blocks stellt und anfängt zu singen. Sie geht schnell nach oben und fragt Mutti, ob sie ihm eine Münze hinunterwerfen dürfe. Mutti spendiert einen Sechser, den sie erst noch in ein Stückchen Papier einwickelt, damit ihn der Sänger auch findet. Der bedankt sich, macht aber ein ganz enttäuschtes Gesicht, als er den Inhalt erblickt. Daraufhin geht er weiter. Hier ist wohl doch nichts zu holen.

Nieder-Beerbach

In Nieder-Beerbach, einem Dorf im Odenwald, findet ein Treffen der Föderation freiheitlicher Sozialisten statt. Aus allen Teilen Westdeutschlands kommen Genossen angereist. Gretel Leinau hat das Treffen organisiert. Sie selbst wohnt nicht im Dorf, sondern hat eine Zweizimmerwohnung in einem ehemaligen Bauernhaus, mitten im Wald gelegen. Das Haus hat den eigenartigen Namen „Die Mordach." Ein paar Gäste finden in ihrer Wohnung Unterkunft, doch die meisten übernachten in einer Scheune im Stroh. Familie Kinzel hat sich schon zur Ruhe gelegt, und Erwin kuschelt sich gerade in seine Decke, als sich noch ein Ehepaar einen Platz sucht. Deren Augen scheinen sich noch nicht an die Dunkelheit gewöhnt zu haben, denn um besser sehen zu können, zündet der Mann ein Streichholz an. „Löschen Sie sofort das Streichholz!", schreit Erwin entsetzt. Diesem Befehl kommt der Mann zum Glück sofort nach, versorgt auch sicher das noch glühende Hölzchen. Nicht nur auf dem Boden ist Stroh, Halme hängen auch von der Decke herab. Wenn die Flamme nur einen dieser Halme erfasst hätte, hätte das ganze Stroh in Flammen aufgehen können, und es wäre wohl kaum möglich gewesen, das Lager schnell genug zu verlassen. Es ist noch einmal gut gegangen. Aber Erwin liegt noch eine ganze Weile wach. Wie können Menschen nur so gedankenlos handeln? Es ist nicht zu fassen!

Die meisten reisen nach den mit Vorträgen und Diskussionen angefüllten Tagen wieder ab. Doch einige verbinden das Treffen mit einem Urlaub, und diese Genossen bringt Gretel Leinau alle in ihrer Wohnung unter, wobei die Frauen im Schlafzimmer, die Männer im Wohnzimmer übernachten.

Alle zusammen unternehmen sie eine Wanderung zum Felsenmeer. Als sie in einer Ortschaft rasten, denken sich die Frauen einen Scherz aus. Renate soll ein Teesieb für zwölf Personen kaufen. Nach Erledigung des Auftrags kommt sie etwas verärgert zurück: „Die Verkäuferin hat gelacht!", sagt sie. Nun lachen alle. Renate ist beleidigt. Schließlich erklärt ihr Frieda, dass ein Teesieb immer gleich aussieht. Es ist völlig egal, ob man einer Person oder zehn

Personen Tee eingießen will. „Ach so", sagt sie und entfernt sich etwas von der Gruppe.

Erwin hat ein paar Meter von Frieda entfernt Platz genommen, wo er sich ausgiebig mit dieser Charlotte unterhält, dieser dummen Kuh, die so gescheit tut. Was die nicht alles weiß! Frieda hätte auch von vielen Dingen mehr Ahnung, wenn Erwin sich dazu herabließe, sie ihr zu erklären. Aber nein, wenn sie doch noch einmal wagt, ihn etwas zu fragen, heißt es wie gehabt: „Ja, weißt du das denn nicht?" Er macht sich gar nicht erst die Mühe, ihre Frage zu beantworten. Manchmal denkt sie wehmütig an die schöne Zeit mit Schorsch zurück, der nie müde wurde, ihr das Erfragte so zu erklären, bis sie es verstanden hat. Doch dann betrachtet sie ihre Töchter und ist zufrieden. Alles kann man eben nicht haben. Und eigentlich ist es auch mit Erwin schön. Dafür, dass sich einer verpfuschten Wasserbruchoperation wegen ihr Eheleben nicht so gestaltet, wie sie es sich beide wünschen, kann er ja nichts. Wenn nur diese Charlotte nicht wäre! Mit ihr unternimmt er lange Abendspaziergänge. Sie ist ja so gebildet! Bitterkeit steigt in Frieda hoch. Doch die Gruppe rüstet sich zum Weitergehen und sie schluckt es hinunter. Ach, es hätten so herrliche Tage im Odenwald werden können!

Renate steht wie betäubt im Schlafzimmer. Geschimpfe! Rechts von ihr steht Charlotte in einem seidig schimmernden Unterrock, links von ihr Gretel Saballa in rosa Schlüpfern, deren Beine bis fast zum Knie reichen. Plötzlich taucht sie auf aus ihrer Betäubung und nimmt ihre Umgebung wieder wahr. „Du lässt das Mädel in Ruhe", sagt Gretel an Charlotte gewandt, „dauernd hast du etwas an ihr auszusetzen. Sie hat dir nichts getan!" Charlotte setzt eine bitterböse Miene auf und schweigt. Aber Renate liebt Gretel Saballa nun noch mehr als bisher.

Wieder in Köln findet Frieda im Papierkorb ein zerknülltes Blatt Papier. „Liebe Charlotte", liest sie, „ich würde gern mit dir zusammen leben, doch ich kann die Familie nicht verlassen." Soll er doch gehen! Aus Pflichtgefühl braucht er nicht zu bleiben, wenn, dann ihretwegen. Zur Sprache kommen diese Gedanken nicht.

In der Eifel

Im Herbst plant Herr Sachs, mit den Schülern der vierten bis achten Klasse für zwei Wochen in die Eifel zu fahren. Ihn wird seine Frau begleiten. Doch da das Landschulheim nicht bewirtschaftet ist, wird noch mehr Begleitpersonal benötigt, weshalb er sich an die Eltern wendet. Für Frieda kommt diese Bitte wie gerufen, denn sie möchte Abstand zu Erwin gewinnen, und Rosmarie ist alt genug, um allein zurechtzukommen. Außer ihr fährt noch die Mutter von Wulf Böse mit. Wulf, das ist der Junge, in den Renate ein wenig verliebt ist. Noch immer denkt sie mit Schrecken daran, wie sie einmal wegen Schwatzhaftigkeit in der Ecke stehen musste, die ganze Zeit in den Papierkorb gestarrt und Wulfs Blicke gefürchtet hat. Sie würde nie wieder so viel schwatzen!

Am Bahnhof in der Eifel angekommen, müssen die Kinder bis zum Landschulheim noch eine ganze Strecke zu Fuß zurücklegen. Zwei und zwei marschieren sie in einer langen Reihe durch den Wald. Peter löst sich von der Gruppe und umrundet ein paar Bäume. Frieda will ihn auffordern, in der Reihe zu bleiben, doch Frau Sachs stoppt sie. „Lassen Sie ihn, er muss sich austoben, denn er hat ein sehr strenges Zuhause. Wenn er genug Dampf abgelassen hat, werden wir nachher keine Schwierigkeiten mit ihm haben." Da keiner seiner Mitschüler es ihm gleichtut, was Frieda befürchtet hat, ist sie beruhigt.

Die Kinder werden in größeren Räumen mit Stockbetten untergebracht. Da für die Erwachsenen Doppelzimmer zur Verfügung stehen, beschließt Frieda, dass Renate bei ihr im Zimmer schlafen soll. Auch Frau Böse möchte das Zimmer mit ihrem Kind teilen, doch Wulf weigert sich, will lieber mit den anderen Jungen zusammen sein. Renate beneidet ihn, bekommt es aber nicht fertig, ebenfalls diesen Wunsch zu äußern, weil Mutti vielleicht darüber traurig wäre. Aber wenigstens ausprobieren will sie, wie es sich in einem Stockbett schläft. Bei einer Klassenkameradin darf sie auf das obere Bett klettern. Lustig ist es hier oben. Da kann man doch gleich mal einen Purzelbaum schlagen. Sie landet nicht auf der Matratze, sondern fällt herunter und schlägt mit dem Rücken an die eiserne Kante des Bettgestells. „Ho, ho, ho", macht sie, denn ihr bleibt die Luft weg. Alle lachen. Aber sie denkt, es ist doch besser, bei Mutti zu schlafen.

Die drei Frauen sind hauptsächlich für die Zubereitung der Speisen zuständig. Doch da haben Frau Sachs und Frieda einen schweren Stand, denn Frau Böse ist Vegetarierin und meint, Fleisch mache die Kinder so wild. Immerhin sind sie zwei gegen eine, und ihre Schützlinge werden mit vielen guten und reichlichen Fleischgerichten versorgt, was auch wichtig ist, denn nicht nur Renate, sondern auch andere Kinder stammen aus ärmeren Familien, bei denen Fleisch aus Kostengründen selten auf den Tisch kommt. Und Wulf? Er langt kräftig zu!

Aber abgesehen davon verstehen sich die drei Frauen prächtig. Abends, wenn in den Schlafsälen endlich Ruhe eingekehrt ist, sitzen sie zusammen mit Herrn Sachs noch lange beieinander, erzählen, singen, lachen. Es ist einfach herrlich, hier zu sein. So viel hat Frieda schon lange nicht mehr gelacht. Ihrer tiefen Altstimme wegen hat sie von Herrn Sachs bald den Spitznamen „de Bassjeich" weg. Das passt allerdings auch zu ihrer rundlichen Figur, und da sie es später daheim erzählt, bleibt sie auch in der Familie noch lange die Bassgeige.

Eine längere Wanderung führt zu einer mehrere Meter hohen Höhle. Anschaulich erzählt Herr Sachs, dass die Menschen in der Steinzeit hier gehaust haben, und die Kinder stellen sich vor, wie die Männer gejagt und die Frauen das Wild über dem offenen Feuer zubereitet haben.

Am nächsten Tag findet eine Schnitzeljagd statt. In mehrere Gruppen eingeteilt ziehen die Schüler los, um dem gekennzeichneten Weg zu folgen und zum Ziel zu gelangen. Die Kinder in Renates Gruppe sind schon an einigen Schnitzeln vorbeigekommen, finden aber keine mehr. Nach einer Weile wird ihnen klar, dass sie sich verlaufen haben. Sollen sie zurückgehen? Aber wo sind sie hergekommen? Sie laufen weiter und stehen plötzlich vor einem Apfelbaum. Mitten im Wald steht dieser Baum. Die Früchte sind klein, aber essbar. Wenn sie nicht gefunden werden, können sie wenigstens nicht gleich verhungern. Sie überlegen, was sie tun sollen, stehen bleiben oder weitergehen? Da hören sie Rufe. Sie laufen in die Richtung, aus der sie ertönen, und sind bald wieder zurück im Heim.

„Du warst natürlich wieder bei der Gruppe, die gesucht werden musste", sagt Frieda am Abend zu ihrer

Tochter. Doch Renate denkt, dass die Schnitzeljagd gerade deshalb so schön war.

Gegen Ende des Aufenthalts, es ist inzwischen schon Oktober und reichlich kühl, machen sie eine Busfahrt und besuchen dabei auch den Ursprung der Ahr. Er sieht gar nicht wie eine Quelle aus, sondern wie ein in ein Betonbett verlegter Bach. Den Kindern macht es Spaß hinüberzuspringen. Und wer fällt dabei hinein und wird nass bis zur Taille? Natürlich Friedas Renate! Wem sonst hätte das passieren sollen? Zum Glück hat eines der größeren Mädchen ihre Trainingshose mit in den Bus genommen und kann sie ihr leihen. Frieda eilt in den Ort und kauft ein Paar Socken, damit ihr Kind wenigstens warme Füße hat und sich keinen Schnupfen holt.

Alle schönen Ferien gehen einmal zu Ende. Zu Hause werden Mutter und Tochter voller Sehnsucht empfangen. Charlotte scheint nicht mehr in Erwins Kopf zu geistern. Stattdessen erzählt er ganz aufgeregt, dass er sich um Arbeit in Friedrichshafen beworben und sie bekommen hat. Die Stelle ist in einem modern eingerichteten Betrieb mit allen neuen technischen Errungenschaften. Dort wird er nicht unter kaltem, sondern unter handwarmem Wasser arbeiten können. Zuerst ist Frieda entsetzt. Schon wieder soll sie umziehen, gerade jetzt, wo sie im Ehepaar Sachs neue Freunde, sprich eigene Freunde, gewonnen hat? Auch die innige Freundschaft zu Gretel Saballa wird sie vermissen. Doch als Erwin ihr von der Dreizimmerwohnung erzählt, die von der Firma zur Verfügung gestellt wird, springt die Vorfreude auf sie über. Der neue Chef hat einen Plan beigelegt, auf dem Wohnung und Firma eingezeichnet sind. „Wie praktisch! Beides liegt im gleichen Stadtteil", meint

Erwin, „da kann ich zu Fuß zur Arbeit gehen." - „Eventuell sogar zu Hause zu Mittag essen. Und ich muss dir morgens keine Stullen schmieren."

Frieda sitzt allein auf ihrem „Ziegelsteinsofa". Erwin ist zusammen mit Rosmarie bereits nach Friedrichshafen gefahren, da er am ersten November seine Arbeit beginnen musste. Eigentlich erst am zweiten, denn der erste ist hier, im Gegensatz zu Berlin, ein Feiertag. Gegen zusätzliche Feiertage hat man bekanntlich als Arbeitnehmer nichts einzuwenden. Außer einem Federbett und den beiden Wolldecken vom Militär, die wieder einmal gute Dienste leisten, haben sie auch die Stühle mitgenommen. Jetzt sind Kinzels froh, dass die beiden anderen Stühle und der Tisch immer noch nicht geliefert wurden, weil die Firma sie nun direkt nach Friedrichshafen schicken muss, und sie die Umzugskosten sparen. Frieda soll mit Renate erst nachkommen, wenn Schlafmöglichkeiten organisiert worden sind. Mit anderen Worten: Auf ihr lastet wieder die ganze Arbeit, die bei einem Umzug anfällt. Sie ist es so leid! Gewiss, es lockt die schöne Wohnung. In der Küche gibt es außer dem Herd, der mit Holz und Kohle geheizt werden kann, noch einen Gasherd. Und sie hat ein richtiges Bad! Noch nie in ihrem Leben hat sie eine Wohnung mit einer Badewanne besessen. Will man heißes Wasser haben, muss man nur den Warmwasserhahn aufdrehen, und schon springt ein Gasboiler an. Unvorstellbar, dieser Luxus! Trotzdem! Sie hat sich in Köln wohl gefühlt, hat bereits das eigene Waschbecken als Luxus empfunden.

Renate ist mit zwei Schulfreundinnen unterwegs, denn es ist Martinstag. Nun kommt sie mit einem lädierten Lampion und den Manteltaschen voller Süßigkeiten nach Hause.

Auf Friedas erstaunten Blick erzählt sie, dass sie von Laden zu Laden gezogen sind, ein Martinslied gesungen und dafür eine Belohnung bekommen haben. Von einem heiligen Martin hat Frieda noch nie etwas gehört, und ihre Tochter erzählt ihr die Geschichte von der Mantelteilung. „Einen halben Mantel mit einem Ärmel?" - „Nein, er hat natürlich einen Umhang gehabt. Der war so weit, dass die Hälfte auch gewärmt hat." - „Ach so." Ein netter Brauch. Diese Geschichte macht Frieda noch melancholischer, denn auch Renate wird ihre neuen Freundinnen verlassen müssen, so wie einst Christa. Sie schreiben sich noch, doch wiedersehen werden sich die beiden wohl nie.

Friedrichshafen

Erwin und Rosmarie holen Frieda und Renate vom Hauptbahnhof ab, ergreifen das Gepäck und wollen losmarschieren, während sich Frieda nach einem Verkehrsmittel umsieht. Nein, es gebe hier keine Straßenbahn, nein, auch keinen Bus. „Weißt du, Mutti", klärt Rosmarie sie auf, „auf dem Plan, den Vati geschickt bekommen hat, ist nicht der Stadtteil drauf, in dem wir wohnen, es ist ganz Friedrichshafen." - „Nein!" Frieda kann das gar nicht glauben. Doch es ist die Wahrheit. Dabei ist ihr Köln schon so klein vorgekommen. „Aber wie kann eine so kleine Stadt so berühmt sein?", wundert sich Frieda, „hier wurde doch der Zeppelin gebaut. „Und unsere Straße", fügt Erwin ihrer Überlegung hinzu, „ist sogar nach einem Pionier der Luftschifffahrt genannt, nach Ernst Lehmann. Leider ist er umgekommen, als die Hindenburg abgebrannt ist." Schon nach etwa zehn Minuten biegen sie in die Ernst-Lehmann-Straße ein. Rechts Ruinen, links ein Neubau mit vier Eingängen und jeweils drei Stockwerken. Die Öffnungen der kleinen Loggien vor dem jeweiligen Badezimmer sind mit farbig lackierten Holzstäben versehen, bei jedem Eingang in einer anderen Farbe, entweder in Gelb, Blau, Rot oder Grün. Das wirkt so fröhlich, bildet einen starken Kontrast zur Ruine auf der anderen Straßenseite. „Auch hier standen vor kurzem noch Ruinen", erklärt Erwin, „denn die Maybachwerke befinden sich ganz in der Nähe und waren ein Ziel der Luftangriffe, ebenso die Dornierwerke. Beide haben etwas mit dem Zeppelin zu tun. Motoren- und Metallindustrie." Rosmarie zeigt zum Haus: „Wir wohnen da hinten im grünen Haus. Unten im Parterre."

In der Wohnungstür ist ein kleines Fenster, und Renate findet es lustig, dieses, kaum haben sie die Wohnung betreten, zu öffnen und hinauszuschauen. Dabei muss sie sich allerdings auf die Zehenspitzen stellen. „Wozu ist denn das?", fragt sie. „Damit du nachsehen kannst, wer draußen steht, wenn es klingelt", erklärt ihr ihre Schwester. „Es könnte ja auch ein Hausierer sein." Nun muss ihr allerdings noch erklärt werden, was ein Hausierer ist, denn dieses Wort hat Renate noch nie gehört, und weder in Berlin noch in Köln ist ihr je ein solcher begegnet.

Frieda hat inzwischen das Bad bewundert und bleibt im Flur erfreut vor der in einer Nische eingebauten Garderobe stehen. „Die kann man ja als Schrank benutzen!" - „Und über jeder Tür ist ein Fach in die Wand eingelassen!" Frieda ist begeistert. Die Wehmut, die sie in Köln überfallen hat, weil sie schon wieder umziehen muss, ist verschwunden. Sie betritt die Küche. Auf der linken Seite befinden sich Beistellherd mit Schiffchen, Gasherd und Spüle und daneben die Tür zur Loggia. In dieser ist ein eingebautes Regal. Nur in einem Fach liegen Putzmittel, die anderen Fächer sind noch leer. Unter dem ersten Fach steht der Mülleimer. „Den musst du jeden Dienstag vor die Tür stellen, damit er geleert werden kann." Das ist ja ganz was Neues! „Wir haben einen eigenen Mülleimer?" Frieda kann es nicht fassen. Abgesehen von der Asche bleibt in ihrem Haushalt sowieso kaum Abfall übrig. Von den Tapetenresten in Köln hat sie die größeren Stücke zusammengerollt mitgenommen, weil man damit sicher noch etwas anfangen kann.

Während Renate durch die grün lackierten Holzstäbe die Straße betrachtet, kehren die anderen in die Küche zurück. Frieda kommt aus dem Staunen nicht heraus, denn unter dem Fenster ist ebenfalls ein Regal, versehen mit einer Lüftungsklappe nach außen, besonders im Winter gut geeignet für das Aufbewahren von Lebensmitteln, und rechts an der Wand, gleich neben dem Fenster, ist ein schmaler eingebauter Schrank mit fünf Fächern. Daneben stehen ein Tisch und zwei Stühle, von Kollegen geschenkt, die sie nicht mehr benötigen. Wenn sie ihre eigenen Stühle aus dem Wohnzimmer holen, können sie hier zusammen ihre Mahlzeiten einnehmen. „Bei anderen steht hier ein Küchenschrank", meint Erwin, „für einen Tisch ist dann allerdings kein Platz mehr." Aber abgesehen davon, dass sie gar keinen Küchenschrank besitzen, reicht der eingebaute. Also ist es schon praktischer, hier Tisch und Stühle zu haben und die Wärme vom Kochen auszunutzen, anstatt im Wohnzimmer extra zu heizen. Und endlich betreten sie es: das große, freundliche Wohnzimmer mit zwei Fenstern und einem wunderschönen Kachelofen! Er wird vom Flur aus beheizt und hat eine Klappe zum Kinderzimmer. Das Schlafzimmer, das sich neben der Küche befindet, kann nicht geheizt werden. Doch das ist auch nicht notwendig. Frieda ist überwältigt! Der Architekt hat sich bei diesem Neubau wirklich etwas gedacht. Alles ist so praktisch.

Zur Wohnung gehören zwei Keller. In einem liegen bereits die Briketts für den Kachelofen und mehrere Bündel Holz zum Anheizen, vom Chef vorsorglich noch vor Erwins und Rosmaries Ankunft bestellt. Der andere wird Kartoffelkeller genannt. Auch hier ist wieder ein Regal, das Frieda in Gedanken mit Weckgläsern und duftenden Äpfeln füllt.

Hinter dem Haus hat jeder Bewohner einen Quadratmeter Erde, mit dem er machen kann, was er will. Frieda freut sich auf das Frühjahr und weiß jetzt schon, was sie pflanzen wird: Tomaten. Außerdem will sie je ein Briefchen Petersilie und gemischte Blumen säen. Nein, Tabak wird nicht mehr angebaut, denn den kann sich Erwin mittlerweile jederzeit im Laden kaufen.

Die Wohnungen dieses Blocks konnten für je dreitausend Mark erworben werden. Erwins Chef hat fünf davon gekauft, wohnt selbst im blauen Haus und hat die anderen vier an seine Arbeitnehmer vermietet. Er konnte sich das zusätzlich zur modern eingerichteten Firma leisten, weil er für sein verloren gegangenes Rittergut in den Ostgebieten des Deutschen Reichs eine entsprechend hohe Entschädigung bekommen hat.

Schlafen wird Familie Kinzel wieder einmal auf geliehenen Matratzen, außer Rosmarie. Sie hat ein Feldbett geschenkt bekommen, das einer von Erwins Kollegen, noch wohnt er im blauen Haus, bei seinem bevorstehenden Umzug in eine andere Stadt nicht mitnehmen möchte. „Wie kann man aus einer so wunderschönen Wohnung ausziehen wollen?", fragt Frieda, ein ihr völlig unverständlicher Entschluss. Darauf weiß Erwin keine Antwort.

Beim Abendessen in der warmen Küche rückt Erwin mit etwas Unangenehmem heraus: Er hat in dieser Woche nur eine Mark Lohn erhalten, weil alles, was sein Chef ausgelegt hatte, wie die Begleichung der Rechnung für die Kohlen und das Fahrgeld, auf einmal abgezogen worden ist. Die wenigen Lebensmittel sind auf Anschreiben gekauft, und die Ladenbesitzerin hat schon recht seltsam geschaut. Aber Frieda lässt sich dadurch nicht die gute Laune verderben. Sie hat schon eine Idee. Am nächsten Tag geht sie in den Laden, nur ein paar Schritte von ihrer Wohnung entfernt, und fragt, ob sie sich die Ware wöchentlich liefern lassen könne. „Selbstverständlich!", lautet die Antwort. „Bezahlen möchte ich immer erst am Freitag." - „Das geht schon in Ordnung." Und so bestellt Frieda jeden Freitag, nachdem sie die vorherige Lieferung bezahlt hat, was die Familie in der folgenden Woche alles zum Leben braucht. Allmählich werden die Schulden geringer und es bleibt Geld für andere Anschaffungen übrig. Als Erstes geht unser Ehepaar für Wohnzimmer und Küche Gardinen kaufen. Gleich sehen die Räume viel heimeliger aus, und niemand kann ihnen mehr in die Fenster schauen. In den Schlafräumen reicht es, wenn man abends die Jalousien herunterlässt.

Hier in Schwaben essen die Menschen gern Linsen mit Spätzle, eine preiswerte, sättigende Mahlzeit. Die Linsen werden mit Salz, Pfeffer, etwas Thymian und Essig abgeschmeckt. In ausgelassenen Speckwürfeln, in denen bereits Zwiebeln angebraten wurden, wird eine Mehlschwitze hergestellt und diese den Linsen hinzugefügt. Das muss Frieda unbedingt ausprobieren. Ihre Familie ist begeistert. Ja, das darf sie getrost mehrmals kochen. Wenn man genügend Kleingeld hat, kann man auch noch Würstchen dazu reichen. Doch das muss nicht unbedingt sein.

Erwin und Rosmarie haben sich bisher immer nur in der Küche aufgehalten, und Frieda beschließt, auch weiterhin den Kachelofen nur am Abend und an den Sonntagen zu heizen, wenn die ganze Familie beisammen ist. Tagsüber bleibt sie aus Kostengründen mit den Töchtern in der Küche. Den Herd heizt sie oft mit Reisig, das Rosmarie und Renate im nahe gelegenen Park sammeln. So spart sie Brennmaterial.

Frieda entdeckt, dass der Lebensmittelladen äußerst solide, in zwei Fächer eingeteilte Apfelsinenkisten verschenkt. Mit den Tapetenresten beklebt ergeben sie wunderschöne Regale für die ganze Familie. Über zwei von ihnen legt sie einen Besenstiel. Darüber kann man Kleidungsstücke legen, die in der eingebauten Garderobe keinen Platz mehr haben. Sie nennt es ihren Ersatzkleiderschrank. Aus den Drähten, mit denen die Holzbündel umwickelt waren, formt Frieda für die hölzerne Tischlampe, ein treuer Begleiter seit Krößuln, einen neuen Lampenschirm und bezieht ihn mit rot-weiß kariertem Stoff. Das ergibt ein angenehmes, Gemütlichkeit verbreitendes Licht. Ein Stück weiße Küchengardine ist übrig geblieben. Frieda überlegt, was sie damit anfangen könnte. Im Laden hat sie eine Schachtel bekommen. Damit bastelt sie ein Himmelbett, in das Renate ihre Puppe Sabine liebevoll hineinlegt.

Es dämmert bereits, und bald wird es winterlich dunkel sein. Die beiden Schwestern stehen am Hafen und schauen über das Wasser. Am gegenüberliegenden Ufer sieht man die ersten Lichter aufblitzen. Das ist nun schon die

Schweiz. Ganz Deutschland haben sie durchquert, von Ostpreußen bis an den Bodensee. Sicher ist es schön, hier zu leben, aber Rosmarie wäre doch gern in Berlin geblieben und hätte dort ihre Schule beendet. Da hat es Renate besser. Was macht es schon, dass hier das Schuljahr wie in Berlin im September anfängt, die Eltern sie nicht ein drittes Mal das vierte Schuljahr absolvieren lassen wollen und beschlossen haben, sie nach den Weihnachtsferien sofort in die fünfte Klasse zu schicken. Dann kommt sie eben erst ein Jahr später aufs Gymnasium. Aber sie wird das Abitur machen können. Für sie dagegen ist eine Karriere als Akademikerin so gut wie aussichtslos, denn nicht einmal die höhere Handelsschule konnte sie beenden. Die gibt es in Friedrichshafen nämlich nicht, und am Gymnasium wird hier, im französisch besetzten Gebiet, Französisch bereits ab fünftem Schuljahr unterrichtet. Sie müsste noch viel mehr nachlernen als in Köln. Das könnte sie, auch wenn Geld für Nachhilfeunterricht da wäre, unmöglich schaffen. Sie hat also nicht einmal die mittlere Reife.

Die Schwestern schlendern durch die Stadt, stehen vor der Nikolauskirche, betrachten das Schaufenster eines Handarbeitsladens, wobei sich jede in Gedanken Wolle für einen neuen Pullover aussucht, und bleiben schließlich vor einem Schuhgeschäft stehen. „Hier soll ich im Januar eine Lehre beginnen", erzählt Rosmarie der kleinen Schwester, die nicht ahnt, was bei diesen Worten in ihrer Rosi vorgeht.

Weihnachten naht. Erwin und Frieda bereden mit den Töchtern, dass sie kein Geld für Geschenke haben, erwarten enttäuschte Gesichter, ernten aber nur verständnisvolle Zustimmung. Kurz vor Weihnachten eine freudige Überraschung: Tisch und Stühle sind geliefert worden, rechtzeitig zum Fest! Am Nachmittag des Heiligen Abends gehen Erwin und Frieda zu dem Platz, auf dem die Weihnachtsbäume verkauft werden, in der Hoffnung, im letzten Augenblick noch einen billiger zu erstehen, denn wenn es schon keine Geschenke gibt, so soll doch wenigstens ein Baum die Mädchen erfreuen. Keinen kleinen mickrigen bekommen sie für wenig Geld, sondern einen schön gewachsenen großen, der in ihrem Wohnzimmer bis an die Decke reicht. Den wollte keiner haben, weil er zu teuer war. Sie bekommen ihn jetzt fast geschenkt. Deswegen reicht das Geld, um auch noch ein paar Kugeln zu kaufen. Renate kommt mit. Als sie den Laden verlassen, sagt sie: „Schade, dass wir kein Geld mehr haben. Mir hat die kleine silberne Glocke so gut gefallen." Frieda dreht sich auf dem Absatz um und holt dieses Glöckchen. Es wird noch viele Jahrzehnte lang läuten, wenn das Christkind da gewesen ist. Kaum sind sie zu Hause, kommt völlig überraschend der Chef zu Besuch. „Am Heiligen Abend!", denkt Erwin, unangenehm berührt. Dergleichen hat er noch von keinem seiner Arbeitgeber erlebt. Kinzels ist es äußerst peinlich, nicht in der Lage zu sein, ihm wenigstens eine Tasse Kaffee anzubieten. Der Chef bringt als Weihnachtsgeschenk eine Dose Kekse mit. Wie Erwin später erfährt, liegen bei den anderen Kollegen zusätzlich ein paar Geldscheine in der Dose, bei ihm allerdings nicht. Nun ja, er ist schließlich noch keine zwei Monate in der Firma. Die Mädchen jedenfalls freuen sich nicht nur über die Kekse, sondern auch über die große Blechdose, die man gut gebrauchen kann. Endlich ist der Chef gegangen, und es wird im mollig warmen Wohnzimmer richtig gemütlich, zwar nicht mit echtem Kaffee, sondern mit Muckefuck, aber das spielt keine Rolle. Für Renate völlig unerwartet liegt doch ein Geschenk unterm Weihnachtsbaum: Der schwedische Weihnachtsmann, hinter dem sich der Genosse Helmut Rüdiger verbirgt, und der aus Schweden zum Treffen in Nieder-Beerbach gekommen war, hat für sie einen schmalen Bildband vom Stockholmer Zoo geschickt. Alle Bilder sind zweimal gedruckt worden, einmal in Blau und einmal, etwas versetzt, in Rot. Dadurch wirken sie ganz verschwommen. Man kann gar nichts richtig erkennen. Doch dann setzt Renate die Brille auf, die im Einband in einer Papiertasche steckt. Der Rahmen aus Pappe umschließt auf der einen Seite eine blaue, auf der anderen eine rote Folie. Plötzlich treten die Tiere aus dem Bild heraus und schauen sie an. Ganz plastisch sind sie, und wenn Renate den Kopf hin und her wiegt, machen sie diese Bewegung sogar mit. Nacheinander schauen sich alle diese Bilder an. „Sonderbar! Als ob sie leben würden", meint Rosmarie.

Als Frieda nach den Ferien mit Renate das Schulhaus betritt, ist sie entsetzt. Das ist ja schlimmer als in Köln! Wieder werden katholische und evangelische Kinder getrennt unterrichtet, aber im gleichen Gebäude, und damit die Kinder ja keine Berührung miteinander haben, ist im Flur eines jeden Stockwerks eine Trennwand errichtet worden. Selbstverständlich haben die Schüler auch zu verschiedenen Zeiten große Pause. Nicht auszudenken, was passieren würde, wenn sie auf dem Schulhof einander begegneten!

Das Klassenzimmer ist überfüllt, kein Platz mehr frei. Renate ist das neunundachtzigste Kind. „Wer macht ihr Platz?", fragt der Lehrer. Zwei Mädchen stehen auf, und sie setzt sich in die Mitte der typischen Schulbank. Stühle wären besser. Sie fühlt sich ziemlich beengt, muss die Arme immer am Körper anlegen. Auch in etlichen anderen Bänken sitzen bereits drei Kinder. Wie Frieda später erfährt, sind die Klassen im katholischen Flügel lange nicht so groß, weil diesen Kindern mehr Lehrer zugeteilt worden sind. Wie auch in Köln darf Renate nicht in eine solche Klasse gehen, sondern wird im evangelischen Teil aufgenommen. Da gibt es gar keine Diskussion!

Rosmarie, die in Berlin eine Hochbegabtenklasse besuchen durfte, fängt im Schuhgeschäft als Lehrling an. Wider Erwarten gefällt es ihr besser, als sie es selbst befürchtet hat. Sie versteht sich gut mit allen Kolleginnen, hat Kontakt zu vielen Menschen und lernt endlich wieder Dinge, von denen sie vorher keine Ahnung hatte. Auch in der Berufsschule ist es interessanter, als es in der Handelsschule war. „Ich muss euch was erzählen", sagt sie eines Abends, als sie von der Arbeit nach Hause kommt. „Eine Französin kommt in den Laden und fragt: ‚Aben Sie Glo?' Wir wissen nicht, was sie will. Sie sagt es nochmal. Wir schauen bloß dumm aus der Wäsche. Da hockt sie sich hin und sagt: ‚Wo man machen so!' Ach, Sie meinen die Toilette, sag ich. ‚Oui, la toilette!' Hätte sie es gleich auf Französisch gesagt, hätten wir gewusst, was sie meint. Aber sie hat gedacht, das deutsche Wort Klo verstehen wir besser!"

Schräg gegenüber ist neben den Ruinen noch ein Haus stehen geblieben, in dem sich eine Leihbücherei befindet. Die Ausleihgebühr beträgt pro Buch zehn Pfennig, eine Ausgabe, die sich die Familie hin und wieder leistet. An jedem Dienstagabend ist Vorlesezeit. Der Kachelofen ist geheizt, in seinem Warmhaltefach brutzeln die Bratäpfel und die Tischlampe mit dem rot-weiß karierten Schirm spendet warmes Licht. Frieda liest aus dem Buch „Der lange Winter" von Laura Ingalls Wilder vor. Den einen langen Abschnitt will sie noch zu Ende lesen und dann das Buch an Rosmarie weitergeben. Mutti und Rosi lesen so einfühlsam, dass Renate meint, draußen den Blizzard heulen zu hören. Wie alle anderen Familienmitglieder liebt sie dieses Buch und wird es sicher noch einmal lesen. Auch der Donnerstag ist ein fester Familienabend. Dann liegen sie alle vier auf den Betten der Eltern und lauschen einem Hörspiel. Ja, der Volksempfänger, den Frieda in Ostpreußen gekauft und der seiner kleinen Ausmaße wegen im Handgepäck mitgenommen werden konnte, tut immer noch seinen Dienst. Eine gute Qualität!

Rosmarie wäscht sich im Badezimmer die Hände. Obwohl der Raum ein Fenster hat, ist er zusätzlich mit einem Lüftungsschacht versehen, wodurch jedes in einem anderen Bad gesprochene Wort zu verstehen ist. Plötzlich hört sie den alten Generaldirektor, der im dritten Stock mit seiner jungen Frau lebt, laut rufen: „Barbara, bring mir mal Papier!" Lachend erzählt sie es der Familie. Seitdem heißt das Toilettenpapier Barbara, und wenn später, auch in der nächsten und übernächsten Generation, jemand zu bestimmten Zwecken dergleichen vermisst, ruft er einfach nur: „Barbara!"

Renate erhält Besuch von einer Klassenkameradin. Als diese Sabines Himmelbett erblickt, wird sie neidisch. „Wir sind nicht so reich wie ihr", meint sie, „meine Mutter kann mir nicht so schönes Spielzeug kaufen." Renate sagt nichts, erzählt es aber mit strahlenden Augen am Abend der Mutter. Ganz warm wird es Frieda dabei. Ja, sie sind reich,

reich an Ideen und an der Fähigkeit, sich über jede Kleinigkeit freuen zu können. Und manchmal kommen auch ganz unerwartete Überraschungen: Vor dem Park steht ein Kiosk, kreisrund und sehr geräumig, bei dem man bei Fräulein Blanka außer den für einen Kiosk üblichen Artikeln, wie Zeitschriften und Rauchwaren, auch einige Lebensmittel bekommt. Renate soll schnell hinüberlaufen und Zucker holen. Als sie ihn bezahlt hat, sieht sie, dass auf der Ablage ein Portemonnaie liegt. Sie gibt es Blanka. Ein paar Tage später empfängt Blanka sie mit den Worten: „Da bist du ja endlich wieder. Hier, diese Tafel Schokolade ist für dich. Sie ist von dem Mann, dem das Portemonnaie gehört hat. Du kannst dir nicht vorstellen, wie glücklich er war, dass du es gefunden hast. Sein ganzer Wochenlohn war nämlich drin!"

War Frieda in Köln über Frau Kaspers' Schwärmerei von der Weiberfastnacht erstaunt, so überrascht sie hier noch mehr, dass am Sonntag ein Fastnachtsumzug stattfinden soll. Den Rosenmontagsumzug in Köln kennt sie nur aus Frau Kaspers' Erzählung und hat ihn sich nicht richtig vorstellen können. Erwin hat zwar davon gewusst, sich aber nicht dafür interessiert. Doch hier, in Friedrichshafen, will er gern zusammen mit Frieda und Renate zum Umzug gehen, während Rosmarie mit einer Kollegin unterwegs ist. Alle drei ergattern einen günstigen Platz in der vorderen Reihe der Schaulustigen. Zu Hause hat Erwin die Idee gehabt, Renate als Landstreicher zu verkleiden, und ihr schwarze Pünktchen auf die Wangen gemalt. Wie ein echter unrasierter Vagabund sieht sie aus. Als beim Umzug zwischen zwei Gruppen eine Lücke entsteht, schiebt er sie auf die Straße. Mit einer Pfeife im Mund marschiert sie mit, und ihre Eltern staunen nicht schlecht darüber, dass die Zuschauer ihr zuwinken und sie zurückwinkt.

Einen ganz anders gearteten Umzug, der Familie Kinzel noch viel seltsamer anmutet, erleben sie nach Pfingsten: die Fronleichnamsprozession! Erwin meint abfällig, unter die Wilden geraten zu sein, aber Frieda gefällt das. Sie findet es schön, wenn Menschen ihren Glauben so offen und mit Freude zeigen.

Erwins Frauen, alle drei, stehen im Bekleidungshaus, in dem es auch Stoffe zu kaufen gibt. Ein wohlbeleibter, äußerst eleganter und überaus höflicher älterer Herr fragt sie nach ihren Wünschen. „Wir wollen Stoff kaufen. Für Sommerkleider." Friedas Antwort fällt etwas zaghaft aus, denn die starke Ausstrahlung des Herrn schüchtert sie ein. Doch das vergeht, als er mehrere Stoffballen zur Auswahl auf den Tisch legt. Herrlich! Während Renate sich mehr dafür interessiert, auf welche Weise sich die Weste über den enormen Bauch dieses Herrn spannt, bestaunen Mutter und Schwester die Vielfalt an farbigen Mustern. Rosmarie wählt bald einen roten Stoff mit einem Muster aus verschieden großen schwarzen Kreisen, mal als Punkte, mal als Ringe dargestellt. Den hellblauen Stoff mit den Blümchen und Herzchen sucht Frieda für Renate aus. Für sich selbst fällt ihr bei dieser Auswahl die Entscheidung viel schwerer. So viele schöne Muster! Schließlich kauft sie einen dunkelblauen Stoff mit kleinen weißen Punkten. Endlich bekommt die jüngst erstandene Nähmaschine etwas zu tun. Sie ist ein uraltes Modell und kann genau wie die in Berlin nur vorwärts nähen. Doch das genügt. Sie wird von den Töchtern Minka genannt. Manchmal blockiert sie, will nicht weiternähen, dann muss man sie streicheln und „na komm, Minka, sei lieb" sagen, schon rattert sie weiter. Erwin lacht laut auf. Fragend schaut Frieda ihn an. „In diesem Roman steht, dass sie eine Frau die Gepunktete nennen, weil sie ein Kleid mit weißen Punkten trägt." Na, hoffentlich passiert ihr das nicht auch. Aber das neue Kleid ist schön.

Im Sommer kommt noch eine kleine Ausgabe für Renate hinzu, denn das Seehasenfest wird vorbereitet. Als Thema soll jede Klasse ein Volkslied darstellen, und Renates Lehrer hat „Die Tiroler sind lustig" gewählt. Mit einer zusätzlichen Schürze zum neuen Kleid zaubert Frieda für ihr Töchterchen ein Dirndl. Darin und mit einem blauen Strohhut auf dem Kopf sieht sie wie eine echte Tirolerin aus. Wieder erleben Erwin und Frieda nach Fastnacht und Fronleichnam einen Umzug, ihrer Meinung nach den interessantesten und sehenswertesten von allen. Es dauert eine ganze Weile, bis alle Schulklassen an ihnen vorbeimarschiert sind. Anschließend wird unten am Hafen ein richtiges Volksfest gefeiert, mit Ständen und Karussells. Familie Kinzel ist begeistert.

Fahrräder

Renate klagt wieder einmal über eine verstopfte Nase, was besonders nachts unangenehm für sie ist. Man empfiehlt Frieda, mit ihr nach Ravensburg zu fahren, denn dort sei ein tüchtiger HNO-Arzt. Dieser stellt fest, dass ihr linkes Nasenloch zu eng ist. „Eine Scheidewandoperation kann dem abhelfen", erklärt er der Mutter, „doch sollte sie dafür mindestens fünfzehn Jahre alt sein, sonst wächst der Knochen wieder nach." Aber er möchte, dass sie der vereiterten Stirnhöhlen wegen zur Beobachtung dableibt.

Im Krankenhaus werden Mutter und Tochter von katholischen Schwestern empfangen und sind beeindruckt von ihren riesigen, weißen Flügeln gleichenden Hauben. Renate kommt in ein Zimmer zu drei Frauen, betreut von Schwester Maxima.

Frieda muss wieder allein nach Hause fahren. Wie wird sich Renate so allein gelassen fühlen? Ihr tut ihre Tochter leid. Sie ahnt nicht, dass es der gar nichts ausmacht, im Gegenteil! Sie genießt es, obwohl eigentlich nicht wirklich krank, faul im Bett liegen und träumen zu können. Alle möglichen Geschichten denkt sie sich aus. Sie ist eben kein Wrubbelarsch. Außerdem lauscht sie gern den Gesprächen der anderen Frauen und beteiligt sich auch manchmal daran. Wenn Schwester Maxima das Zimmer betritt, bringt sie ihre vier Patientinnen oft zum Lachen. Ja, Renate gefällt es hier. Unangenehm sind nur die Nasenspülungen mit Salzwasser, die unappetitliches Zeug zutage fördern.

In dieser Zeit findet in Weingarten der Blutritt statt, ein Ritus der hiesigen katholischen Gemeinde. Die Prozession macht auch einen Abstecher nach Ravensburg und führt genau unter dem Fenster ihres Krankenhauszimmers vorbei. Zusammen mit den drei anderen Frauen bewundert Renate die Reiter in ihren bunten Uniformen. Ohne ihre verstopfte Nase hätte sie diesen beeindruckenden Umzug nicht zu sehen bekommen.

Frieda dagegen hat Sehnsucht nach ihrer Kleinen und bedauert die Arme, die sich doch langweilen muss! Als nach einer Woche immer noch keine Nachricht kommt, dass ihr Kind aus dem Krankenhaus entlassen werden kann, wird ihr Wunsch, sie besuchen zu können, zu stark. Und Frieda hat mal wieder eine Idee: Das Geld, das sie für eine Fahrkarte gebraucht hätte, gibt sie dem Händler als

Anzahlung für ein Fahrrad und radelt los. Wie viele Jahre ist es her, seit sie zum letzten Mal auf einem Rad gesessen hat? Sie kann sich nicht besinnen. Es muss als junge Frau gewesen sein, wenn sie Vater auf seinem Grundstück besucht hat. Aber nach ein paar wacklig zurückgelegten Metern fühlt sie sich wieder sicher. Ganz verschwitzt kommt sie in Ravensburg an, und Renate staunt nicht schlecht, Mutti plötzlich ins Zimmer kommen zu sehen. Ja, Frieda ist gut für Überraschungen. Sie hofft, ihre Jüngste bald wieder zu Hause zu haben, aber der Arzt, der sie eigentlich beobachten wollte, ist in den Urlaub gefahren, und die Schwestern teilen ihr mit, dass sie noch zwei weitere Wochen bleiben soll, bis der Arzt zurück ist. Im Gegensatz zu ihrer Tochter ist die Mutter enttäuscht. Frieda, nicht umsonst Wrubbelarsch genannt, kann sich nicht vorstellen, dass Renate dieses Müßigseindürfen gefällt. Beide haben eben eine völlig andere Mentalität. Der Rückweg per Fahrrad fällt Frieda wesentlich schwerer als der Hinweg. Zu Hause muss sie sich erst eine Weile ausruhen, bevor sie wieder eine Arbeit in Angriff nehmen kann. Doch die Idee mit dem Fahrrad wird von Erwin und Rosmarie positiv aufgenommen. Die Gegend um Friedrichshafen ist wie geschaffen für Fahrradtouren. Ein zweites Rad wird auf Anzahlung gekauft, und von da an sind jedes Wochenende abwechselnd zwei von ihnen unterwegs.

Erwin und Rosmarie kommen an einem Johannisbeerfeld vorbei, auf dem man selbst pflücken darf und das Obst dadurch wesentlich billiger bekommt als im Laden. Mit einem ganzen Spankorb voll überraschen sie Frieda. Die denkt gleich wieder praktisch. Davon kann sie gutes Gelee einkochen, das man sich im Winter zum Frühstück aufs

Butterbrot schmieren kann. Ja, aufs Butterbrot! Viele ihrer Bekannten essen Margarine, weil sie billiger ist. Das macht sie nicht. Nie wieder will sie hungern, nie wieder auf Butter verzichten müssen! Lieber verzichtet sie auf weitere Anschaffungen. Bereits in Köln gab es einmal in der Woche Bouletten. Die nennt man dort Frikadellen und das Gehackte Ochsengehacktes. Hier sagt man Fleischküchle und muss Hackfleisch verlangen. Aber schmecken tun sie überall gleich gut. Hier kauft sie zusätzlich jeden Freitag, wenn Erwin den Lohn gebracht hat, beim Fleischer, den man hier Metzger nennt, einen ganzen Ring Fleischwurst. Zum Abendbrot wird er heiß gemacht, und jeder bekommt ein ganzes Viertel davon. Dazu wird Kakao getrunken. Ein Genuss!

Im nahe gelegenen Park sind die Brombeeren reif. Selbstverständlich schmecken sie am besten, wenn man sie direkt vom Strauch isst, aber nebenher werden Milchkanne und Essgeschirr gefüllt. Zu Hause werden ein paar in gezuckerter Milch genossen, die restlichen zu Marmelade verarbeitet. Die Regale im Kartoffelkeller füllen sich.

Zwei Briefe sind gekommen.

Grete schreibt, dass sie ihr altes Haus verkauft und ein anderes, unterkellertes und ans Abwassersystem angeschlossenes erworben haben. Ein Bild von ihrem neuen zweistöckigen Haus liegt bei. Natürlich freut sich Frieda für sie, findet es aber schade, sie sich nicht mehr in der ihr vertrauten Umgebung vorstellen zu können. Ach, Frieda vermisst ihre Schwester Grete sehr. Ob sie sich jemals wieder mit ihr treffen kann? Es gibt so vieles, was sie ihr erzählen wollte. Gewiss, sie schreiben sich regelmäßig Briefe, aber das ist nicht das Gleiche.

Der andere Brief ist an Rosmarie gerichtet. Eine Schulfreundin schreibt ihr, Herr Kurz, ihr junger Lehrer, den sie alle so vergöttert haben, sei von einem Tag auf den anderen verschwunden. Ein paar Wochen später habe sie ihn in Westberlin getroffen, wo er als Verkäufer arbeitet, denn in der BRD darf er im Gegensatz zur DDR ohne abgeschlossenes Studium nicht unterrichten. Leistung allein gilt hier nicht. Frieda erinnert sich, wie sie eines Tages wegen eines Aufsatzes von Rosmarie zum Direktor zitiert worden war und sie sieht Herrn Kurz noch deutlich vor sich, wie er ihr im Treppenhaus begegnete, mit der Angst im Blick und der Beteuerung, nicht am Inhalt von Rosmaries Aufsatz Schuld zu sein. So ein sympathischer und hochbegabter junger Mann! Bleibt zu hoffen, dass er sich eines Tages das Studium leisten kann und doch noch Lehrer wird. Warum er nicht in Ostberlin geblieben ist? Erwin vermutet auch, dass die Schwierigkeiten, die Rosmarie ihres Aufsatzes wegen bekommen hat, wahrscheinlich eine Intrige gegen ihn gewesen sind. Waren ältere Kollegen neidisch auf den Erfolg, den er bei den jungen Mädchen hatte? Wird gleich nach dem Abitur als Lehrer für Mathematik und Biologie eingesetzt, um so dem kriegsbedingten Lehrermangel abzuhelfen, und erreicht bei den jungen Damen beachtliche Leistungssteigerungen!

Ferien im Odenwald

„Und wenn dich jemand fragt, wie alt du bist, sagst du neun Jahre." Wie oft sagt Mutti das denn noch? Sie weiß das doch: Wenn man zehn wird, muss man eine Fahrkarte für Erwachsene kaufen. Sie ist aber schon elf. Renate nimmt in einem Abteil Platz, in dem sich bereits fünf andere Reisende befinden, und die Reise kann beginnen. Sie ist in den Sommerferien zu Gretel Leinau in die Mordach eingeladen worden und freut sich schon sehr darauf, wieder durch Wald und Wiesen streifen zu können. Nach einer Weile fangen die Leute im Abteil an, sich lebhaft zu unterhalten und kommen - wie so oft in diesen Zeiten - auf Krieg und Nachkriegszeit zu sprechen. Dem hat Renate auch etwas beizufügen. „Ich bin bald nach der Schlacht von Dünkirchen geboren", sagt sie, „und meine Mutter hat nicht gewusst, ob mein Vater noch lebt." Die Unterhaltung wendet sich anderen Themen zu, und Renate schaut lieber aus dem Fenster. „Wie alt bist du denn?", fragt sie ein Herr. „Neun Jahre." - „Wirklich?" Die Frau, die am Fenster sitzt, sagt es so zweifelnd: „Bist du nicht bereits elf Jahre alt?" - „Nein", sagt sie ganz leise. Die Frau schweigt und lächelt spöttisch. Renate aber überlegt, womit sie sich verraten hat. Natürlich, die Schlacht bei Dünkirchen! Jeder weiß doch, wann die war! Der Schaffner kommt und lässt sich die Fahrkarten zeigen. Er knipst ein Loch hinein und geht zum nächsten Abteil. Nach ihrem Alter hat er Renate nicht gefragt. So klein und zierlich, wie sie ist, hat er keinen Verdacht geschöpft.

Gretel Leinau wird etwas ungeduldig. Es ist bereits elf Uhr, und Renate liegt immer noch im Bett. Wie kann man bei dem herrlichen Wetter nur so lange schlafen? Aber sie schläft ja gar nicht, sie träumt. Alle möglichen Geschichten denkt sie sich aus. Als gegen morgen die beiden Katzen ins Zimmer gekommen sind, sich Peter auf ihre Füße und Schnurzel neben ihren Kopf gelegt hat, wurde es so richtig gemütlich. Doch jetzt holt Gretel sie energisch zum Frühstück.

Das Haus liegt direkt am Waldrand. In einiger Entfernung stehen noch zwei Häuser, in denen wohnen Uschi und drei Buben. Uschi freut sich, in Renate eine gleichaltrige Freundin gefunden zu haben, denn immer nur mit drei Jungs zu spielen, von denen der jüngste auch noch ihr Bruder ist, macht auf die Dauer keinen Spaß. Die beiden Mädchen streifen schon bald nach Renates Ankunft gemeinsam durch die Gegend. Doch heute spielen sie alle fünf zusammen Indianer. Sie sind natürlich zwei verfeindete Stämme, die sich bekämpfen. Jeder Stamm soll sich ein Lager errichten, und der andere muss es ausfindig machen. Die Mädchen finden im Wald nicht weit weg von der Mordach eine Stelle, die wie geschaffen dafür ist. Fünf junge Buchen bilden einen Kreis. Zwischen die Baumstämme spannen sie Tücher, und als Dach befestigen sie an den Zweigen eine Decke. Nun holen sie noch zwei Sofakissen aus dem Haus. Gretel wird schon nichts dagegen haben. Mit ein paar Steinen noch die Kochstelle markiert und ihr Indianerzelt ist fertig. Aber leider können sie nicht zum Spielen bleiben, denn sie müssen ja die Unterkunft der Jungen suchen. Na, die haben bestimmt nicht so einen schönen Wigwam! Eine ganze Weile streifen sie im Wald umher, finden aber nichts. Also kehren sie zurück, um auch noch ihre Puppen zu holen und endlich als richtige Squaws zu agieren. Doch ihre mit so viel Liebe geschaffene Unterkunft ist zerstört worden. Welche Enttäuschung! Nein, mit den Jungen werden sie nicht wieder Indianer spielen.

Die Familie, die über Gretel wohnt, besitzt einen zwar kleinen, aber recht angriffslustigen Hund, dem man am besten nicht zu nahe kommt. Doch von Renate lässt er sich streicheln. Sie darf auch mit ihm spazieren gehen, soll ihn aber nicht von der Leine lassen. Sie beschließt, mit ihm durch den Wald zu gehen, was sie sehr schnell bereut. Er scheint Wild gewittert zu haben und zerrt derart an der Leine, dass sie ihn kaum halten kann. Endlich, mit großer Anstrengung zum Haus zurückgekehrt, nimmt sie sich vor, ihn in Zukunft nur noch mitzunehmen, wenn sie nach Nieder-Beerbach einkaufen geht. Das ist gar kein Problem, denn abgesehen von einem kurzen Feldweg geht es immer die Landstraße entlang.

„Bei der Burg Falkenstein ist heute ein Fest", erzählt ihr Gretel, „magst du nicht hingehen?" Sie gibt ihr für Notfälle eine Mark mit, wäre aber froh, wenn sie das Geld nicht bräuchte. Bei der Burg angelangt, stellen sich gerade sechs Kinder zum Sackhüpfen auf. Das würde Renate auch gern mitmachen. Und sie hat Glück, es dürfen noch einmal sechs Kinder hüpfen. Sie kommt als Dritte ins Ziel. Jedes Kind bekommt eine Süßigkeit, und zwar in der Reihenfolge ihres Eintreffens. „Der Dritte!" Sie will sich melden, doch ein Junge ist schneller. „Der Vierte, der Fünfte, der Sechste!" Sie sagt nichts, sondern denkt nur immer, dass sie doch als Dritte angekommen ist. Die Frau, mit der Süßigkeit in der Hand wiederholt ihre Frage. Renate schweigt. „Aber es waren doch sechs Kinder!" Sie fragt ein weiteres Mal. Als sie wieder keine Antwort bekommt, geht sie. Leider hat sie Renate nicht als das sechste Kind erkannt. Doch diese schmollt noch immer, bis ihr plötzlich klar wird, dass sie deshalb keine Belohnung bekommen hat. Nun ärgert sie sich, dass sie sich nicht gemeldet hat. Schließlich haben alle die gleiche Süßigkeit bekommen. Sie ist so frustriert, dass sie sich an einem Stand für

Gretels Mark eine Waffel mit rosa und weißer Füllung kauft. Gretel sagt nichts, schaut aber ganz enttäuscht. Noch abends im Bett plagt Renate ihr Unvermögen, sich als das sechste teilnehmende Kind gemeldet zu haben.

Arthur, der junge Mann vom oberen Stock, fragt Renate, ob sie Rad fahren könne. Sie bedauert. „Wenn du willst, kannst du mein Rad haben und es lernen." Natürlich will sie. Nur leider ist ihr dieses Herrenfahrrad viel zu groß. Wenn sie auf dem Sattel sitzt, kommt sie mit den Füßen nicht bis an die Pedale. Und im Stehen stört die Stange. Aber sie weiß sich zu helfen. Nach etlichen Fehlversuchen schafft sie es, mit dem linken Fuß unter der Stange durch auf das Pedal zu steigen. Sie hängt dann zwar etwas schief, aber mit der Verlagerung von Körper und Rad stellt sie das Gleichgewicht her. Der Feldweg, der vom Haus aus hinunter zur Straße führt, ist wie geschaffen für ihre Versuche, denn zuerst geht es leicht bergab, sodass ihr Rad schnell ins Rollen kommt, und am Ende steigt der Weg leicht an, sodass sie kurz vor der Straße stehen bleibt, ohne bremsen zu müssen. Ach, das macht Spaß! Schließlich kann sie es so gut, dass sie den Weg auch zurückfahren kann. Bremsen hat ihr Arthur nicht gezeigt. Doch ganz gleich, ob hin oder zurück, zum Ende steigt die Straße jedes Mal an, und das Rad steht. Wieder fährt sie Richtung Straße, als ihr plötzlich auf dem schmalen Feldweg ein Auto entgegenkommt. Sie sollte absteigen, weiß aber nicht, wie man bremst. Also lässt sie sich einfach zur Seite fallen. Das wäre nicht so schlimm, wenn an dieser Stelle nicht gerade eine Brombeerranke wachsen würde. In ihrer Erzählung wird natürlich ein ganzer Brombeerbusch daraus. Für die Zukunft lässt sie sich von Arthur den Rücktritt erklären.

Helmut Rüdiger, der sich als Renates schwedischer Weihnachtsmann entpuppt, ist für einen Tag zu Besuch gekommen, unangemeldet, denn zum Schreiben war es zu spät, und ein Telefon hat Gretel nicht. Wer besitzt das schon in diesen Zeiten? Zum Mittag gibt es Sauerkohl und Salzkartoffeln. Das schmeckt Renate besonders gut. Sie wird Mutti bitten, das auch einmal zu kochen. Doch Rüdiger meint, bei ihm zu Hause reiche man dazu auch Speck. Als er wieder geht, meint Gretel verärgert: „Was hat er denn erwartet? Alle wollen sie verköstigt werden, aber keiner macht sich Gedanken darüber, woher ich das Geld nehmen soll!"

Für nächste Woche hat sich eine ganze Gruppe angemeldet, zum Glück nur zum Essen, nicht zum Übernachten. Gretel beschließt, Gulasch zu kochen. Sie nimmt Renate zum Einkaufen mit und ermahnt sie: „Du erzählst niemandem, dass ich Pferdefleisch kaufe. Das ist wesentlich billiger und schmeckt genauso gut. Aber man weiß nie, wie die Leute darauf reagieren." Nein, Renate gibt ihr Geheimnis nicht preis, findet aber auch, dass die Mahlzeit äußerst schmackhaft ist.

Ein ganz besonderer Gast ist gekommen: Augustin Souchy, ein Anarchosyndikalist! Dieses Wort kann sich Renate nicht merken, aber sie hat es schon öfter von Vati gehört, wenn von seinen Genossen die Rede ist. Hier in der Mordach will sich Augustin eine Weile ausruhen. Renate schaut bewundernd zu ihm auf, denn er soll viele Sprachen sprechen, die er sich alle selbst beigebracht hat.

Zum Haus gehört ein großer Garten, durch den sogar ein Bach fließt. Der Garten ist von einer in der Nähe liegenden Trinkerheilanstalt gepachtet worden, deren Insassen sich öfter darin aufhalten und an einem großen Tisch

Platz nehmen. Aber auch Gretel und ihre Gäste haben hier eine Sitzgelegenheit. Dort pflegt Augustin gern in der Sonne zu sitzen, und wenn sich Renate zu ihm gesellt, erzählt er ihr von seinem Leben in Mexiko. Dort hat er zwischen zwei Bäumen eine Hängematte gespannt, in der es sich herrlich faulenzen lässt. Und wenn er eine Apfelsine essen will, kann er sie direkt vom Baum pflücken. Schließlich bringt er dem Mädchen ein spanisches Liebeslied bei, das sie gerne singt, obwohl sie sich über den Inhalt nicht im Klaren ist.

Uschi ist gekommen, und da es ein heißer Sommertag ist, wollen sie in dem Bach baden. Einen Badeanzug besitzen beide nicht. Als Augustin sieht, dass die Mädchen nackt ein Bad nehmen, bekommt auch er Lust dazu. Anscheinend ist das Nacktbaden hier üblich, so wie er es aus seiner Jugendzeit zusammen mit anderen Genossen kennt. Renate und Uschi registrieren es nur am Rande, denn beide sind von Haus aus an die Nacktheit aller Familienmitglieder gewöhnt. Aber! Zuerst saßen nur zwei Männer aus der Anstalt im Garten, plötzlich sind es mehrere, die alle Augustin anstarren, als hätten sie in ihrem ganzen Leben noch nie einen nackten Mann gesehen. Anscheinend sind sie per Buschtrommel herbeigerufen worden, um der Sensation beizuwohnen. Sie beschweren sich bei Gretel über Augustins anstößiges Verhalten. Sie findet das zwar lächerlich, aber was soll sie machen? Der Garten gehört schließlich nicht ihr, also muss sie Augustin sagen, dass er dergleichen in Zukunft lieber unterlassen soll. Er lächelt und denkt sich seinen Teil. Nun wollen auch die Mädchen nicht mehr im Bach baden, wenn die von der Anstalt so glotzen, sondern gehen zu einem Teich, der sich in der Nähe der anderen Häuser befindet.

Als Renate vom Einkaufen zurückkommt, steht Mutti in der Küche und spült das Geschirr. Auch sie ist eingeladen worden, sich hier im schönen Odenwald ein paar Tage zu erholen. Am Abend kommt auch Gretels Sohn Karl zu Besuch, und eine muntere Gesellschaft ist nun beieinander. Augustin Souchy erzählt aus seinem Leben. Eine Zeit lang hat er in Frankreich gelebt, hat dort geheiratet und ist Vater eines Sohnes geworden. Als er aus politischen Gründen des Landes verwiesen wurde, wollte seine Frau zusammen mit dem Kind in Frankreich bleiben. „Ein paar Jahre habe ich meinen Sohn nicht gesehen, und dann spricht er mit tiefer Stimme und hat einen Schnurrbart." Bevor Augustin weitererzählt, blickt er eine Weile in Gedanken versunken vor sich hin. „Sie schreibt mir immer auf Französisch, nur den einen Satz nicht: Schreib dich das hinter die Ohren! Sie meint, den kann man nicht ins Französische übersetzen." Die Unterhaltung wird politischer Natur, und Renate fallen die Augen zu. Sie bekommt gerade noch mit, wie Augustin sagt, Fidel Castro sei für ihn eine große Enttäuschung, kaum an der Macht, nütze er diese aus. „Als ich mit ihm zusammen war, hat er noch ganz andere Ansichten gehabt."

„Wen Augustin alles kennt", denkt Renate, doch bald darauf ist sie eingeschlafen.

Geldsorgen

Genau wie einst Rosmarie hat auch Renate die Aufnahmeprüfung für das Gymnasium bestanden. Aber während dieser Schulbesuch in der sowjetisch besetzten Zone umsonst war, kostet er hier zehn Mark im Monat. Hinzu kommen die teuren Bücher, die nicht von der Schule geliefert werden, sondern jeder Schüler selbst kaufen muss. Aber was sein muss, muss sein.

Ausgerechnet jetzt wollen die Württemberger ihren Schulbeginn nicht mehr nach den Sommerferien haben, sondern, wie es in Köln war, nach den Osterferien, sodass Renates erstes Jahr im Gymnasium ein Kurzschuljahr sein wird. Hätte diese Umstellung nicht ein Jahr zuvor geschehen können?

Die Klasse hat mit etwa vierzig Schülern eine normale Klassenstärke, aber für Renate ungewohnt, nur Mädchen. In ihrer Stufe gibt es noch eine zweite Mädchenklasse mit auswärtigen Schülerinnen und zwei Knabenklassen, ebenfalls unterteilt in auswärtige und im Ort wohnende Schüler. Etwas älter als die anderen Mädchen, schafft Renate das halbe Jahr Probezeit mit Leichtigkeit, während zwei Schülerinnen zurück in die Volksschule geschickt werden.

Da Renate nun auch Rad fahren kann, soll sie ebenfalls ein Fahrrad haben, doch diese Anschaffung muss noch warten. Es bleibt vorerst bei zwei Fahrrädern. Geldsorgen hin, Geldsorgen her! Frieda hat herausgefunden, dass die Ladenbesitzer für eine Anzahlung von fünf Mark ihre Ware hergeben, im Vertrauen darauf, den restlichen Betrag irgendwann zu bekommen. Sie sind in diesen Zeiten froh, auf diese Weise überhaupt Ware verkaufen zu können, und verlangen bei Ratenzahlung keinen höheren Betrag. Noch nicht! Auf diese Weise hat Frieda nacheinander die Wohnzimmerlampe und die schöne Wanduhr aus hellem Holz erstanden. Nun ist die letzte Rate bezahlt. Das Jahr neigt sich seinem Ende entgegen, und das Weihnachtsfest steht bevor. Mit den üblichen fünf Mark Anzahlung macht Frieda den Kauf der Aktentasche möglich, die sie Erwin

schenken möchte. Vor dem Schaufenster des Spielzeug-
ladens sieht sie Renate stehen. Was mag sie so fasziniert
betrachten? Sie spricht sie an, und ihr Töchterchen zeigt
auf ein wunderschönes Puppenservice mit Kanne, Tässchen, Tellerchen, Zuckerdose und Milchkännchen. Es ist
weiß und hat einen blauen Rand mit einem goldenen Muster. Ja, das muss Frieda bestätigen: Dieses Service ist äußerst geschmackvoll. Aber Renate weiß ja, dass dafür kein
Geld ist. Trotzdem lenkt sie am Heiligen Abend den Spaziergang mit Rosi hier vorbei. Wie befürchtet steht das
Service noch im Fenster. Und doch findet sie es unter dem
Weihnachtsbaum! Frieda schmunzelt. Die Überraschung
ist gelungen. Renate kam zum Glück nicht auf die Idee,
dass der Laden nicht nur ein einziges Puppenservice dieser Sorte hat, sondern sich weitere wohl verpackt im Lager befinden.

Franz

Franz hat sein Studium mit der Bestnote bestanden und
sofort bei einer renommierten Firma in Hamburg gut be-
zahlte Arbeit bekommen. Seine elegante Erscheinung und
sein sicheres Auftreten sorgen besonders bei der Damen-
welt für Bewunderung. Doch Franz kommt keiner seiner
Verehrerinnen entgegen. Er denkt immer noch an Rosmarie
und bedauert, sich damals so rüpelhaft ihr gegenüber benommen zu haben. Rosmarie, eine junge schöne Frau, an
seiner Seite! Ach ja, das wünscht er sich sehr. Doch wer
nicht wagt, der nicht gewinnt! Rosmarie bekommt einen
Brief von Franz. Er arbeitet in Hamburg, hat eine nette
Zweizimmerwohnung und fragt, ob Rosmarie ihn dort
einmal besuchen möchte. Sie zögert zuerst, entschließt sich

aber doch hinzufahren. Gekleidet in ein schickes Kostüm und einen ausgesprochen eleganten Mantel kommt sie zurück. Sie erzählt nicht viel, doch von da an schreiben sich die beiden regelmäßig. An Weihnachten macht Franz die weite Reise durch fast ganz Deutschland. Ein sicher auftretender Karrieremensch betritt die Wohnung. So jedenfalls hat Erwin ihn betitelt. Er schenkt Rosmarie einen Ring mit einem Aquamarin. Das könnte ihr Verlobungsring sein. Ja, er möchte sie heiraten. „Aber sie ist noch viel zu jung", meint Frieda. „Außerdem sollte sie erst einmal ihre Lehre beenden", fügt Erwin hinzu, „damit sie wenigstens das für die Zukunft sicher hat."

Rosmarie schweigt. Sie äußert sich in der Tat mit keinem einzigen Wort, sagt weder, dass sie ihn heiraten möchte, noch, dass sie es nicht will. Anscheinend weiß sie es selbst nicht.

Zum Frühstück stellt Frieda eine grüne Marmelade auf den Tisch und bittet Franz zu erraten, aus was für Früchten sie hergestellt ist. Der ehemalige Gärtner ist gefragt. Er findet sie äußerst wohlschmeckend, ist sich aber unsicher. „Stachelbeeren?", fragt er zögernd. Frieda schüttelt den Kopf. Ihm fällt keine andere Frucht ein. „Tomaten!", ruft Frieda triumphierend. Sie hat sie aus den kleinen grünen Tomaten gekocht, die auf ihrem Minibeet nicht mehr reif geworden sind. Franz guckt pikiert, fühlt sich in seiner Ehre als Botaniker anscheinend ein bisschen verletzt. Das erinnert Erwin an seine saure Miene, als in Köln das Bettgestell von den Ziegelsteinen gerutscht ist und er nicht fähig war, es wie die anderen mit Humor zu nehmen. Doch Humor braucht der Mensch, um auch bei widrigen Umständen glücklich sein zu können. Und Rosmarie lacht doch so gern!

Als Franz nach Hamburg zurückfährt, hat sie sich zum Glück noch nicht zu seinem Antrag geäußert.

Kaum nach Hamburg zurückgekehrt, begibt sich unser „Karrieremensch" zum angesehensten Schuhgeschäft der Stadt und bittet um eine Lehrstelle für seine zukünftige Frau. Der Wunsch wird ihm sofort gewährt, weil man einer solchen Erscheinung nichts abschlagen kann. Und nicht nur das, es wird ihm zugesagt, dass sie außer der Tätigkeit als Schuhverkäuferin auch eine Ausbildung als Bürokraft erhalten wird. Als Rosmarie liest, dass sie diese Lehre, die ihr mehr zu bieten hat als die jetzige, jederzeit antreten kann, entschließt sie sich, Franz zu heiraten und mit ihm nach Hamburg zu gehen. Erwin und Frieda wollen ihr ihre Zustimmung nicht verweigern, haben aber das Gefühl, dass ihre Tochter nicht wirklich glücklich über ihre Entscheidung ist. Sie raten ihr, es sich noch einmal gründlich zu überlegen. Doch Rosmarie bleibt bei ihrem Entschluss. Die Trauung wird auf den Ostersamstag festgelegt. Am Vorabend trifft Franz in Friedrichshafen ein. Rosmarie ist nicht zu Hause. Seltsam! Frieda verlässt stillschweigend das Haus, denn sie hat einen Verdacht. Ihre Tochter hat in den letzten Tagen öfter Werner erwähnt, einen Klassenkameraden aus der Berufsschule. Sollte sie bei ihm sein? Nein, dort ist sie nicht. „Ich glaube, die beiden sind ins Kino gegangen", teilt ihr Werners Mutter mit. Frieda rennt zum Kino und erwischt die beiden gerade noch, als sie, die Kinokarten in der Hand, den Saal betreten wollen. Nicht Rosmarie macht sie eine Szene, sie steht schuldbewusst daneben, sondern Werner. „Weißt du nicht, dass sie morgen heiratet und ihr Bräutigam bereits da ist? Was denkst du dir dabei, mit ihr ins Kino zu gehen?" Werner druckst herum, weiß nicht, was er antworten soll.

Und energisch an ihre Tochter gewandt: „Du kommst mit nach Hause, Franz wartet auf dich." Schweigend geht sie neben ihr her. Was mag in ihr vorgehen? Noch eine Woche zuvor hätte Frieda einen Rückzieher verstanden, aber doch nicht zu diesem Zeitpunkt! Rosmarie aber denkt an Werners innigen Kuss. Auf diese Weise hat Franz sie noch nie geküsst. Bei ihm wirkt alles so geplant. Zu Hause erzählt Frieda, man habe von Rosmarie noch Überstunden verlangt. Sie ist sich nicht sicher, ob Franz das glaubt. Hauptsache, ihre Tochter hat das Gesicht gewahrt.

Zur Hochzeit trägt Rosmarie eine dunkelblaue Bluse, zu der die weißen Nelken farblich gut passen. Ein wunderschönes Brautpaar sind die beiden. Nur hätte sich Frieda im Geheimen als Brautstrauß rote Rosen gewünscht. Renate ist nicht mit zum Standesamt gegangen, sondern hat inzwischen liebevoll den Tisch gedeckt und um die Teller des Brautpaars einen Kranz aus den Blättchen einer roten Geranienblüte gelegt. Sie freut sich von ganzem Herzen über diese Hochzeit, denn aus ihrer Sicht ist die große Schwester nicht zu jung. Und Franz hat sie schon immer gemocht. Als Hochzeitsbraten hat sich Frieda etwas Besonderes ausgedacht, was sie erst hier in Friedrichshafen kennengelernt hat: einen warmen Fleischkäse! Erwin hat für die Trauung seiner Tochter, bei der er und Frieda Trauzeugen sind, von seinem Chef nicht freibekommen, obwohl ihm noch Urlaub zusteht. Dieser Mensch verlangt tatsächlich, dass er zur Arbeit erscheinen soll. Doch er kennt Erwin nicht, der sich daraufhin für diesen Tag hat krankschreiben lassen. Sie kommen von der Trauung nach Hause, setzen sich an den festlich gedeckten Tisch, sind mit der Mahlzeit noch nicht fertig, als es klingelt. Der Chef! Persönlich kommt er vorbei, um

Erwin zur Arbeit zu holen. Doch der hat sich schnell ins Bett gelegt. „Ich bin krank", sagt er leidend, zeigt ihm die Krankschreibung und lässt sich nicht aus der Ruhe bringen. Dem Chef bleibt nichts anderes übrig, als unverrichteter Dinge wieder zu gehen. Dem Hochzeitspaar alles Gute für die Zukunft zu wünschen, kommt ihm natürlich nicht in den Sinn.

Nun ist Rosmarie in Hamburg und die Wohnung plötzlich so leer. Sie schreibt, sie sei jetzt ein Einzelhandelskaufmannslehrling, da sie ja nicht nur als Verkäuferin, sondern gleichzeitig als Bürokraft ausgebildet wird. Was für ein langes Wort! Ihre ersten Kölner Versuche in Stenografie und Maschineschreiben kommen ihr hier zugute. Neu ist für sie die Buchhaltung. Jedenfalls gefällt ihr diese Lehrstelle besser als die in Friedrichshafen, und bessere Berufschancen bieten sich auch.

Wie froh ist Frieda über diesen Brief, denn ihre Sorge gilt jetzt Erwin. Nach diesem unsozialen Verhalten seines Arbeitgebers an Rosmaries Hochzeitstag hat er lange mit ihr über das Klima in der Firma gesprochen. Schon von Anfang an ist er den Schikanen dieses Herrn ausgesetzt gewesen. Der meint, er könne mit ihm machen, was er wolle, da er es sich, mit zwei Töchtern und ganz offensichtlich in Armut lebend, nicht leisten könne, nach einer anderen Arbeitsstelle Ausschau zu halten. Bis jetzt war das auch der Fall, weil Erwin Rosmarie keinen weiteren Umzug zumuten wollte, bevor sie nicht wenigstens ihre Lehre beendet hat. Deshalb hat er zu Hause nie darüber gesprochen, um Frieda nicht damit zu belasten, die jedoch nach dieser Niederträchtigkeit, ihrem Mann nicht einmal für die Hochzeit der Tochter einen Urlaubstag zu bewilligen, von selbst das Gespräch darauf gebracht hat. Nun ist Rosmarie versorgt und die Situation der Familie dadurch eine andere geworden. Lange überlegen sie, was zu tun sei. Sie kommen überein, dass ein Wechsel nur innerhalb der französisch besetzten Zone mit Französisch als erster Sprache möglich ist, damit es Renate, schulisch gesehen, nicht genauso ergeht wie ihrer Schwester. Doch vorerst ist kein Wechsel in Aussicht. Erwin hat vor, in der Firma kein Wort über seine Pläne verlauten zu lassen, sondern weiterhin jede Schikane hinzunehmen, ohne eine Miene zu verziehen. Sein Chef wird sich noch wundern, denn wenn es so weit ist, wird er ihm die Kündigung reichen, ohne ein Wort darüber zu verlieren. Auf diesen Moment freut er sich schon jetzt!

„Dann hat er also damals an Weihnachten seine Keksbüchse nur deshalb persönlich vorbeigebracht, um zu sehen, wie es uns geht." - „Genau. Unser Mangel an Möbeln scheint ihm offensichtlich gefallen zu haben." - „Und wir haben uns geniert, dass wir ihm keine Tasse Kaffee anbieten konnten." Dieser Herr hat für den Verlust seines Ritterguts als Lastenausgleich eine so hohe Summe bekommen, dass er aus dem Vollen schöpfen konnte. Wahrscheinlich hält er sie beide, Erwin und Frieda, für blöd, weil sie aus der Tatsache, ausgebombt zu sein, keinen Nutzen gezogen haben. Aber auch Erwin und Frieda haben einen Lastenausgleich beantragt, jedoch nichts bekommen. Zur Begründung der Ablehnung hieß es, dass sie zu dem Zeitpunkt, als die Berliner Wohnung in Schutt und Asche ging, bereits eine neue Bleibe in Ostpreußen hatten, und für diese Ostgebiete wird keine Entschädigung genehmigt. Mit anderen Worten, sie bekommen nichts, weil sie doppelt verloren haben.

Nachbarschaft

Der Wohnblock wird rechts und links von zwei Straßen begrenzt, die etwas weiter weg im spitzen Winkel aufeinandertreffen. So entsteht hinter dem Haus ein dreieckiges Grundstück, das von Unkraut und Gebüsch überwuchert ist. In dieser Wildnis können die Kinder herrlich spielen. Manchmal bringt Werner sogar seinen zahmen Laubfrosch mit, der munter durch das Gras springt. Muss der Bub nach Hause, ruft er laut: „Mäxchen!" Und der Frosch kommt angehüpft. Nur so zum Spaß setzt er ihn Renate aufs Genick. Sie erschrickt und schleudert das sich kalt anfühlende Etwas fort. Hinterher tut es ihr leid, Mäxchen so behandelt zu haben. Schließlich mag sie diesen kleinen grasgrünen Frosch.

Eines Tages beschließen die Blockbewohner, dieses kleine Grundstück zu verschönern. Alle packen mit an. Unkraut und Buschwerk werden entfernt, und in kürzester Zeit ist eine kleine Parklandschaft entstanden mit Wegen und Sitzbänken. Nach der Arbeit trifft man sich zu fröhlichem Schmaus. Die Erwachsenen sind stolz auf ihr gemeinsam geschaffenes Werk, nur die Kinder trauern ihrem verloren gegangenen Paradies nach.

Radtouren

Zum Geburtstag bekommt Renate ein Fahrrad. Nun können sie zu dritt am Nordufer des Bodensees herrliche Touren unternehmen. Meersburg mit seinen Toren und diesen alten Häusern beeindruckt alle drei sehr. Sie rechnen. Doch, ja! Sie können sich die Burgbesichtigung leisten und werden nicht enttäuscht. Eine richtige Ritterburg mit Palas, Brunnen und Küche! Am erstaunlichsten ist jedoch, dass ihr ganzes oberes Stockwerk noch bewohnt ist! Besonders schön finden sie den Innenhof und die daran anschließende Wohnung der Dichterin Annette von Droste-Hülshoff. Von ihrem Schreibtisch aus konnte sie den See und die Schweizer Berge betrachten.

Nach Meersburg folgen weitere Ausflugsziele, die Pfahlbauten in Unteruhldingen, die barocke Klosterkirche in Birnau, von der aus sie einen so herrlichen Blick auf den See und den Bodanrück haben, und schließlich Überlingen mit seiner Kakteensammlung im Park und dem geschnitzten Hochaltar in der Kirche Sankt Nikolaus. Auch der Weg am See entlang Richtung Lindau ist äußerst reizvoll. Bei Eriskirch beeindruckt sie der Hopfen, der sich an meterlangen Stangen in die Höhe windet. Ihn also braucht man zum Bierbrauen. Noch nie zuvor haben sie diese Pflanze gesehen. Langenargen, Kressbronn und das Tal der Argen, Wasserburg und schließlich Lindau selbst sind ebenfalls schöne Ziele. Touren ins Hinterland sind wesentlich anstrengender. Da heißt es oft, tüchtig in die Pedale zu treten. Bergauf sind Erwin und Renate schneller, aber bergab saust die gewichtige Frieda ihnen im Freilauf davon. Ein Huhn läuft ihr fast ins Rad. Sie schreit auf. Das Huhn ist genauso erschrocken wie sie, duckt sich mitten auf der Straße und legt ein Ei. Das gibt ein Gelächter! Zu Hause bedauern sie alle drei, das Ei nicht mitgenommen zu haben.

In den Sommerferien beschließen sie, den Obersee zu umrunden. Das sind hundert Kilometer und vielleicht doch ein bisschen zu viel. Deshalb wollen sie unterwegs einmal übernachten. So geübt, wie sie inzwischen sind, sitzen sie schon bald auf der Fähre, die sie von Meersburg nach Konstanz bringt. Ausgeruht geht die Fahrt am Schweizer Ufer zügig weiter. Die Stadt Romanshorn kündigt sich mit etlichen Reklameschildern am Straßenrand an. Groß und bunt sind sie, für unsere drei Kinzels etwas ganz Ungewohntes, sogar für unseren verhinderten Werbefachmann. Sie fahren weiter, immer der Nase nach. Nach einer längeren Vesperpause sind sie bereits in Österreich und schließlich in Lindau. Eigentlich hätten sie doch übernachten wollen. Aber von Lindau ist es gar nicht mehr weit bis nach Hause. Also fahren sie weiter, obwohl schon bald die Dämmerung beginnt. Als sie den Stadtrand von Friedrichshafen erreichen, ist es dunkel. Ohne Licht am Fahrrad fühlt sich besonders Erwin nicht ganz wohl in seiner Haut, da auf der Hauptstraße reger Autoverkehr herrscht. Aber sie kommen wohlbehalten und hundemüde nach Hause zurück.

Nach den Ferien folgt der übliche Aufsatz über ein Ferienerlebnis. Unter Renates Arbeit steht neben der schlechten Note - im Aufsatz hat sie bisher immer gute Noten bekommen - der Satz: „Hast du während der Fahrt nichts Interessanteres gesehen als Reklameschilder?" Sie überlegt. Eigentlich war das außer der Fahrt mit der Fähre wirklich das Interessanteste. Sie sind ja immer nur gefahren. Angeschaut haben sie nichts.

„Wo ist denn Renate?" - „Sie ist zusammen mit ein paar Kindern aus der Nachbarschaft mit dem Rad unterwegs. Wahrscheinlich wollen sie wieder Fallobst sammeln. Ah, da kommt sie ja." Glücklich zeigt Renate ihre Beute. Außer madigen Äpfeln, die man ungefragt von den Wiesen aufsammeln darf, bringt sie dieses Mal auch große, gelbe Äpfel mit, die weder madig noch angefault sind und die, saftig und süß, ausgesprochen gut schmecken.

„Wo habt ihr die her?", fragt Frieda, zweifelnd, ob die Kinder dieses Obst wirklich mitnehmen durften. „Vom Boden aufgelesen. Werner hat den Baum entdeckt. Wir alle schnell vom Rad und eingesammelt. Auf einmal kommt eine Frau aus dem Haus und schimpft. Wir schnell weg." - „Das mach lieber nicht noch einmal." - „Aber sie lagen auf dem Boden. Die darf man doch aufsammeln." - „Auf einer Obstwiese, aber möglichst nicht bei einem Baum, der neben einem Haus steht. Und das war ja wohl der Fall. Oder?" Renate nickt.

Frieda denkt an die grünen Äpfel des Herrn Pagel und daran, wie sie Renate in Berlin einmal gelobt hat, als sie mit einem Kopf Weißkohl nach Hause gerannt kam, der von einem Lastwagen gefallen war, anstatt ihn dem Fahrer wiederzugeben. Aber jetzt sind andere Zeiten. Jetzt sollte ihre Tochter wieder lernen, dass es sich gehört, ehrlich zu sein. Doch die gestohlenen Äpfel schmecken vorzüglich. Das Fallobst kann sie jedenfalls mit gutem Gewissen verarbeiten. Die gekochten Apfelstücke werden durch ein Sieb gepresst. Dabei dreht man an einer Kurbel, wodurch eine kleine Holzwalze im Sieb im Kreis bewegt wird. Das gibt herrliches Apfelmus. Auf Eierkuchen, hier sagt man Pfannkuchen, schmeckt das köstlich. Besonders Erwin kann nicht genug davon bekommen. Renate ist nicht so scharf auf Pfannkuchen, sie isst das Apfelmus lieber nur als Kompott. Andere gekochte Apfelstücke werden ausgepresst. Der Saft ergibt eingekocht ein feines Gelee.

Veränderungen

Renate, in der Grundschule immer zu den Kleinsten in der Klasse gehörend, ist in den letzten zwei Jahren zwanzig Zentimeter gewachsen, ist nun 1,59 m groß, wiegt aber nur 35 kg. Als Frieda mit ihr zum Arzt geht, weil sie immer wieder Magenbeschwerden hat, meint dieser, sie müsse unbedingt in ein Erholungsheim, und verweist sie an die Caritas. Dort wird Frieda mit ihrer Tochter mit großer Freundlichkeit empfangen. Keine der Damen, die gerade anwesend sind, stört sich daran, dass sie konfessionslos sind. Auch für Familie Kaspers spielte das keine Rolle. Warum aber diese „Degradierung" in den Volksschulen beider Städte? Im Gymnasium wird zum Glück kein Unterschied gemacht.

Als die Caritashelferinnen die Bedürftigkeit der Familie erkennen, holen sie aus der Kleidersammlung ein paar passende Stücke. Zum ersten Mal in ihrem Leben trägt Renate nun ein Unterhemd, das maschinell in einer Fabrik hergestellt und nicht von Mutti von Hand gestrickt worden ist. Ganz besonders gut gefällt ihr die kleine Rose, mit der es vorn verziert ist. Das Oberteil eines taubenblauen Wollkleides ist schon ziemlich abgetragen, doch der Stoff des Rockes ist noch gut. Frieda kauft eine farblich dazu passende Wolle und häkelt tunesisch eine Passe an den Rock. Wunderschön sieht Renate in diesem Kleid aus. Frieda ist richtig stolz auf ihr Werk.

Am Nachmittag findet auf dem Schulhof eine Vorführung der Feuerwehr statt. Gegen Ende bespritzt ein Feuerwehrmann aus Spaß einen Jungen mit Schaum. Erschrocken läuft dieser davon und, dem Gesetz der hirnlosen Masse folgend, eine ganze Reihe Kinder hinterher.

Auch Renate läuft mit. Der Junge will sich von seinen Verfolgern befreien und klettert über einen Zaun. Die meisten Kinder bleiben daraufhin zurück, doch ein paar geben nicht auf, und zu denen gehört, wie kann es anders sein, auch Renate! Zu Hause ärgert sich ihre Mutter über den Triangel, den die Tochter in das schöne neue Kleid gerissen hat und den sie nun mühsam flicken muss.

Die Caritas hat auch eine Bücherei, und Renate darf sich unentgeltlich ein Buch aussuchen. Sie wählt eines, von dem sie so ergriffen ist, dass sie es nie wieder vergessen wird: *Die wunderbaren Fahrten und Abenteuer der kleinen Dott.* In der Johannisnacht wird ein Mädchen verzaubert. Es wird nicht nur unsichtbar, sondern kann in verschiedene Stationen der Vergangenheit reisen und lernt so, und mit ihr die Leserin, die Geschichte in lebendiger Form kennen, als wäre sie selbst dabei gewesen.

Im Januar 1953 kommt Renate für sechs Wochen in ein Erholungsheim nach Sonthofen. Eine völlig neue Umgebung tut sich ihr auf, verzaubert durch eine dicke Schneedecke, die im Sonnenschein glitzert. Besonders die Wanderungen durch den Wald sind faszinierend. Kleine Wasserfälle sind zu Eis erstarrt. Am Wegrand liegt das Gerippe eines Rehs im Schnee, abgenagt bis auf einige Fleischfetzen, die noch an den Knochen hängen. Gruselig!

Abends stehen Lieder und Gesellschaftsspiele auf dem Programm. Sonntags besucht ihre Betreuerin zusammen mit ihr und zwei weiteren Kindern den evangelischen Gottesdienst. Eine schöne Zeit. Leider steht das Fenster über Renates Bett einen Spalt offen. Es zieht, und sie friert am Kopf. Als sie es ihrer Betreuerin sagt, versucht diese zwar, das Fenster zu schließen, zuckt aber nur mit den

Schultern, als es ihr nicht gelingt. Leider kommt weder ihr noch Renate der Gedanke, dass es für sie besser wäre, mit dem Kopf am Fußende des Bettes zu schlafen. Auf diese Weise hätte sie den Stirnhöhlenkatarrh vermeiden können, der ihr noch lange zu schaffen machen wird.

Erwin wacht auf, bevor der Wecker klingelt. Heute ist der Tag! Pünktlich ist er bei der Arbeit, der Chef bereits in seinem Büro. Innerlich jubelt er, als er ihm mit unbeweglicher Miene das Kündigungsschreiben vorlegt. Der Chef, ganz erstaunt über diesen für ihn völlig unerwarteten Entschluss, bietet ihm sofort mehr Lohn an. Doch Erwin schüttelt nur leicht mit dem Kopf, ohne auch nur einen Ton zu sagen. Was für ein Triumph!

Bereits im Februar beginnt er seine Arbeit in Konstanz. Damit kehrt er, die Arbeitsbedingungen und die Räumlichkeiten betreffend, zurück in die Steinzeit. Die Klischee-Kunst Konstanz, kurz KKK genannt, befindet sich in einer ehemaligen Essigfabrik. Im Erdgeschoss ist dort jetzt eine Maschinenfabrik, im ersten Stock eine Firma, die sich Angelmi nennt, und im zweiten Stock sein neuer Arbeitsplatz. Er muss wieder unter eiskaltem fließendem Wasser arbeiten. Dafür herrscht hier ein angenehmes Betriebsklima. Er kann, auch in Gegenwart seines neuen Chefs, wieder frei atmen. Einen der ausgesprochen netten Kollegen kennt er sogar aus Berlin. Das alles wiegt die steinzeitlichen Zustände der Firma auf. Doch ein anderes Problem ist schwerer zu bewältigen: In Konstanz herrscht große Wohnungsnot. Im durch Bombardierungen zerstörten Friedrichshafen wurden für die französische Besatzungsmacht gleich mehrere Wohnblocks erstellt. Da Konstanz nicht bombardiert wurde, hielten die Franzosen das hier nicht für nötig, sondern beschlagnahmten für sich einfach die schönsten Wohnungen, und deren Bewohner wurden zu anderen Leuten zwangseingewiesen. Die Konstanzer selber mussten also zusammenrücken. Die ersten Tage wohnt Erwin im Gasthaus Schützen, was auf die Dauer zu teuer würde. Doch er hat Glück. Er kann in Wollmatingen, einem Stadtteil, der am Rande von Konstanz liegt, bei einem Bauern ein möbliertes Zimmer beziehen. Leider kann es nicht geheizt werden, und noch ist Winter. Deshalb verkriecht er sich nach dem Abendbrot in sein Bett. Auf dem Nachttisch liegt griffbereit das Buch, in dem er zu lesen pflegt. Doch heute ist endlich einmal wieder seine dichterische Ader gefragt, denn Hansjörg, ein Lehrling aus der Ätzerei, hat seine Lehre beendet und soll gegautscht werden. Schön, dass diese in der Druckerzunft übliche Sitte, einen Lehrling zum Gesellen zu taufen, nach den schlechten Zeiten wieder auflebt. Das Gedicht ist fertig. Mit klammen Fingern stellt Erwin auch ein kleines, lustiges Geschenk her. Er befreit ein Teesieb von seinem Rahmen, klopft es breit, klebt es auf eine Pappe und schreibt darunter: „Der Urraster". Seine Art Humor wird hoffentlich ankommen, denn mit so einem kleinen Ding hätte man wohl kaum ein für die Veröffentlichung in der Zeitung bestimmtes Foto in einzelne Punkte zerlegen können. Erwin ist jedenfalls mit seiner Arbeit zufrieden. Am nächsten Morgen kann die Gautschfeier starten. Die mit Wasser gefüllte Zinkwanne steht bereit. Nach einer Ansprache des Chefs und Erwins Gedichtvortrag wird Hansjörg erst in voller Montur ins Wasser getaucht und anschließend, nass, wie er ist, mit Talkumpulver bestreut. Das klebt so herrlich! Nun erhält er außer dem Gautschbrief auch Erwins „wertvolles" Geschenk, das bei ihm zu Hause einen Ehrenplatz einnehmen wird. Natürlich bedankt er sich für seine Taufe mit einem Kasten Bier.

Als Erwin zwei Wochen später Frieda besucht, wird er mit Fragen überschüttet. Vor allem will sie wissen, was nun mit ihr und Renate ist. „Ich fürchte, ihr müsst noch eine Weile hier bleiben. Eine Wohnung zu finden ist so gut wie unmöglich." - „Unsere Wohnung gehört aber der Firma. Wir müssen raus, weil dein Nachfolger einziehen soll. Im Moment wohnt er noch bei einem Kollegen. Aber nächste Woche wollen seine Frau und sein Sohn nachkommen." - „Und wenn wir es nun umgekehrt machen? Er zieht in unsere Wohnung, und wir behalten nur ein Zimmer?" Das wäre zu überlegen. Noch am gleichen Tag gibt der Kollege sein Einverständnis.

Als Renate im Februar aus Sonthofen wieder nach Hause kommt, ist nur die Mutter daheim. „Wir wollten es dir nicht schreiben, aber Vati hat Arbeit in Konstanz gefunden." Es steht also wieder ein Umzug bevor. Bald darauf zieht tatsächlich Erwins Nachfolger mit Frau und Sohn zu ihnen, während Frieda mit Renate nur noch ein Zimmer bewohnt. Jeden Morgen, wenn der Kollege im Bad ist, ruft seine Frau: „Wilhelm, wie viel Schnitten?" Obwohl die Antwort jedes Mal „zwei" lautet, wiederholt sich das von Tag zu Tag. So hat Frieda wenigstens etwas, worüber sie sich amüsieren kann. Sie spottet nun einmal so gerne. Ansonsten sind es trübe Tage, denn man lässt sie nur zu deutlich spüren, dass sie und ihre Tochter ein lästiger Fremdkörper sind.

Da Renate aus Sonthofen mit einem Stirnhöhlenkatarr zurückgekommen ist, muss sie noch längere Zeit in der Schule fehlen. Erst drei Wochen, nachdem das neue Schuljahr begonnen hat, kann sie wieder zum Unterricht gehen. Viele neue Lehrer hat die Klasse bekommen, die über Renates langer Abwesenheit nicht informiert worden sind, so auch die Französischlehrerin. Das neue Schulbuch hat mit den Zeiten begonnen. Renate ist nicht in der Lage, sie allein nachzulernen, und versagt völlig in der Klassenarbeit, die hauptsächlich davon handelt. Das nimmt ihr ganz den Mut. Frieda beschließt, ihr Nachhilfeunterricht geben zu lassen. Das kostet auch wieder Geld. In allen anderen Fächern spürt ihre Tochter gar nicht, dass sie gefehlt hat, und im Fach Englisch, das neu hinzugekommen ist, ist sie sogar weiter.

Der Nachhilfeunterricht hilft Renate in keiner Weise, denn sie übt sich dort nur im Lesen und Übersetzen der neuen Lektion. Von den Zeiten ist keine Rede, denn Renate traut sich nicht, darauf hinzuweisen. Auch im Fach Musik haben sie einen anderen Lehrer bekommen, der sie das Lied von „Klein Marei" zweistimmig singen lässt, und Renate ist dem Alt zugeteilt. Diese Stimme klingt tiefer. Das hat sie wohl bemerkt, singt das Lied dementsprechend einiges tiefer als sonst. Plötzlich steht der Lehrer neben ihr und fragt: „Was singst du denn für einen Kartoffelpatsch zusammen?" Erst, als ihr eine andere Schülerin die Altstimme ins Ohr singen soll, merkt sie, dass es sich um eine ganz andere Melodie handelt. Aber das bekommt sie nicht hin.

Erwins „Frauen" stehen am Hafen. Das Schiff ist bereits zu sehen. Es schleicht heran. Kann es nicht ein bisschen schneller fahren? Frieda ist diesmal ganz aufgeregt, sie weiß selbst nicht warum. Schließlich kommt Erwin nicht das erste Mal zu Besuch. Endlich legt das Schiff an, und er ist einer der Ersten, der die Gangway betritt. Auf dem Heimweg redet er nur belangloses Zeug. Das macht Frieda noch kribbliger. Da liegt doch etwas in der Luft! Als sie endlich in ihrem Zimmer sind, hält sie es nicht mehr aus: „Nun sag schon!" Erwin lächelt. „Wir können Mitte Mai für drei Monate in das Zimmer einer Frau ziehen, die in dieser Zeit in der Schweiz arbeitet." - „Und danach?" - „Vielleicht findet sich inzwischen etwas anderes. Du behältst auf alle Fälle dieses Zimmer hier, damit du notfalls wieder hierher zurückkehren kannst."

Die Glärnischstraße

Die Glärnischstraße mit ihren architektonisch so anmutenden Häusern liegt äußerst günstig. Nach ein paar Schritten schon kommt man an die Seestraße, wo an sonnigen Frühlingstagen halb Konstanz promeniert. Vom gegenüberliegenden Bodenseeufer winken bereits die Schweizer Voralpen. An klaren Tagen kann man sogar den Säntis und die sieben Churfirsten sehen. Biegt man nach rechts ab, ist es nicht weit bis zur Rheinbrücke. Hier verlässt der Rhein den Obersee, zeigt sich eine Strecke lang als Fluss, bis er durch den Untersee fließt, den er bei Stein am Rhein als Fluss wieder verlässt. Überquert man die Rheinbrücke, gelangt man geradeaus in den Stadtgarten, am Rhein entlang in die Konstanzer Altstadt. Hier ist Frieda mit Renate unterwegs. Aus dem Leben in Friedrichshafen schließt sie, dass die Städte in Süddeutschland alle überschaubar sind, und fragt einen Straßenkehrer, wo sich das Gymnasium befindet. Er zeigt auf ein Gebäude. Drinnen empfängt sie eine Ordensschwester. Nein, da sei sie wohl falsch. Auf die Frage, ob es noch ein anderes Gymnasium gebe, erfährt sie, dass es sich hier um eine von katholischen Ordensschwestern geführte private Realschule handelt, in der, man staune, auch andersgläubige Kinder aufgenommen werden. Die Schwester erklärt ihr den Weg zum Gymnasium. Doch wieder ist sie mit Renate im falschen Haus, denn das Humboldt-Gymnasium besuchen nur Knaben. Endlich, im Ellenrieder-Gymnasium, kann sie ihre Tochter abliefern. Da hier nur Mädchen unterrichtet werden, wird es im Volksmund Affenkasten genannt. Noch ein drittes Gymnasium soll es geben, ein humanistisches. Konstanz scheint doch etwas größer zu sein, als Frieda vermutet hat.

Wieder zu Hause, begegnet ihr im Treppenhaus eine dieser vornehmen Bewohnerinnen, die ihren freundlichen Gruß von oben herab mit gerümpfter Nase erwidert, denn Frieda gehört in den vierten Stock, wo das Pack haust. In den vier Zimmern wohnen vier verschiedene Mieter. Im größten Zimmer hat ein Fotograf sein Atelier, in einem recht schmalen Raum wohnt ein älteres Ehepaar mit seinem fünf Jahre alten Pflegesohn, im Zimmer daneben ein Ehepaar mit einem Kleinkind. Ein weiteres Kind wird demnächst das Licht der Welt erblicken. Es kann sich nur noch um Tage handeln. Im vierten Zimmer, mit dem Mansardenfenster zum Innenhof, dürfen Kinzels drei Monate lang wohnen. Unter der Dachschräge steht für Renate Rosmaries Feldbett. Davor hat Frieda einen Vorhang angebracht, sodass sie sich mit Erwin im Bett ihrer Vermieterin ungestört fühlt. Renate gefällt das. Sie meint, sie käme sich vor wie in einem Zelt.

Abends erfährt Erwin von seiner Frau, wie sehr sie sich in der Größe der Stadt getäuscht hat: „Konstanz muss doch etliches größer sein als Friedrichshafen, denn es hat gleich drei Gymnasien. Und es verkehrt sogar regelmäßig ein städtischer Bus. Den nennen die Leute Roter Arnold." - „Aber nicht, weil er rot ist", das weiß Erwin bereits, „sondern weil ein gewisser Bürgermeister, Fritz Arnold, der diese Buslinie in den zwanziger Jahren eingerichtet hat, bei der SPD war, also ein Roter gewesen ist." - „Interessant. Aber wir werden wohl mehr mit den Fahrrädern unterwegs sein und ihn kaum benutzen."

Obwohl Konstanz mehr als doppelt so viele Einwohner hat wie Friedrichshafen, kann Erwin trotzdem mittags zu Fuß zum Essen nach Hause kommen. Das bereitet Frieda auf einem elektrischen Herd mit zwei Platten und einem Backofen zu, der keinen besonderen Anschluss benötigt, sondern für den eine gewöhnliche Steckdose den nötigen Strom liefert. Es ist ihre erste Anschaffung in Konstanz, denn sie möchte sich nicht mit den anderen Mietern die Küche teilen. Da wäre sie zeitlich zu sehr gebunden. Erwin hat sich gleich mit dem Fotografen angefreundet. Manch lustigen Abend verbringen Frieda und er zusammen mit ihm. Tagsüber unterhält sich Frieda gern mit der Schwangeren. Eines Nachts wacht sie auf: „Jetzt ist es da!", weckt sie Mann und Tochter. Trotz Tiefschlaf hat sie, eine typische Mutter, den ersten Schrei der neuen Erdenbürgerin gehört.

Leider kostet der Gymnasiumbesuch hier noch mehr als in Friedrichshafen, nämlich zweihundert Mark im Jahr. Außerdem braucht Renate für einige Fächer ein anderes Buch. Auch das sind wieder zusätzliche, womöglich unnötige Ausgaben, denn sollten sie keine Wohnung finden, müssten Mutter und Tochter in drei Monaten zurück nach Friedrichshafen, zurück in dieses eine Zimmer, wo sie nicht gern gesehen sind. Das wäre schade, denn Renate fühlt sich im Affenkasten ausgesprochen wohl, vor allem das Fach Französisch betreffend. Das hier verwendete Lehrbuch bringt die Zeiten erst später. Sie bekommt sie von Anfang an mit, lernt wieder mit Begeisterung, schreibt gute Noten und wird plötzlich in allen Fächern besser. Was eine gute psychische Verfassung alles bewirken kann! Jeden Morgen freut sich das Mädchen auf den neuen Schultag, und das beginnt schon mit dem Schulweg. Weder in Berlin, noch in Köln, noch in Friedrichshafen hat Renate den Weg zur Schule so genossen wie hier: die Seestraße, die Rheinbrücke mit dem Blick über den See und hinüber zum Säntis, der kleine Kanal mit seinen überhängenden Weiden rund um die Insel, auf dem das Inselhotel steht, und schließlich der Gang durch die Altstadt. Besonders die Inselgasse liebt sie, denn noch nie hat sie solch alte Häuser gesehen, von denen jedes sogar einen eigenen Namen hat.

Zwei Klassenkameradinnen wohnen ganz in ihrer Nähe, die eine mit Eltern und Bruder in einem einzigen Zimmer, zwangseingewiesen zu anderen Leuten, da ihre Wohnung beschlagnahmt wurde, die andere, deren Vater ein Sanatorium leitet, in einer riesigen Villa mitten in einem Park. Größer können Unterschiede kaum sein. Neben ihr aber sitzt Hannelore, ein stilles Mädchen. Ihre Eltern haben ein Haus in einer neu entstehenden Siedlung gekauft.

Zum Unterricht gehört auch Schwimmen. Es findet jeden Freitag in der letzten Stunde im Hallenbad statt, wofür Renate jedes Mal zwanzig Pfennig mitbringen muss. Leider fällt ihr das heute erst beim Frühstück ein, und auch Frieda hat vorher nicht daran gedacht. Die Mutter sucht alle Taschen ab, ob sich irgendwo noch eine Münze verkrochen hat, aber es bleibt dabei: Sie kann ihr nur neunzehn Pfennig mitgeben. Den ganzen Vormittag ist Frieda unruhig, kann sich nicht richtig auf ihre Näharbeit konzentrieren. Immer muss sie daran denken, wie peinlich ihrer Tochter der fehlende Pfennig sein muss! Die Zeit schreitet voran. Sie denkt nach. Vielleicht wird Erwin den Lohn nicht erst zur Mittagspause erhalten, sondern bereits im Laufe des Vormittags. Entschlossen legt sie die Näharbeit hin und radelt zur Firma. Erwin ist schon ein bisschen überrascht, sie plötzlich im Raum stehen zu sehen. Doch als sie ihm die Sachlage erklärt, holt er sofort die Lohntüte, die zum Glück nicht nur Scheine, sondern auch ein paar Groschen enthält. Frieda schwingt sich wieder aufs Fahrrad und fährt Richtung Hallenbad. Als sie dort ankommt, geht die Klasse gerade hinein. Im letzten Augenblick kann sie ihrer Tochter die beiden Groschen in die Hand drücken. Deren dankbarer Blick ist ihr Belohnung genug. Als Frieda zurück ins Zimmer kommt, schreckt sie einen Spatz auf, der sich schnell durch das offene Fenster davonmacht. So ein frecher Kerl! Vorhin hat sie die Butter auf dem Tisch stehen lassen. Seine Pickspuren sind daran deutlich zu erkennen.

Die Schweiz!

Schon von Friedrichshafen aus fuhren etliche ihrer Bekannten einmal im Monat mit dem Schiff nach Romanshorn, um die zollfreien Waren zu erstehen, die den Menschen in der Grenzregion ab dem sechzehnten Lebensjahr pro Monat erlaubt sind:. ein halbes Pfund Bohnenkaffee, hundert Gramm Schwarztee, ein Pfund Zucker und nach Wahl entweder eine Schachtel Zigaretten oder ein Päckchen Tabak. Das haben Kinzels aus Kostengründen nicht mitgemacht. Hier in Konstanz fällt nun die Fahrt mit dem Schiff weg, und Ehepaar Kinzel betritt einen Laden in Kreuzlingen. Frieda gehen fast die Augen über, so viele verschiedene Schokoladensorten liegen hinter der gläsernen Theke! Was soll man denn da wählen? „Na, Frieda", neckt sie Erwin, „hast du dir schon eine Sorte ausgesucht?" Sie schüttelt den Kopf, doch ihre großen blauen Augen strahlen. „Ich hoffe doch, dass wir in Konstanz länger bleiben. Dann kannst du sie nach und nach alle ausprobieren." Was für schöne Aussichten die Zukunft bietet! Als sie an die Reihe kommen, verlangen sie erst einmal das, was jeder von ihnen monatlich einführen darf, wobei Erwin Tabak wählt, denn er bleibt seiner Pfeife treu. Außerdem hat er vom Tabak mehr als von einer Schachtel Zigaretten. „Trauben voll Rum in feinster Milch-Noisette-Schokolade", liest Erwin vor. „Das wär doch was für uns." Frieda nickt. Die Tafel Tobler-O-rum wird gekauft, für Renate lieber eine reine Milchschokolade. Beim Zoll angekommen, zeigt Erwin den Inhalt seiner Tasche und hält dem Zollbeamten seine Grenzkarte hin, auf der dieser das Gekaufte für diesen Monat ankreuzt. Frieda aber wird hineingebeten: Leibesvisitation! Allem Anschein nach glaubt man, ihr „Cul de Paris" bestehe aus geschmuggelten Zigaretten. Da sie sich keiner Schuld bewusst ist, lässt sie die Prozedur lächelnd über sich ergehen, eine gute Entscheidung, sich nicht darüber aufzuregen, denn dergleichen wird sie in Zukunft nach fast jedem Einkauf in der Schweiz erleben. Zu Hause ist die Freude über die Schokolade groß. Renate steckt gleich ein Stückchen in den Mund und lässt es langsam zergehen, die Eltern jedoch brühen sich erst eine Tasse guten Bohnenkaffee auf. Anschließend stopft sich Erwin seine Pfeife mit wohlriechendem „Amsterdamer."

Besuch in der alten Essigfabrik

Auf dem geräumigen Dachboden über der Klischee-Kunst haben sich drei Kollegen mit Holzfaserplatten Wohnungen abgeteilt. An einem Sonntagnachmittag ist Familie Kinzel dort bei einem jungen Kollegen eingeladen, dessen Frau erst vor zwei Wochen einem Mädchen das Leben geschenkt hat. Ganz geschwärzt ist der Bau, aber die Schrift „Essigfabrik" ist noch schwach zu erkennen. Oben auf dem Dach hat das Gebäude Zinnen. „Es sieht aus wie eine Raubritterburg", meint Renate. Das ist eine treffende Bezeichnung, die von der Familie für alle Zeiten übernommen wird. Der junge Vater erwartet sie unten beim Tor, das sonntags abgeschlossen ist. Vom Hof aus gesehen hat das Gebäude die Form eines Hufeisens. Im Parterre ist diese Lücke allerdings von einer Maschinenfabrik geschlossen worden. Wenn es nicht so schwarz wäre, könnte man an ein Schloss mit zwei Flügeln denken. Die Treppe zur Klischee-Kunst befindet sich im linken Flügel. Doch sie werden zu einer überdachten Treppe geführt, die innen an diesen Flügel angebaut ist. So unheimlich, wie die Fabrik von außen wirkt, so abenteuerlich ist es nun, zur Wohnung der Gastgeber zu gelangen. Als sie diese Treppe verlassen, führt ein nicht überdachter Gang über das Dach der Maschinenfabrik zum Treppenhaus im rechten Flügel, vorbei an der Firma Angelmi, die mit Chemikalien arbeitet, anscheinend ein Arzneimittel herstellt, so genau wissen die beiden Herren das nicht. Dieses Treppenhaus ist düster, denn es besitzt keine Fenster und die Beleuchtung ist schwach. An einigen Stellen weist das Treppengeländer große Lücken auf. Gruselig! Im zweiten Stock kommen sie am Hintereingang der Klischee-Kunst vorbei, beim nächsten Treppenabsatz an zwei Toiletten, von denen eine von den Angestellten der KKK, die andere von den Wohnungsinhabern benutzt wird. „Das erinnert mich sehr an Köln!" Erwin nickt. Wie Recht seine Frieda hat! Nun gehen sie durch einen dunklen Raum, in dem alte Möbel lagern. Endlich kommen sie in einen kleinen von der Sonne durchfluteten Raum mit einem Fenster zum Hof. Neben der Tür befindet sich ein Waschbecken. Frieda wundert sich darüber, wozu man hier dergleichen braucht. Ein langer Gang führt zwischen zwei Wohnungen nach hinten bis zur Eingangstür des Heims der jungen Eltern. Die abenteuerliche Wanderung ist beendet! Da die Mutter gerade im Schlafzimmer ist und ihr Töchterchen stillt, genießen sie erst einmal den Blick aus dem vorderen Raum. Der allerdings lohnt sich. Von hier oben können sie schwach sogar die Schweizer Berge erkennen. „Nur gut, dass sie heute nicht deutlich zu sehen sind, sonst gibt es morgen Regen." Dass diese Wettervorhersage stimmt, haben Kinzels bereits erfahren. Direkt unter ihnen liegt der große Garten von Herrn Blietz, dem Hausmeister der Maschinenfabrik. Weiter hinten sieht man eine kleine Kirche, viele Kleingärten und eine große Wiese.

Frieda aber muss sich unbedingt zur jungen Mutter und dem Kind begeben. Frauen haben sich bei solchen Anlässen immer sehr viel zu erzählen, und Frieda hält mit ihren Erfahrungen nicht hinterm Berg. Als sich die junge Frau einmal bückt, fallen ihre kastanienbraun gefärbten Haare auseinander und geben einen grauen Scheitel preis. Über diesen Anblick ist Frieda ganz erschrocken: „Mit

zweiundzwanzig Jahren haben Sie schon graue Haare?" -
„Ein Überbleibsel meiner russischen Gefangenschaft." Was
Frieda nun erfährt, erschüttert sie zutiefst. Mit vierzehn
Jahren wurde sie zusammen mit anderen jungen Mädchen
in eine russische Kaserne gebracht. Mit der Zeit hatten sie
gar keine Angst mehr vor Vergewaltigungen, die nahmen
sie gleichgültig hin, sondern nur noch davor, erschossen
zu werden, denn auch das war vorgekommen. Doch sie
hatte Glück im Unglück: Eines Tages wurden alle Mädchen unter fünfzehn Jahren entlassen. Sie war wieder frei,
aber ihre Haare waren grau. Nach einer unterhaltsamen
Zeit bei Kaffee und Kuchen geht Frieda mit einem ganz
seltsamen, für sie unerklärlichen Gefühl mit ihren Lieben
zurück in das für drei Monate gemietete Zimmer in der
Glärnischstraße.

Berlin ist nah!

Frieda kommt vom Einkaufen. Als sie die Diele betritt,
stürmt ihr Renate aus dem Zimmer entgegen: „In Berlin
wird geschossen!" - „Was?" - „Ja! Da streiken welche. Es
kommt gerade im Radio." Frieda eilt ins Zimmer. „Wieso
wird geschossen?", denkt sie, „bloß weil welche streiken?"
Bald danach kommt Erwin ganz aufgeregt nach Hause,
denn auch in der Firma sind die Vorgänge im Osten Berlins
mit Interesse und Bestürzung verfolgt worden. Nun sitzen sie alle drei wie gebannt vor dem Volksempfänger.
Die Nachrichten überstürzen sich. Sie wollen nicht glauben, was da berichtet wird: Nicht nur in Ostberlin sind
die Menschen auf die Straße gegangen, an vielen Orten in
der Deutschen Demokratischen Republik protestieren die
Arbeiter fast gleichzeitig, allem Anschein nach ohne jede

vorherige Absprache, gegen die abermalige Erhöhung der Normen, eine Erhöhung, die nicht mehr zu bewältigen ist. Viele junge Menschen sind dabei, die sich das nicht mehr gefallen lassen wollen. Volkspolizisten versuchen, die Demonstrationen aufzulösen, schießen in die Menge, treffen ein paar Demonstranten tödlich, können die Ausschreitungen aber nicht beenden. Zu stark ist die aufgestaute Wut über den Druck von oben. Und es geht dabei gar nicht mehr um die Erhöhung der Normen, die hat die Regierung schnell wieder zurückgenommen, sondern um andere politische Fragen.

Da sitzen sie nun, die drei, vor ihrem Volksempfänger und wähnen sich wieder in der Wackenbergstraße, obwohl sie sich doch längst im süddeutschen Raum als integriert empfinden. Sie leiden mit diesen Menschen und bangen um das Leben und Wohlergehen dieser Leute, als wären sie dabei, denn zeitlich zu nahe ist noch das Leben in Ostberlin. Dann die schreckliche Nachricht: Sowjetische Soldaten marschieren auf, sowjetische Panzer rollen an. Der Aufstand wird gewaltsam beendet. Dieses Datum, der siebzehnte Juni 1953, wird in die Geschichte eingehen, wird über vier Jahrzehnte lang der Nationalfeiertag der Bundesrepublik sein, zum Andenken jener, die den Aufstand gewagt haben und dabei ihr Leben lassen mussten. Noch tagelang ist dieses Ereignis in ihrer Familie Gesprächsthema. „Die SED hat nicht mehr viel zu sagen", erklärt Erwin, „jetzt kontrollieren die Sowjets wieder verstärkt das Land. Wie gut, dass wir draußen sind. Eines Tages darf man als Ostberliner vielleicht nicht einmal mehr in Westberlin zur Arbeit gehen." Frieda atmet tief durch. Ganz nichtig erscheint ihr plötzlich die Unsicherheit, ihren Wohnraum betreffend. Wenn sie die DDR nicht rechtzeitig verlassen hätten, könnten sie eines Tages, welch schrecklicher Gedanke, im eigenen Land gefangen sein.

Ende Juni löst sich ihr Wohnraumproblem: Der Kollege, den sie erst kürzlich in der Raubritterburg besucht haben, hat gekündigt. Er hat in Sigmaringen nicht nur Arbeit, sondern auch eine schöne Wohnung bekommen. Kinzels können rechtzeitig in diese beiden langgestreckten Räume umziehen, bevor ihre Vermieterin zurückkehrt. Ein letztes Mal radelt Frieda zusammen mit Renate nach Friedrichshafen, organisiert den Umzug von Tisch und Stühlen und sonstigen Kleinigkeiten und verlässt für immer dieses schöne Heim.

Die Raubritterburg

Frieda nimmt sich fest vor, keine Vergleiche mit der Friedrichshafener Wohnung anzustellen, sondern froh zu sein, wieder ein eigenes Heim zu haben. Im ersten Raum ist ein Wasserhahn, aber kein Abfluss. Dafür also braucht man das Waschbecken im Gang! Unter dem abgestellten Gerümpel im dunklen Vorraum entdecken unsere drei einige brauchbare Möbel. Mit einem Regal unterteilen sie den ersten Raum in Küche und Wohnzimmer. Darin hat das Geschirr Platz. Den elektrischen Herd, für den man nur eine gewöhnliche Steckdose braucht, stellen sie auf eine Kiste. Im sonnendurchfluteten Wohnbereich stehen Tisch und Stühle und das Sofa. Ja, in der Tat, ein Sofa! Im Vorraum haben sie ein hölzernes Bett mit Bettkasten, passender Matratze und angebautem Regal gefunden. Das kann nachts Renate als Bett und tagsüber allen als Sofa dienen. Zwei Bettgestelle kommen in das zweite Zimmer und bil-

den mit wieder einmal geliehenen Matratzen das Schlafzimmer der Eltern. Geschafft! Eine perfekte Wohnung!

Frieda sitzt beim offenen Fenster in ihrem gemütlichen
Wohnzimmer und strickt. Plötzlich erschrickt sie. Von
draußen ertönen Trompeten. Auch andere Blasinstrumente
kann sie heraushören. Nun gesellen sich auch noch Trommeln dazu. Was ist denn da los? Sie eilt zum Fenster und
sieht auf der Wiese die Militärkapelle der Franzosen üben.
Ach so, deshalb wird der Weg, der am Garten von Herrn
Blietz vorbei zum Petershauser Bahnhof führt, Trompeter-
gässchen genannt, obwohl er eigentlich Bettelgässchen
heißt. Sie strickt weiter, jetzt mit musikalischer Unterhaltung.

Es ist Nachmittag. Renate hat sich mit den Hausaufgaben beeilt und geht hinunter, um mit dem kleinen Helmut
zu spielen, dem Söhnchen vom Ehepaar Blietz. Die Familie wohnt in einer Baracke, die aus Flur, Küche und zwei
Zimmern besteht. Sie steht auf der anderen Seite des Hofs,
dem Eingang der Maschinenfabrik gegenüber. Und in diesem Eingangsbereich befindet sich auch die Toilette. Im
Augenblick ist die Flurtür ausgehängt und stattdessen ein
Brett angebracht worden, gerade so hoch, dass der kleine
Sohn darüber blicken kann. Immer wieder sieht man ihn
dort stehen und den Betrieb auf dem Hof betrachten. Frau
Blietz, sie ist Schneiderin, kann in Ruhe im Wohnzimmer
sitzen und nähen. Sie weiß ihren Sohn in Sicherheit. Auch
jetzt steht er dort und freut sich, als er Renate über den
Hof kommen sieht. Als später Frieda auf einen Schwatz
zu Frau Blietz kommt, kriechen Renate und Helmut im
Wohnzimmer auf allen vieren über den Teppich und sammeln Stecknadeln auf, die bei der Näherei immer wieder

mal herunterfallen. Frieda nimmt Platz, und während Frau Blietz weiternäht, unterhalten sich die beiden Frauen. Nach einer Weile fragt unsere Schneiderin: „Frau Kinzel, ich sollte mit Helmut zum Arzt. Könnten Sie …?" - „Aber sicher", fällt ihr Frieda ins Wort, „das mach ich doch gern." Ja, das macht sie gern. Sie würde auch für sie einkaufen gehen, doch das erledigt ihr Mann. Frau Blietz ist als Folge von spinaler Kinderlähmung nicht gut zu Fuß. Beim Laufen muss sie den Oberschenkel ihres rechten, verkürzten Beines mit der Hand abstützen. Doch sie ist froh, überhaupt ohne fremde Hilfe laufen zu können. Manchmal holen Frieda oder Renate den kleinen Helmut auch zu sich nach oben.

Papa Blietz hat, anstatt das Brett einzuhängen, die Wohnungstür geschlossen. Helmut langweilt sich. Die Mutter ist beschäftigt. Eine gute Gelegenheit für ihn, Tante Frieda und Renate einen Besuch abzustatten. Er öffnet die Tür und geht von niemandem beachtet über den Hof. Er kann zwar schon sicher laufen, die Treppen aber erklimmt er auf allen vieren. Die erste, angebaute Treppe ist kein Problem, denn Dach und Seitenwände sind aus lichtdurchlässigem Material. Er geht über den Gang bei Angelmi vorbei und kommt in das fensterlose Treppenhaus. Hier muss man den Lichtschalter betätigen, wollte man etwas erkennen. Das weiß er nicht, deshalb tastet er sich im Dunkeln voran. Frieda staunt nicht schlecht, als plötzlich der kleine Helmut vor ihr steht. Ganz allein hat er heraufgefunden. Aber das ist doch gefährlich, denn im Geländer klafft ein Loch! Wie leicht hätte der Bub hinunterstürzen können! Noch am gleichen Tag wird es von unserem Hausmeisterpapi repariert!

Rosmarie hat Urlaub und nützt ihn für einen Besuch. Welche Freude! Über ein Jahr hat Frieda ihre Älteste nicht gesehen. Bei ihren Spaziergängen durch die Konstanzer Altstadt oder entlang der Seestraße gibt es so viel zu erzählen. „Und was meint Franz dazu, dass du ohne ihn verreist?" - „Dem ist es recht, weil er bei seiner Arbeit gerade sehr viel zu tun hat." Es ist schön, sie wieder hier zu haben. Doch als ihr Urlaub zu Ende ist, will sie nicht mehr zurück. „Behandelt Franz dich schlecht?", fragt Frieda. - „Nein, eigentlich nicht. Ich weiß auch nicht. Ich fühl mich nicht wohl bei ihm." - „Aber die Lehre?", fragt Erwin. Sie zuckt mit den Schultern. Nach einer langen abendlichen Diskussion willigt sie ein, zurückzufahren und wenigstens die Lehre zu beenden. Es fällt Frieda nicht leicht, sie am Bahnhof zu verabschieden mit der Gewissheit, dass sie gar nicht zurück zu ihrem Mann will. Da fährt sie hin, ihr Mädchen. In ein paar Monaten ist ihre Lehre beendet. Dann wird man weitersehen.

Der dreitürige Schrank wird geliefert. Er ist in alle Einzelteile zerlegt und muss erst noch zusammengebaut werden. Fertig! Wie macht es doch Spaß, Wäsche und Handtücher in die Fächer zu ordnen und die Kleidungsstücke mit den neuen Bügeln über die Stange zu hängen! Ja, allmählich geht es aufwärts, zwar langsam, aber stetig.

Wenn dieser Schrank sprechen könnte, hätte er viel zu erzählen. Auseinander genommen hat er in Konstanz vier Umzüge mitgemacht. Nach Erwins Tod kam er nach Berlin. Jetzt steht er in der Mongolei, in Ulan-Bator, und dort bereits in der zweiten Wohnung. Inzwischen ist er aber in der Abstellkammer gelandet, aus Platzmangel mit abmontierten Türen.

Urlaub im Schwarzwald

Es regnet in Strömen. Alle drei sind voller Ungeduld, denn sie wollen ihre zweiwöchige Radtour beginnen, und nun so ein Wetter! Die vier Brotbeutel, die Erwin seinerzeit aus der Gefangenschaft mitgebracht hat, sind gepackt und an den elterlichen Gepäckträgern befestigt. Darin sind vor allem der Spirituskocher nebst Spiritusflasche und das Kochgeschirr aus Aluminium, bestehend aus zwei Töpfen, einem Teekessel und einer Pfanne, verstaut. Die beiden Wolldecken, ebenfalls aus der Gefangenschaft stammend, und Kleidung zum Wechseln kommen auf die beiden Gepäckträger. Auf Renates Rad kommt das Zelt. Auf Pump haben sie es gekauft, für Erwin eine schrecklich peinliche Situation, als der Verkäufer bei seiner Firma angerufen und gefragt hat, ob er wirklich dort beschäftigt sei. Erst nach dieser Bestätigung haben sie das Zelt für eine kleine Anzahlung bekommen. „Ach was, der Regen hat schon etwas nachgelassen, wir ziehen unsere Regenmäntel an und fahren los." Erwin zögert noch, aber seine beiden Frauen wollen nicht länger warten. In Berlingen kehren sie in einer urgemütlichen Gaststube ein. Erwin und Frieda trinken einen Kaffee, Renate eine Ovomaltine. Als sie gestärkt und mit neuem Schwung weiterfahren, nieselt es nur noch ganz schwach. Sie kommen an ihrem ersten Urlaubstag bis zum Zeltplatz in Stühlingen. Der Boden ist feucht. Aber das macht nichts, denn im Gegensatz zu den Zelten in der Jugendbewegung hat dieses Zelt einen Gummiboden. Sie breiten auf ihm ihre Kleidung aus, decken sich mit den beiden Wolldecken zu und schlafen sehr schnell ein. Luftmatratzen? Nein, dafür hat das Geld nicht gereicht. Als sie in aller Frühe aufwachen, scheint die Sonne.

Gleich nach dem Frühstück fahren sie weiter. Zwei Wochen Schwarzwaldtour liegen vor ihnen.

Nicht immer erreichen sie einen Zeltplatz. Hin und wieder müssen sie auch in freier Natur ihr Zelt aufschlagen. Auf der Straße nach St. Blasien wird das problematisch. Sie wissen nicht, wie weit es noch bis zur Stadt ist, aber es wird schon dämmerig, und keiner von ihnen hat Licht am Fahrrad. Rechts der Straße steigt das Land steil an, links fällt es ab. Kein noch so kleines Plätzchen ist zu erblicken, was als Lagerplatz dienen könnte. Da! Ein Weg geht im spitzen Winkel von der Straße weg nach oben. An dieser Stelle ist ein fast flaches dreieckiges Stückchen Wiese, gerade groß genug, dass ihr Zelt darauf Platz hat. Als sie es aufgeschlagen haben, ist es bereits stockdunkel. In der Nacht schrecken sie aus dem Schlaf. Ein Lastwagen kommt den Weg herunter und biegt in die Straße ein. Wenn der sie nicht gesehen und den Weg abgeschnitten hätte? Lieber nicht darüber nachdenken. Jedenfalls ist es Grund genug, sich mit den ersten Morgenstrahlen ohne Frühstück fertig zur Weiterfahrt zu machen. Als sie in St. Blasien ankommen, öffnen gerade die Bäckerläden, und sie können auf einer Wiese ihr Frühstück mit frischen Brötchen genießen.

Auf dem Schauinsland finden sie für ihr Zelt zwischen jungen Fichten ein grasbewachsenes Fleckchen. Hier ist es gemütlich. Aber sie haben leider kein Wasser zum Kochen. „Renate, geh doch mal da vorne in das Hotel und lass dir den Teekessel voll Wasser füllen." Frieda hat bei dieser Bitte ein schlechtes Gewissen, weil sie befürchtet, ihre Tochter könnte schief angesehen werden. „Mal sehen, ob es klappt", sagt sie zweifelnd zu Erwin. Auch er hat seine Bedenken. Doch schon kommt ihr Töchterchen mit dem gefüllten Teekessel zurück. „Was haben sie gesagt?" - „Nichts. Eine Frau hat ihn genommen und gefüllt. Aber vornehm sieht es da aus. Lauter schöne Sessel und kleine Tische stehen in der Halle. Und die Leute sind so schick angezogen."

Hergekommen sind sie auf einer Straße, mehr schiebend als fahrend. Doch von hier oben führt auch ein Feldweg hinunter ins Tal. Den zu fahren ist bestimmt interessanter. Der Weg wird schmaler, steiniger und immer steiler. Sie brauchen ihre ganze Konzentration, um nicht zu stürzen. Sie erreichen eine solche Geschwindigkeit, dass es ihnen unmöglich ist anzuhalten. Endlich sind sie unten. Erwin und Renate atmen nur tief durch, doch Frieda ist am Ende ihrer Kräfte. Als sie nach einer für sie dringend notwendigen Erholungspause ihre Fahrt fortsetzen wollen, merkt Frieda, dass ihr Rücktritt nicht mehr funktioniert. Zum Glück gibt es in der nächsten Ortschaft einen Fahrradladen. Der Mann in der Werkstatt schüttelt den Kopf: „Was haben Sie denn mit Ihrem Rücktritt angestellt? Der ist total durchgeglüht!" Nun ja, sie mit ihren achtzig Kilo Eigengewicht war gezwungen, die ganze rasante Fahrt über darauf zu stehen, während die beiden Leichtgewichte, die zusammen nur neunzig Kilo auf die Waage bringen, ihn nur hin und wieder angetippt haben. Allerdings hatte gegen Ende der Fahrt Renates Hinterrad des schweren Zelts wegen angefangen, gefährlich hin und her zu schlenkern, sodass sie nur mit Mühe das Gleichgewicht halten konnte.

Dann wieder erreichen sie schöne Zeltplätze. In der Nähe von Baden-Baden kommen sie an einem Platz vorbei, der eine ziemlich hohe Gebühr verlangt. Doch da es schon gegen Abend geht, wollen sie eine Weiterfahrt ins Ungewisse nicht wagen. Fast nur Autos mit Wohnwagenanhänger stehen auf dem Platz. Aber sie entdecken ein einzelnes Zelt und errichten das ihre genau daneben, um sich in ihrer Kleinheit nicht so allein zu fühlen. Bald darauf kommt ein Mann zum Kassieren, doch an ihrem und des Nachbarn Zelt geht er vorbei. Gut! Nicht zu teuer ist es, sondern umsonst. Später kommen aus den Wohnwagenanhängern elegant in Abendkleid und Smoking gekleidete Paare und fahren davon: Nach Baden-Baden ins Kasino! Daher die hohe Platzmiete, doch nicht für Radwanderer. Am Morgen werden frische Brötchen angeboten, ein Service, den unsere Kinzels gerne mitnehmen.

„Etwa in einer Stunde müssten wir am Schluchsee sein." Na dann, auf geht's! Frieda braucht zum Aufsteigen immer eine Bordsteinkante, weil sie sich erst hinsetzen möchte, bevor sie losradelt, und bis hinab zur Straße reichen ihre Füße nicht. Auf diesem Weg gibt es aber dergleichen nicht. Sie schaut sich um und entdeckt eine kleine grasbewachsene Bodenerhebung. Das ist in Wirklichkeit jedoch hochgewachsenes Gras über einem Graben. Plötzlich ist Frieda verschwunden. Man sieht nur noch das Rad liegen. Mann und Tochter sind ganz erschrocken, doch als Erwin seiner Frau aus dem Graben geholfen hat, beteuert Frieda, sich nichts getan zu haben. Sie fahren los. Zuerst geht es gut. Aber allmählich fängt ihr rechtes Fußgelenk an zu schmerzen. Frieda beißt die Zähne zusammen. Bis zum Zeltplatz kann es ja nicht mehr weit sein. Als sie endlich ankommen, ist das Gelenk ganz geschwollen. Bevor sich Erwin um ihren Fuß kümmern kann, müssen sie erst einmal einen Platz für ihr Zelt suchen. Sie finden ihn direkt am See, lauschig zwischen zwei angelegten Hecken gelegen. Ein paar Stufen führen hinunter zum Wasser. Ja, hier wollen sie bleiben. Doch bevor sie das Zelt aufstellen, schaut sich Erwin Friedas Fuß an. Es besteht kein Zweifel, sie hat ihn sich verstaucht. Kalte Umschläge mit essigsaurer Tonerde wären das Beste, aber eine Hausapotheke führen sie nicht mit. Die Wassertemperatur des Sees beträgt nur vierzehn Grad, sodass Erwin ihr wenigstens einen kühlenden Umschlag machen kann. Während er zusammen mit Renate das Zelt aufschlägt, betrachtet Frieda den Platz genauer. Einer ihrer Vorgänger hat einen richtigen Herd gebaut: Über zwei Türmchen aus Ziegelsteinen liegt ein altes schmiedeeisernes Gitter, gerade lang und breit genug, sodass beide Töpfe und die Pfanne nebeneinander Platz haben. Darunter ist eine mit Steinen eingefasste Feuerstelle. Hier ist es möglich, alles zur gleichen Zeit garen zu lassen: Gemüse, Kartoffeln und Fleisch. Auf dem Spirituskocher geht das nur nacheinander. Außerdem kann sie sich obendrein den Spiritus sparen. Das Planen einer lukullischen Abendmahlzeit lässt sie ihre Schmerzen vergessen, und nachdem Renate genügend Brennholz gesammelt und Erwin ihr die Nahrungsmittel gebracht hat, beginnt sie mit der Zubereitung. Vor dem Essen möchten Erwin und Renate noch ein Bad nehmen. Brrr, ist das kalt! Aber es erfrischt und macht Appetit. Auch Frieda steigt mühsam die Stufen hinunter. „Das Bad wirkt besser als ein Umschlag", meint sie, als sie wieder hochkommt. „Das werde ich öfter tun." Und tatsächlich können sie bereits nach zwei Rasttagen ihre Fahrt fortsetzen. Was für ein Glück, dass der Mutter dieses Missgeschick ausgerechnet an diesem wunderschönen Ort mit seiner luxuriösen Kochstelle und dem Badeplatz passiert ist! Während Erwin und Renate die Zeit zu Wanderungen nutzen, kann sie sich besondere Gerichte ausdenken, denn hier ist das Ko-

chen ein wahres Vergnügen, eigentlich im ganzen Schwarzwald, weil das Fleisch so billig ist. Jeden Tag hat sie auf
ihrer Reise etwas gebrutzelt. Auch Gemüse und Obst sind
billiger als in Konstanz. Wenn man es genau nimmt, sparen sie durch diese niedrigen Lebensmittelpreise die Kosten für die notwendigen Anschaffungen wieder ein. Irgendwann geht auch der schönste Urlaub zu Ende. Auf der
letzten Fahrt nach Hause fängt es an zu regnen, genau wie
am ersten Tag. In der Zwischenzeit schien immer die Sonne.

Erneuter Umzug

Zu Hause erwartet sie eine Überraschung: Ihr Raubritter-
burgnachbar hat gekündigt und wird Konstanz bald verlassen. Sie können in seine Wohnung ziehen. Diese hat
einen wesentlichen Vorteil gegenüber der jetzigen: ein Be-
cken mit einem Abfluss! Wenn man die Wohnung betritt,
kommt man zuerst in ein kleineres Zimmer. Das ist
Renates Reich. Rechts neben dem Fenster steht das Bett,
links stehen Tisch und Stuhl. Hier kann sie ungestört ihre
Hausaufgaben machen. Ein schmaler Flur verbindet diesen Raum mit dem Wohnzimmer. An seiner rechten Wand
ist eine Garderobe angebracht, links trennt ihn ein Vorhang von der Küche. In dieser befindet sich das Waschbecken, an dem man sich bequem abseifen kann, ohne, wie
in Berlin oder in der anderen Wohnung, die braune Schüssel benützen zu müssen. Die Küche hat allerdings kein
eigenes Fenster. Deswegen ist in der Wand zum Wohnzimmer eine rechteckige Öffnung, die als Durchreiche dienen und durch die das Tageslicht dringen kann. So muss
nicht jedes Mal eine Lampe brennen, wenn man in der

Küche zu tun hat. Das Wohnzimmer dagegen hat zwei Fenster und wirkt wie Renates Zimmer hell und freundlich.

Zwei Betten werden gekauft, mit jeweils einer einteiligen, mit einem schönen lindgrünen Polsterstoff überzogenen Matratze. Sie werden nicht nebeneinander gestellt, sondern stehen sich, an den Wänden aufgestellt, gegenüber. So kann eines tagsüber als Sofa dienen. Endlich haben sie eine richtige Wohnung mit eigenen Möbeln. Sie ist zwar sehr hellhörig, aber man ist höflich. Wenn der Nachbar niest, wünscht man Gesundheit. In ihre ehemaligen Räume zieht der neue Kollege, Herr Hahn, mit Frau und Tochter ein.

Am ersten Weihnachtsfeiertag wird Familie Kinzel von Familie Blietz zum Essen eingeladen. Herr Blietz, der zur See gefahren ist und den es seltsamerweise, als er schon auf die fünfzig zuging, in ein südbadisches Dorf verschlagen hat, ist ein ausgezeichneter Koch. Es gibt Kaninchenbraten, mit recht viel Knoblauch angerichtet, dazu Klöße und Rotkohl. Zum Essen tischt der Gastgeber auch Seemannsanekdoten auf. Und er erzählt, wie er seine Helene kennengelernt hat und wie glücklich er ist, doch noch zu einer Familie gekommen zu sein. Für den kleinen Helmut haben die Gäste einen Handwerkskasten nebst Zubehör mitgebracht, alles aus Holz gefertigt und in verschiedenen Farben angemalt. Er ist ganz begeistert und hantiert gleich mit dem Schraubenzieher und den Schrauben. Nur den bunten Hammer, den schmeißt er verächtlich weg und holt sich stattdessen Vaters richtigen Hammer. Viel gelacht wird an diesem Abend, und als sie sich endlich verabschieden und durchs düstere Treppenhaus hinauf zu ihrer Wohnung gehen, ist Frieda ganz beseelt von dem Gefühl, wieder richtig gute Freunde zu haben. Das hat sie so sehr vermisst. Erwin hat Kontakt zu seinen Kollegen, Renate zu ihren Klassenkameraden, aber sie ist immer allein zu Hause.

Im Frühjahr geht es Renate nicht gut. Dauernd wird ihr schwindlig, und das rechte Knie schmerzt so, dass sie nicht auftreten kann. Der Arzt weist sie zur Beobachtung ins Krankenhaus ein, weil Verdacht auf Kinderlähmung besteht. Dort wird ihr Knie bestrahlt, und nach drei Wochen wird sie wieder als gesund entlassen, denn eine Krankheit konnte nicht festgestellt werden. Bei der Feier, die jedes Jahr am Schuljahresende veranstaltet wird, kann sie leider nicht dabei sein. Dorthin gehen ihre Eltern ohne sie und sind ganz gerührt, als sie hören, dass ihre Tochter ihrer guten Leistungen wegen lobend erwähnt wird. Ja, Renate hat der Schulwechsel nicht nur in Französisch, sondern ganz allgemein gut getan. Ihre guten Noten haben noch eine ganz andere Auswirkung, mit der Frieda und Erwin nicht gerechnet haben: Sie wird vom Schulgeld befreit! Außerdem bekommt sie Erziehungsbeihilfe für die Anschaffung von Büchern und Lernmaterial. Von dem Geld wird für sie ein neuer Wintermantel gekauft, der längst fällig ist. Zwei Jahre später wird das Schulgeld ganz abgeschafft, aber Erziehungsbeihilfe bekommt Renate noch bis einschließlich Untersekunda, obwohl ihre Leistungen, besonders in den beiden Sprachen, nachgelassen haben.

Rosmarie

Sie ist allein zu Hause, denn Franz nimmt seine Arbeit sehr ernst und kommt oft erst spät heim. Ist es Langeweile? Ist es Neugierde? Sie geht zu seinem Schreibtisch und schaut sich an, was er da so alles untergebracht hat. Das meiste hat mit seinem Beruf zu tun und interessiert sie nicht. Doch dann hält sie Zeitschriften in der Hand, ganz besondere Zeitschriften! Sie sind an homosexuelle Männer gerichtet. Plötzlich wird ihr vieles klar! Die Art und Weise, wie Werner sie geküsst hat, aber Franz nie. Rosmarie und Franz! Immer wieder sagt man ihnen, was für ein wunderschönes Paar sie seien. Sie holt ihr Hochzeitsbild und betrachtet es lange. Ja, die Leute haben Recht: Sie sind ein schönes Paar, äußerlich. Aber! In diesem Augenblick wird ihr klar, dass sie nur seine Vorzeigefrau ist, mit der er angeben kann, sein Alibi sozusagen. Und sonst nichts! Als Franz wie so oft erst spät nach Hause kommt, liegt sie bereits im Bett und stellt sich schlafend. Doch ihre Gedanken kreisen. „Beende erst deine Lehre", hat Vati gesagt. Ja, das wird sie tun. Die Prüfung ist schon bald. Das ist ein Ziel, an das sie sich klammern kann: Sie will und wird die Bestnoten erreichen!

Spät in der Nacht kommt Rosmarie in Konstanz an. Ja, sie hat die Lehre beendet, sogar mit Auszeichnung, nein, sie will nicht zurück zu Franz. „Nun schlaf erst einmal. Morgen sehen wir weiter." Ihr Feldbett passt noch gut in das vordere kleine Zimmer. Bereits am Mittag des folgenden Tages kommt Franz in Konstanz an, denn er hat den Nachtzug genommen. „Abends haben wir noch zusammen Mensch ärgere Dich nicht gespielt, und am Morgen fährt sie fort, ohne ein Wort zu sagen. Ich komme nach Hause und finde nur einen Zettel. Aber warum?" Den ganzen Nachmittag wird diskutiert. Rosmarie lässt sich nicht dazu bewegen, mit ihm zurückzufahren, obwohl sie keinen triftigen Grund nennen kann. Schließlich macht Erwin der Diskussion ein Ende: „Dann kommt wohl nur eine Scheidung infrage." Zutiefst enttäuscht fährt Franz zurück. Abends, als die Mädchen zu Bett gegangen sind und Erwin mit Frieda allein ist, macht er diese bissige Bemerkung: „Ja, so eine schöne junge Frau an seiner Seite macht sich natürlich gut für jemanden, der Karriere machen möchte." Und damit hat er wohl den Nagel auf den Kopf getroffen. Doch den eigentlichen Grund ahnt er nicht.

Von der Entdeckung besagter Zeitschriften erzählt Rosmarie erst viele Jahre später ihrer Schwester. Dabei wird beiden im Nachhinein seine Absicht klar, als Alibifrau ein junges, unerfahrenes Mädchen zu wählen, das keine Vergleiche ziehen kann. Was für eine Tragik! Ein äußerst intelligenter junger Mann musste höchstwahrscheinlich auf seine berufliche Karriere verzichten, wenn bekannt wurde, dass er von Natur aus mit anderen Gefühlen versehen worden war. Heute unvorstellbar, dass Homosexualität sogar laut Gesetz strafbar war.

Rosmarie findet bald Arbeit, erst als Verkäuferin in einem Schuhgeschäft, bald danach in einem Büro, wo ihr die Arbeit besser gefällt. Von ihrem ersten verdienten Geld lädt sie Frieda und Renate ins Kino ein. „Das tanzende Herz" wird gegeben. Glücklich erzählen alle drei zu Hause davon. Erwin äußert sich mit keinem Wort dazu. Bald darauf schauen sie sich den Film „Lili" an. Dieses Mal ärgert sich Erwin über diese unnötige Ausgabe, wo es ihnen doch noch an so vielem fehlt. „Muss sie euch gleich zweimal hintereinander ins Kino einladen?" Aber Frieda ist anderer Ansicht. Diese Kinobesuche mit Mutter und Schwester sind das, was Rosmarie jetzt unbedingt braucht. Außerdem gibt sie Haushaltsgeld ab. Was sie mit ihrem Taschengeld macht, ist ihre Sache. Doch weitere Kinobesuche folgen nicht.

Als die Volkshochschule ihr neues Programm herausbringt, meint Erwin, Rosmarie könne doch, so sprachbegabt wie sie ist, ihr Englisch vervollkommnen und Fremdsprachenkorrespondentin werden. Sie ist damit einverstanden. An vier Abenden geht sie hin, dann nicht mehr. Nach dem Grund gefragt, meint sie: „Das ist mir viel zu schwer. Da komm ich nicht mit." - „Weil du die Hausaufgaben nicht machst." - „Wann denn?" - „Und die anderen Kursteilnehmer?", fragt ihre Mutter, „die gehen doch sicher auch tagsüber zur Arbeit." Daraufhin schweigt Rosmarie. Zum weiteren Besuch des Kurses ist sie nicht zu bewegen, obwohl ihr seinerzeit Englisch so leicht gefallen ist. Beide, Erwin und Frieda, können das nicht verstehen. Sie hat doch bisher immer so gerne gelernt. Und ehrgeizig war sie auch.

Franz hat ihr eine Gitarre geschenkt, die sie mitgebracht hat und gern besser spielen können möchte. Deshalb belegt sie nun einen solchen Kurs. Frieda wundert sich, dass sie Rosmarie nie üben hört. Als sie damals Cello gespielt hat, wäre das ohne tägliches Üben gar nicht möglich gewesen. Je nach Zeit hat sie das mal mehr, mal weniger getan, aber jeden Tag ein bisschen. Als sie ihr das erzählt, nimmt ihre Tochter tatsächlich die Gitarre zur Hand und spielt ein paar Takte. Schon bald reibt sie sich die Fingerkuppen der linken Hand. Frieda beobachtet das und meint: „Die Finger tun nur am Anfang weh. Nach einer Weile bekommst du Hornhaut an den Fingerkuppen und spürst es nicht mehr." Doch Rosmarie ist nicht zu regelmäßigem Üben zu bewegen. An mangelnder Begeisterung kann es nicht liegen, schließlich hat sie sich diesen Kurs selbst ausgesucht. Es ist, als ob in ihr etwas zerbrochen ist, ja, als ob ein unbekanntes Wesen ihre ganze Energie aus ihr herausgesaugt hätte, denn wieder mangelt es ihr am Durchhaltevermögen, wieder hört sie nach der vierten Unterrichtsstunde auf. Natürlich müssen beide Kurse voll bezahlt werden. Wenigstens hat sie im Berufsleben mehr Glück, die Arbeit gefällt ihr und auch mit ihren Kolleginnen versteht sie sich gut.

Bei den Naturfreunden

„Stell dir vor", erzählt Erwin am Abend, „als ich heute in die Ätzerei komme, unterhält sich Herr Hahn mit Hansjörg über die Naturfreunde. Sie sind beide in diesem Verein. Wäre das nicht auch etwas für uns?" Frieda ist gleich Feuer und Flamme. Die Naturfreunde, das könnte doch etwas Ähnliches sein wie früher die Jugendbewegung. Schon bald entschließen sie sich, Mitglieder zu werden.

Dicht gedrängt sitzen die Vereinsmitglieder in ihrem Vereinsheim oben auf dem Fürstenberg, denn ein Lichtbildervortrag wird gezeigt. Frieda liebt diese Zusammenkünfte, liebt auch die Enge, denn man kommt sich näher, nicht nur körperlich, wenn man es wörtlich nimmt, sondern vor allem in freundschaftlicher Verbundenheit. Dieses Gefühl der Zugehörigkeit macht sie froh. Sie ist äußerst beliebt bei den neuen Freunden. Liebenswürdig findet man sie, so ursprünglich. Ja, ursprünglich! Das ist vielleicht die passendste Bezeichnung für ihr Wesen. Sie ist in jeder Hinsicht ehrlich, zeigt sich, wie sie ist, und versucht nicht zu verbergen, was sie empfindet. Einmal im Monat versammeln sich die Mitglieder hier oben, um

Dinge zu besprechen, die im Vereinsleben anfallen. Verschönt werden diese Treffen durch gemeinsames Singen, durch einen Vortrag oder, wie heute, durch einen Lichtbildervortrag über eine Wanderung in der Schweizer Bergwelt. Nach dem Vortrag sitzen einige noch lange beisammen und plaudern, während sich die Jugend in die unteren Räume verzieht, wo im Vorraum eine Tischtennisplatte aufgebaut ist und man im anschließenden Jugendzimmer unter sich ist. Die Jugendgruppe trifft sich wöchentlich, und beide, Rosmarie und Renate, finden hier Anschluss und schließen neue Freundschaften. Unabhängig vom Vereinsleben treffen sie sich manchmal zu Hause bei ihrer jungen, ideenreichen Jugendleiterin. Diese fördert auch den Kontakt zur Jugendgruppe aus Sankt Georgen, mit der sie zusammen Wanderungen unternehmen.

Die Wollmatinger Naturfreunde besitzen nicht nur dieses Haus oben auf dem Fürstenberg, sondern unten am Rhein auch ein Bootshaus. Sowie es das Wetter zulässt, treffen sich dort die Vereinsmitglieder zum Baden, Paddeln, Faustballspielen und natürlich zum Schwatzen. Krieg und Nachkriegszeit sind noch keine endgültige Vergangenheit geworden und immer wieder mal Gesprächsthema.

Als Ernst Welte, ihr Obmann, 1949 aus russischer Gefangenschaft kam, war seine Frau gerade unten in der Waschküche. Also stieg er die Treppe hinunter und betrat den Raum. „Zu wem wollen Sie?", fragte sie etwas mürrisch diesen ihr fremden Mann. „Zu Frau Welte." Ganz laut schrie sie auf vor Glück und vor Entsetzen darüber, dass sie ihn nicht erkannt hatte, so krank und abgemagert wie er war. Ein paar Wochen musste sie ihn pflegen. Doch nun ist er wieder im Vollbesitz seiner Kräfte und steht dem Verein zu aller Zufriedenheit vor.

Viele Mitglieder haben ihr eigenes Boot, doch zwei Boote, ein Zweier und ein Einer, gehören dem Verein und können von jedem benutzt werden. Langsam treiben Erwin und Frieda auf dem Rhein dahin, paddeln nur, um die Richtung zu ändern, treiben am Naturschutzgebiet, dem Wollmatinger Ried, vorbei. Auch wenn es nicht ihr eigenes Boot ist und deshalb nicht jederzeit zur Verfügung steht, so ist es doch unbeschreiblich schön, wieder wie früher über das Wasser gleiten zu können. Ein zwar kleiner, aber willkommener Trost für das in Asche verwandelte eigene Boot.

In Naturfreundehäusern kann man auch preiswert übernachten. Und so planen unsere Kinzels gleich für die nächsten großen Ferien zusammen mit Familie Hahn einen Aufenthalt in der Heerbrugger Hütte, einem unbewirtschafteten Schweizer Naturfreundehaus mit geräumiger Küche oberhalb von Heiden. Da Rosmarie noch keinen Urlaub bekommt, kann sie leider nicht mitfahren.

Mit dem Auto könnte man vom Bahnhof auf der Straße zu dem Dorf gelangen, in dessen Nähe das Naturfreundehaus liegt. Unsere Urlauber aber müssen den Wanderpfad benutzen. Als sie sich danach erkundigen, verweist man sie auf Rösli, die im Dorf arbeitet und gerade im Begriff ist, zu Fuß nach Hause zu gehen. Da sie den gleichen Weg hat, können sie sich ihr anschließen.

An manchen Stellen ist der Weg recht steil, und im Gegensatz zum Rösli müssen die Städter tüchtig schnaufen. Das Mädchen will eine Unterhaltung beginnen.

„D'Nadurfründhüttn ghört üs", sagt sie. Aber niemand versteht sie. Nachdem sie es zweimal wiederholt hat, ahnt man, dass es etwas mit der Hütte zu tun hat und nickt: „Ah, ja." Eine Unterhaltung kommt nicht in Gange. Erst viel später erfahren sie, was Rösli ihnen erzählen wollte: Das Naturfreundehaus gehört uns.

Es ist Samstag. Nach einer morgendlichen Wanderung sitzen alle in der gemütlichen Stube mit der niedrigen Decke beisammen und lassen sich ein zweites Frühstück schmecken. Plötzlich betritt Rosmarie den Raum, im Schlepptau Tante Grete, Onkel Willi und Klaus. Grete! Welch eine Freude! Frieda springt auf und nimmt die Schwester in den Arm. Vier Jahre ist es her, seit sie sich das letzte Mal gesehen haben, und es gibt so viel zu erzählen! Grete und Willi haben ihr Haus verkauft und sich in der Pfalz dafür eine Tankstelle gekauft, die hauptsächlich Klaus betreibt. Das Geschäft geht gut, und bald werden sie in der Lage sein, wieder ihr eigenes Haus zu haben. Als sie am Freitag mit dem Auto in Konstanz angekommen sind und Kinzels nicht da waren, haben sie beschlossen, heute zusammen mit Rosmarie hierher zu fahren. „Es gibt doch bestimmt auch hier eine Übernachtungsmöglichkeit?" - „Ja, sicher. Hier ist noch genug Platz für alle." Und Frieda zeigt ihrer Schwester, wo noch freie Matratzen sind. Grete sagt nichts, sieht aber nicht gerade begeistert aus.

Am Nachmittag machen alle zusammen, auch Familie Hahn, mit dem unverhofften Besuch einen Spaziergang zum Dorf. Ein herrliches Bergpanorama umgibt sie. Es sieht so aus, als ob man nur über die Wiese laufen müsste, um bei diesen hohen Bergen zu sein, so nah erscheinen sie. „Das bedeutet Regen", sagt Herr Hahn. „Ach ja? Das wissen Sie genau?" Klaus sagt es von oben herab, dünkt sich viel schlauer. Sie kommen zu dem Seil, an dem man ablesen kann, wie das Wetter ist: Wenn das Seil hin und her schwankt, ist es stürmisch, wenn es nass ist, regnet es, wenn man es nicht sieht, herrscht Nebel. Klaus lacht schallend: „Genau so ist Ihre Wettervorhersage." Unsere „Konstanzer" schweigen. Auf dem Rückweg bleiben Frieda und Grete etwas zurück und schwelgen in Erinnerungen. „Sag mal, Frieda", wechselt Grete das Thema, „könnt ihr euch wirklich keinen besseren Urlaub leisten als in so einer Hütte mit Matratzenlager?" Frieda weiß nicht, was sie darauf antworten soll. Es ist doch schön hier. Man braucht nicht unbedingt ein Bett, um gut schlafen zu können. „Überhaupt", fährt Grete fort, „ihr habt ja gar nichts geleistet! Nicht einmal ein gescheites Radio habt ihr, immer noch den alten Volksempfänger. Schau uns an! Wir haben bald wieder unser eigenes Haus. Ihr dagegen..." Frieda ist nicht in der Lage, darauf zu antworten. Während Grete fortfährt, alle ihre Errungenschaften aufzuzählen, erinnert sie sich an die Schwester, die früher so warmherzig war und die plötzlich so hart ist und nur an Besitz denkt. Oh, hätte dieser Besuch doch nie stattgefunden! Von dieser Seite möchte sie Grete nicht kennenlernen.

Am nächsten Morgen regnet es in Strömen. Niemand äußert sich dazu, schon gar nicht Klaus. Frieda ist froh, dass ihre Verwandtschaft gleich nach dem Frühstück die Rückfahrt antritt. Immer wieder schaut Erwin sie von der Seite an. Seine Frieda bedrückt doch etwas, und schließlich fragt er sie, was los sei. „Grete hält uns für dumm. Wir haben ja nichts Ordentliches geleistet." - „Mach dir nichts draus. Ihre Männer haben mir auch ihren Erfolg aufgetischt und waren mächtig stolz darauf. Sie haben nämlich ihr Haus in Berlin verkauft, obwohl sie genau wussten,

dass die neuen Besitzer enteignet werden, wenn heraus-
kommt, dass sie es von Republikflüchtigen erworben haben. Und als sie erfahren haben, dass es tatsächlich so gekommen ist, haben sie sich ins Fäustchen gelacht. Wolltest
du auf diese Weise zu Geld kommen?" Nein, das will Frieda
nicht. Gleich geht es ihr wieder besser, und sie kann die
letzten Tage auf der Hütte noch voll und ganz genießen.

Zu Hause in Konstanz kehrt wieder der Alltag ein. Es
gibt das typische Sommeressen: Pellkartoffeln und weißen
Käse. Hier sagt man Quark dazu. Frieda nimmt sich gerade einen Löffel voll Quark, als Erwin eine freche Bemerkung macht. „Ach du!", sagt sie und macht mit dem gefüllten Löffel eine kurze Handbewegung in seine Richtung. Klatsch macht es, und der weiße Käse landet auf
seiner Brille.
    Als Rosmarie ein paar Tage später nach Hause kommt,
steht Frieda mitten im Zimmer und starrt vor sich hin.
Irgendetwas scheint sie zu bedrücken, denn untätig zu sein
ist so gar nicht ihre Art. Aber Rosi weiß, wie leicht es seit
Neuestem ist, ihre Mutter aufzuheitern: „Weißa Keese",
sagt sie, und schon fängt Frieda an zu lachen, stellt sich
Erwin mit dem Klacks auf einem Brillenglas vor. Plötzlich entweicht ihr ein „Wind." Erschrocken hält sie eine
Hand auf ihr Hinterteil und muss nun noch mehr lachen.
„Oh, Mutti!" Rosmarie nimmt sie in den Arm. Nun la-
chen alle beide.

Herr Hahn schlägt vor, Silvester zusammen auf der Heerbrugger Hütte zu feiern, und Kinzels sind sofort damit
einverstanden. Renate hat zwar eine Einladung von Gretel
Leinau angenommen, sie in ihrer neuen Wohnung in Darm-

stadt zu besuchen, dafür kommt diesmal Rosmarie mit. Außerdem ist auch Hansjörg dabei. Als Frieda merkt, dass es zwischen den beiden gefunkt hat, macht sie das richtig froh. Nun hat ihre Große wieder einen Freund, und was für einen lieben! Von Anfang an hat sie diesen jungen Mann in ihr Herz geschlossen.

Während sie auf der Hütte den Jahreswechsel erwarten, hat sich Renate in der Raubritterburg auf dem als Sofa dienendem Bett im Wohnzimmer zum Schlafen hingelegt und ist nicht, wie von ihrer Familie vermutet, in Darmstadt. Auf dem Tisch steht ein Glas Rotwein. So wird sie das neue Jahr erwarten. Allein fühlt sie sich plötzlich erwachsen, mit vierzehneinhalb Jahren! Doch dieses Gefühl ist für sie nicht neu. In Darmstadt war sie die ganze Zeit mit Gretels Sohn Karl unterwegs, im Kino, im Frankfurter Zoo und einmal auch zu Besuch bei der Mordach. Dort bat sie Karl zurückzubleiben, als sie im Wald zu der Stelle ging, wo sie zusammen mit Uschi ihre Indianerbehausung gebaut hatte. Sie hockte sich in die Mitte und weinte bitterlich, denn ihr wurde in diesem Augenblick bewusst, dass sie nie mehr in ihrem Leben in der Lage sein würde, so intensiv zu spielen. Als sie mit verweinten Augen zurück zu Karl kam, verlor er zum Glück kein Wort darüber. Doch dann wurden Gretel und Karl zu Silvester nach Frankfurt eingeladen, und weil zusätzlich für Renate keine Übernachtungsmöglichkeit gewesen wäre, wurde sie gefragt, ob es ihr etwas ausmachen würde, jetzt schon nach Hause zu fahren. Und sie gehört nun einmal nicht zu den Menschen, die betteln. Wenn man sie nicht dabeihaben will, geht sie. Sie nippt am Rotwein und schaut auf die Uhr: Noch zwanzig Minuten bis Mitternacht. Doch bevor das Jahr 1954 zu Ende geht, schläft sie ein.

Winterfreuden

Eine dicke Schneedecke liegt auf dem Weinberg, der von einem Bismarckturm gekrönt wird. Auf der Südseite wachsen die Rebstöcke, doch auf der Nordseite ist nichts als Schnee. Andere Kinder haben hier bereits eine Schlittenbahn angelegt, die schon etwas vereist ist, wodurch die Abfahrt noch schwungvoller ist. Zehn Minuten braucht Renate, um ihren Schlitten von der Raubritterburg aus hoch zum Bismarckturm zu ziehen, doch dann beginnt das Vergnügen. Bis über die neue Straße hinaus und immer weiter gleitet der Schlitten. Erst kurz vor dem Waldrand bleibt er stehen. Stets aufs Neue macht sie sich die Mühe, den Schlitten den Berg wieder hochzuziehen, um erneut eine rasante Abfahrt zu genießen.

Im letzten Haus dieser neu angelegten Straße, die zum Glück erst bis kurz vor dieser Schlittenbahn bebaut ist, wohnt ihre Sitznachbarin Hannelore. Auch sie will sich dieses Vergnügen gönnen, und zu zweit macht es noch viel mehr Spaß. Im nächsten Jahr wird dieses Rodelvergnügen nicht mehr möglich sein, da entlang dieser neuen Straße weitere Häuser geplant sind. Und parallel dazu soll sogar kurz vor dem Wald noch eine weitere Straße angelegt werden.

In der Niederburg

Hansjörg wohnt zusammen mit zwei seiner drei Brüder bei der Mutter in der Niederburg, mitten im Zentrum der Konstanzer Fasnacht. Am Nachmittag vom „Schmotzige Dunschdig" lädt er Familie Kinzel zu sich ein. Von Friedrichshafen kennen unsere vier schon die Fasnacht, doch das ist kein Vergleich zu dem, was sich hier in den Gassen und auf der Marktstätte abspielt. Überall verkleidete Menschen! Besonders die Gruppen, die ein bestimmtes Thema darstellen, beeindrucken sie. Und dann die ebenfalls kostümierten Fanfarenzüge, die immer wieder durch die Gassen ziehen! Renate ist von den „Blätzlebuebe" fasziniert. Am liebsten möchte sie gleich anfangen, aus verschiedenfarbigen Stoffresten Schindeln zu schneiden, zu umhäkeln und, wenn sie genügend beisammen hat, auf einen Anzug zu nähen, so wie man es beim Dachdecken mit Schindeln tut. Doch Hansjörg erklärt ihr, dass nur Mitglieder der Zunft dieses Kostüm tragen dürfen. Naja, war ja auch nur so ein Gedanke.

Auf den Straßen sammeln sich Luftschlangen, Konfetti und allerlei Müll an. Frieda versteht nun, warum es „schmutziger" Donnerstag heißt. „Nicht schmutziger, sondern schmotziger", verbessert sie Hansjörg, „das bedeutet ‚fettiger'. Bevor die Fastenzeit beginnt, darf man noch einmal richtig fett essen." Als Bestätigung dafür werden an einigen Ständen in Schmalz gebackene Küchle verkauft. Manche sind kugelrund und etwas kleiner als Berliner Pfannkuchen. Doch es gibt sie auch in anderen Formen. „Komisch", sagt Frieda zu Hansjörg, „dass ihr die Pfannkuchen hier einfach nur Berliner nennt." - „Das stimmt schon. Aber Berliner gibt es heute nicht, die kannst du zu anderen Zeiten kaufen. Dieses etwas kleinere und anders geformte Schmalzgebäck nennen wir Fasnetkiechle."

Die Temperaturen sind weit unter null gefallen und es zieht sie alle zurück in die warme Stube. Dort erwarten sie heißer Kaffee und - Fasnetkiechle! Seine Brüder, die auch zum Aufwärmen hereingekommen sind, fangen an zu singen: „Luschdig isch die Fasenacht, wenn mei Mueder

Kiechle bacht. Wenn se aber kone bacht, denn pfeif i uf die Fasenacht." Das muss den Kinzels erst einmal übersetzt werden. Am Abend geht Hansjörg mit ihnen in die Konradigasse, um den Hemdglonkerumzug zu sehen. „Hemdglonker", fragt Erwin, „was ist denn das?" - „Ihr werdet schon sehen." Die Stimmung, die sie hier erwartet, stellt alles Bisherige in den Schatten. Wie auch in vielen anderen Gassen haben die Anwohner kilometerweise Fasnetbändel aus bunten Stoffstreifen hergestellt und sie im Zickzack über die schmale Straße gespannt. Doch hier hängen zusätzlich noch bunte Lampions aus den Fenstern, und Hemdglonkerpuppen in Lebensgröße schmücken die Wände. Farbige Glühbirnen tauchen die Gasse in ein seltsames Licht. Aus jedem Fenster schaut eine Traube von Menschen, lacht, bewirft die wartende Menge mit Konfetti und neckt sich über die Gasse hinweg.

Der Umzug muss bald kommen, denn man hört bereits die Trommeln des vorausziehenden Fanfarenzuges und das Gejohle der Menschen, an denen er vorüberzieht. Unwillkürlich werden alle in eine frohe, erwartungsvolle Stimmung versetzt. Rosmarie hängt sich bei Hansjörg ein und kuschelt sich an ihn. Gerade, als der Zug um die Ecke biegt, setzen die Bläser ein. Der Kapelle folgen die Schüler, alle gekleidet in weiße Nachthemden und Schlafmützen. Mit Topfdeckeln vollführen sie einen ohrenbetäubenden Lärm, um dem Winter Angst zu machen und ihn zu verjagen. Ältere Schüler und Lehrer begleiten den Zug mit Fackeln. Dachstuhlförmige Gestelle sind mit Transparenten bespannt, auf denen die Schüler ihre Lehrer verspotten. Doch sie werden viel zu schnell vorbeigetragen. Man kann die Sprüche neben den Zeichnungen nur lesen, wenn der Zug sich staut und einen Augenblick stehen bleibt. Wieder naht eine Musikkapelle. Frieda spitzt die Ohren. Das kennt sie doch! Tatsächlich! Die französische Militärkapelle naht. Ja, diese Melodie hat sie die Soldaten schon des Öfteren auf der großen Wiese üben hören. Noch eine ganze Weile ziehen Hemdglonker und Kapellen an ihnen vorüber, und die Füße der Zuschauer verwandeln sich allmählich in Eisklumpen. Schön ist es, in die warme Stube zurückzukehren, sich bei einem Glas Glühwein aufzuwärmen und wieder warme Füße zu bekommen. Als Kinzels spät am Abend heimgehen, haben sie das Gefühl, einen außergewöhnlichen Tag erlebt zu haben.

Die Schwestern

Renate ist bei ihrer Sitznachbarin Hannelore zum Geburtstag eingeladen. In einer Spielpause verteilt das Geburtstagskind kleine weiße Dinger in Form eines Kartoffelschnitzes. Keiner weiß, was das ist. „Probiert halt mal." Man kann es also essen. Es schmeckt ziemlich streng, und nicht alle knabbern es zu Ende, Renate aber schon, obwohl es im Mund etwas brennt.

Abends zu Hause im Bett! Rosmarie kann nicht einschlafen, weil es im Zimmer so fürchterlich stinkt. „Haben die unten in der KKK mal wieder vergessen, den Exhaustor anzuschalten", denkt sie, „und der ganze Säuregeruch dringt durch die Ritzen in unser Zimmer?" Nein, da liegt sie falsch. Der Gestank geht von Renate aus, die auf der Geburtstagsfeier eine ganze Zehe Knoblauch geknabbert hat.

Hansjörg will sich verändern, will raus aus Konstanz. Er findet in Hof Arbeit, und Rosmarie zieht bald hinterher.

Da Kuppelei unter Strafe steht und sie erst heiraten können, wenn Rosmarie geschieden ist, dürfen sie nicht gemeinsam eine Wohnung beziehen, sondern jeder wohnt
allein zur Untermiete.

Im Frühjahr geht Frieda mit Renate zum HNO-Arzt, weil
sie nachts wieder kaum Luft bekommt. Der Arzt will eine
Stirnhöhlenspülung machen und gibt ihr eine Spritze. Kurz
darauf wird sie ohnmächtig. Daraufhin will der Arzt sie
nicht weiter behandeln, sondern rät Frieda, mit ihr erst
einmal zum Internisten zu gehen. Dieses Mal gehen sie
nicht wieder zu dem Arzt, den sie im vergangenen Frühjahr aufgesucht haben, sondern auf Empfehlung eines
Kollegen zu einem anderen. Dieser Arzt lässt Renate zuerst
ein paarmal die Treppe hinauf und hinunterrennen, misst
danach den Blutdruck und stellt bereits nach einer Viertelstunde gründlicher Untersuchung die Ursache fest:
Renate hat ganz einfach Kreislaufstörungen. „Sie ist in
Berlin geboren", erklärt er, „diese Stadt hat ein ausgesprochen gesundes Klima, im Gegensatz zum Konstanzer Klima, das sich besonders im Frühjahr äußerst ungünstig aus-
wirkt. Mit der Zeit wird sie sich daran gewöhnen." Er rät
ihr, für den Fall, dass ihr wieder schwindlig wird, immer
ein Stück Brot oder ein Stück Schokolade dabeizuhaben,
noch besser Traubenzucker. Zusätzlich kauft Frieda im
Reformhaus eine Kräutertinktur gegen Unterdruck. Jeden
Morgen nimmt Renate einen Schluck und kommt von da
an gut durch den Tag. Ins Krankenhaus kommt sie dieses
Mal nicht, aber sie soll sich schonen und geht nicht zur
Schule. Sie sitzt in ihrem Zimmer und wiederholt ein paar
Vokabeln, als es klopft. Auf ihr Herein betritt ihre Klassen-
kameradin Mechthild das Zimmer und lässt sich völlig er-

schöpft auf einen Stuhl fallen. Nachdem ihr Renate ein Glas Wasser gebracht hat, findet sie ihre Sprache wieder: „Schön hast du es hier oben und so hell!" Ja, der Sonnenschein durchflutet das Zimmer, etwas gedämpft durch Feuerbohnen, die auf dem Fensterbrett in einem Kasten wachsen und deren Ranken bereits über einen Meter hoch sind. Ihr helles Grün tut den Augen gut. Natürlich eine Idee von Frieda, als Ersatz für eine Markise. „In dem düsteren Treppenhaus ist mir ganz schwindlig geworden, und als ich noch durch diesen dunklen Raum musste, wurde mir richtig schlecht. Da habe ich nicht so ein schönes Zimmer erwartet." Gekommen ist Mechthild, um Renate die Hausaufgaben zu bringen, eine Geste, für die sie ihr dankbar ist. So wird sie nicht wieder so viel Stoff versäumen.

Das Stadttheater Konstanz

Erwin bringt zwei Theaterkarten mit nach Hause, die ihm ein Kollege geschenkt hat, weil er und seine Frau genau für diesen Tag eine Einladung bekommen haben. Man kann diese Komödie nicht gerade geistreich nennen, aber Frieda und Renate amüsieren sich köstlich. „Ab nächster Woche spielen sie Emilia Galotti", meint Erwin ein paar Tage später, „das sollte sich Renate unbedingt anschauen." Aber als es Erwin wieder einfällt, spielt es nur noch an diesem Tag, denn hier in Konstanz wechselt das Programm vierzehntäglich. Das ist er von Berlin nicht gewöhnt. Die billigste Karte oben auf dem Rang kostet achtzig Pfennig, und die haben die Eltern im Augenblick nicht mehr übrig. Schade. Sie hätten früher daran denken sollen. „Weißt du", meint Erwin abends im Bett zu seiner Frieda, „wir haben jetzt doch das Allernötigste angeschafft. Wir müssten uns hin und wieder einen Theaterbesuch gönnen können. Wenn wir ihn gleich Anfang der Woche einkalkulieren, müsste das gehen." Sie studieren gemeinsam das Programmheft für die nächste Spielzeit und überlegen, welche Aufführungen sie unbedingt sehen wollen. Bereits in der Sommerpause soll im Rathaushof Schillers Drama „Die Räuber" aufgeführt werden. Das wollen sie sich nicht entgehen lassen.

Es ist ein warmer Sommerabend, ideal für eine Aufführung im Freien. Das Spiel hat noch nicht begonnen. Die Eltern haben bereits Platz genommen, doch Renate schaut zu einem Fenster empor, aus dem ein Schauspieler blickt und seinerseits die Zuschauer betrachtet. Nun fällt sein Blick auf sie. Eine ganze Weile schauen sie sich an, bis er sich zurückzieht und sie sich auf ihren Platz begibt. Das Stück ist äußerst spannend, und endlich erscheint auch dieser Schauspieler: Heiner Ingenlath in der Rolle des Spiegelberg! Ist es da überraschend, dass sie von nun an für ihn schwärmt? Im Gegensatz zu Schauspielern, die man von der Kinoleinwand kennt, kann man die vom Stadttheater auch leibhaftig auf der Straße treffen. Das passiert Renate mit „ihrem" Heiner des Öfteren, und wenn sie zu ihm aufschauend an ihm vorbeigeht, bemerkt sie, dass er grinst. Ach, ist das schön, von ihm erkannt zu werden!

Renate bringt eine Neuigkeit aus der Schule mit: Ein neues, äußerst preiswertes Theaterabonnement für Gewerkschaftsmitglieder ist eingeführt worden und ausgerechnet Hannelores Vater hat die Organisation übernommen. Rang, erste Reihe, kostet pro Person zwölf Mark, zu zahlen in drei Raten. Ja, das können sich Kinzels leisten. Und so erleben sie alle drei Wochen eine Vorstellung auf einem guten Platz. Ach, wie Eltern und Tochter das genießen! Durch die hinzugekommenen Abonnements ist der Abstand der Premieren von zwei auf drei Wochen umgestellt worden, weshalb Schauspieler und Regisseure etwas mehr Zeit zum Erarbeiten der Rollen haben und Bühnen- und Kostümbildner ebenso für ihre Kreationen. Und das lohnt sich! Die Qualität der einzelnen Inszenierungen steigt. Im Herbst wird die Spielzeit mit „Wilhelm Tell" eröffnet. Frieda sitzt mit Renate in der Küche und erzählt ihr, dass sie dieses Stück bereits als junges Mädchen gesehen hat. Plötzlich springt sie auf und rezitiert: „Die letzte Wahl steht auch dem Schwächsten offen, ein Sprung von dieser Brücke macht - mich - frei!!!" Voller Pathos, wie sie es einst ihrer Mutter vorgeführt hat, trägt sie ihrer Tochter Gertruds Ausspruch vor. Das letzte Wort „frei" ruft sie wieder mit voller Inbrunst. So hat sie die Schauspielerin in Erinnerung. Ach ja, die Theaterbesuche in ihrer Jugend! Die waren immer etwas ganz Besonderes, vor allem, wenn Alexander Granach mitgespielt hat. „Wenn das Stück zu Ende war, sind wir immer aufgesprungen und vor zur Bühne gelaufen, und wenn sich die anderen Schauspieler verbeugt haben, haben wir immer ganz laut Granach, Granach gerufen, bis er endlich wieder erschienen ist." Friedas Augen leuchten. Ja, das waren noch Zeiten! „Die Konstanzer Zuschauer sind so was von lasch, die können ihre Begeisterung gar nicht richtig zeigen." Nun sitzt sie im Theater. Gertruds Szene nähert sich. Frieda ist schon ganz gespannt. „Die letzte Wahl steht auch dem Schwächsten offen", sagt die Schauspielerin nur so hin, als ob es nichts Besonderes wäre, den Rest lässt sie weg. Frieda ist enttäuscht.

Das Theater beschäftigt einen neuen Fotografen, der bereits am Morgen nach der Premiere die Bilder in den Schaukästen auswechselt, und nicht nur die am Theater; beim Susosteigs sind ebenfalls zwei Schaukästen aufgestellt worden. Sobald Renate mit den Hausaufgaben fertig ist, muss sie unbedingt in die Stadt marschieren und die neuen Bilder betrachten. Für sie tut sich eine neue Welt auf, die ganz von ihr Besitz ergreift. Gewiss, auch in Berlin hat sie schon zum Theater Kontakt gehabt, doch hier ist es etwas ganz anderes, hier ist sie beinahe auf Tuchfühlung mit den Schauspielern und dem Theater als solches. Ihr Interesse wächst, und sie wünscht sich nichts sehnlicher, als auch einmal Statistin sein zu dürfen. Doch sie weiß nicht, wie sie das anstellen soll. Auf den Gedanken, einfach mal im Büro vorbeizugehen und zu fragen, kommt sie nicht.

Der neue Intendant hat nicht nur den Abstand der Premieren verändert, er hat auch das Proszenium eingeführt: Kurze Stücke, die eventuell nicht bei allen Abonnenten auf Interesse stoßen könnten, werden vor wenigen Zuschauern im Foyer aufgeführt. Und gerade diese Stücke interessieren Erwin besonders, sodass unsere Kinzels nicht nur im Saal, sondern auch im Foyer zu den Dauergästen gehören.

Aber nicht nur im Theater finden Aufführungen statt. Erwin schlendert mit seinen beiden Frauen über die Messe und bleibt plötzlich abrupt stehen: „Renate, das musst du dir ansehen! Wer weiß, wie lange es noch einen Flohzirkus gibt!" Sie betritt das kleine Zelt. Sechs Zuschauer scharen sich um einen runden Tisch, auf dem eine blütenweiße Tischdecke liegt. Nun erscheint der Dompteur mit seinen Tieren. Viele niedlich anzusehende Kunststücke lässt er sie zeigen. Alle tragen sie ein buntes Schirmchen, mit einem dünnen Draht um ihren Leib befestigt. Er haucht sie an, und sie beginnen sich zu drehen, vollführen einen Reigentanz. Nun spazieren sie mit ihrem Schirmchen auf dem Rücken nacheinander über einen gespannten Draht, wie kleine Seiltänzer. Auch weitere Kunststücke sehen äußerst possierlich aus. Nach der Aufführung wird ihr Herrchen mit Fragen bestürmt. „Es ist das letzte Jahr, dass ich mit ihnen auftrete, weil der Nachwuchs fehlt, denn es ist nur mit Menschenflöhen möglich", erklärt er, „und die werden der Hygiene wegen in Deutschland selten." Auf die Frage, wie er sie ernährt, antwortet er: „Ich setze sie auf meine Haut. Das macht mir nichts mehr aus."

Der Flohzirkus wird also demnächst der Vergangenheit angehören, und Renate verdankt es der Aufmerksamkeit ihres Vaters, zu den Letzten zu gehören, die in den Genuss dieser Vorführungen gekommen sind, in einem Zirkus, den ihre Bekannten in späteren Jahren für eine Erfindung ihrer blühenden Phantasie halten werden.

In Kreuzlingen gastiert Zirkus Knie mit dem Clown Grock. Auch das soll Renate nicht versäumen. Aber da hat sie Pech. Doktor h. c. Adrien Wettach, genannt Grock, ist schwer erkrankt und wird nie mehr auftreten.

Ein neues Heim

Eine neue Straße ist angelegt worden, „In der Gebhardsösch" genannt. An dieser Stelle soll früher ein Bach geflossen sein, wissen sie Nachbarn zu erzählen. Ob der jetzt unterirdisch weiterfließt? Nun, irgendwohin wird man das Wasser schon umgeleitet haben. Doch das Interesse ist nicht so stark, dass einer der Anwohner nachhaken würde. Eines der neuen Doppelhäuser ist schmaler als die anderen. Eine Hälfte davon, bestehend aus zwei Zweizimmerwohnungen mit Bad, hat Erwins Chefin gekauft und an zwei ihrer Facharbeiter vermietet. Kinzels ziehen oben ein. Vom Flur aus betritt man die geräumige Küche. In ihr ist Platz für die neue Essecke, zu der außer drei Stühlen und einem Tisch auch eine Bank mit aufklappbarem Sitz gehört, also eine Art Truhe, in der man allerlei Kleinkram verstauen kann. Gut, dass die Küche außer einem Elektroherd - den eigenen kleinen Herd konnten sie verkaufen - auch einen Beistellherd besitzt. Jetzt, wo es kühler wird, kocht Frieda auf ihm und hat gleichzeitig eine warme, äußerst gemütliche Küche. Tagsüber halten sie und Renate sich deshalb meistens hier auf. Erst zum Abend, wenn Erwin zu Hause ist, wird das Wohnzimmer geheizt.

Zu jeder Wohnung gehört im Speicher noch ein kleines Zimmer mit Dachschräge, Renates Reich. Die Eltern wollen ihr etwas Gutes tun und kaufen für sie ein neues Bett mit einer Sprungfedermatratze. Sie aber trauert ihrem harten Holzbett nach, auf dem sie viel besser schlafen konnte, denn auf diesem weichen Bett tut ihr der Rücken weh. Das konnten ihre Eltern wirklich nicht ahnen, und auf die Idee, sie vorher zu fragen, sind sie nicht gekommen. Nun ja, sie wird sich mit der Zeit daran gewöhnen. Wenn Rosmarie zu Besuch kommt, wird für sie, wie schon in der Raubritterburg, das Feldbett aufgestellt. Unterm Fenster passt es in den kleinen Raum gerade noch hinein.

Wieder steht ein Theaterbesuch an. Den ganzen Tag über hat es geregnet, und da die Straße noch nicht asphaltiert worden ist, hat sie sich in eine lehmige Pampe verwandelt. Diese Pampe heißt es zu überqueren. Aber unsere drei wollen nicht mit lehmverschmierten Schuhen im Theater erscheinen. „Wisst ihr was?", schlägt Frieda vor, „wir ziehen erst andere Schuhe an und nehmen die fürs Theater in die Hand." So wird es gemacht. Es ist ihnen ein bisschen peinlich, als sie die schmutzigen Schuhe an der Garderobe abgeben, können aber feststellen, dass außer ihnen noch andere Theaterbesucher auf diesen Gedanken gekommen sind. Gleich fühlen sie sich wohler und freuen sich auf die Komödie, die sie erwartet.

Die Lauge im großen Einwecktopf, gefüllt mit Weißwäsche, fängt an zu kochen, und Frieda drosselt die Hitze, indem sie mehr Ringe in die Herdöffnung legt. Inzwischen lässt sie schon einmal die Badewanne voll Wasser laufen. Nach dem Kochvorgang kommt die Wäsche zum Spülen hier hinein. Die Lauge verwendet sie anschließend noch für Buntwäsche, wobei die Herdöffnung nun ganz geschlossen ist, damit sie nicht erneut zum Kochen kommt. So eine Badewanne ist etwas Wunderbares. Wie leicht sich in dieser Menge Wasser die Wäsche spülen lässt, nicht so umständlich, wie es früher war! Aber das Wasser ist eiskalt. Frieda hat in ihren stark geröteten Händen kein Gefühl mehr und ist froh, dass Renate gerade nach Hause kommt. „Kannst du mir die Hände wärmen?" Die Tochter nimmt sie in die ihren, bis Frieda wieder Gefühl in ihnen hat. Eigentlich hätte sie mit zwei drei Holzscheiten ein Feuerchen machen können, damit das Wasser wenigstens überschlagen ist, aber darauf kommt sie nicht, scheut vielleicht auch die Ausgabe. Geheizt wird der Badezimmerofen nur jeden Samstag, sodass einer nach dem anderen ein Bad nehmen kann. In Friedrichshafen brauchte man nur den Warmwasserhahn aufzudrehen, doch aus Kostengründen, denn Gas kostet auch Geld, hat die Familie dort ebenfalls nur einmal in der Woche gebadet.

Zu jeder Wohnung gehört ein Keller für Kohlen und Kartoffeln. In einem Regal haben Weckgläser und Äpfel Platz. Außerdem gibt es hier unten einen Trockenraum, in dem ein großer Waschkessel steht. Doch den benützen weder sie noch die Frau des Kollegen. Auch diese kocht die Wäsche lieber auf dem Beistellherd. Den Kessel zusätzlich zu heizen, wäre reine Verschwendung von Heizmaterial.

Diesmal freut sich Frieda ganz besonders auf die Weihnachtsvorbereitungen, denn der neue Herd hat nicht nur eine Platte mehr, sondern eine tiefere Backröhre mit zwei Blechen, auf denen viel mehr Kekse Platz haben als auf dem schmalen Blech vom alten Herd. Sie hat auch neue Förmchen gekauft und zum Verzieren Buntzucker, Schokoladenstreusel, Haselnüsse und Mandeln. Renate ist gerade dabei, die gebrühten Mandeln von ihrer braunen Haut zu befreien und zu teilen. „Schalt schon mal den Herd ein", sagt Frieda, als sie den bereits gestern gekneteten und kalt gestellten Teigklumpen aus dem Schlafzimmer holt. Sie bestreut den Tisch mit Mehl und fängt mit Ausrollen an. „Was möchtest du zuerst ausstechen?" - „Die Entchen." Als Frieda das Blech einfetten will, merkt sie, dass der Herd noch gar nicht eingeschaltet ist. Sie versteht nicht, warum Renate zuerst ein ganzes Blech belegen will, bevor sie das tut. „Es dauert doch eine ganze Weile, bis der Backofen die nötige Temperatur hat", sagt sie und schaltet ihn selbst an. Sorgfältig legt ihre Tochter Entchen für Entchen auf das Blech, alle möglichst im gleichen Abstand voneinander, bestreicht sie mit Eigelb und drückt als Flügel eine halbe Mandel darauf. Das macht Wrubbelarsch ganz nervös. „Beeil dich doch ein bisschen. Da! Der Herd schaltet sich aus. Er ist heiß genug." Frieda versteht nicht, warum Renate so langsam arbeitet. Als sie klein war, war sie in allem viel flinker, im Sprechen und im Handeln. Endlich kann sie das Blech in die Backröhre schieben. Inzwischen hat sie einen weiteren Teigklumpen ausgerollt und Herzchen ausgestochen. Zu zweit bestreichen sie diese mit Milch, legen sie mit der angefeuchteten Seite auf den Buntzucker, nehmen sie wieder ab und platzieren sie auf das zweite Blech. Ruck, zuck muss das jetzt gehen, denn die ersten Plätzchen sind bereits fertig. Friedas Wangen röten sich. Endlich, wenn sie richtig loslegen muss, ist sie in ihrem Element, und die lahme Tochter wird ihr Tempo hoffentlich auch bald erhöhen! Die Gedanken der Tochter errät sie nicht, die ihrerseits nicht einsehen will, warum man so hetzen muss. Es reicht doch, den Herd einzuschalten, wenn bereits beide Bleche belegt sind. In der Zeit, bis man sie in den Ofen schieben kann, können weitere Plätzchen vorbereitet werden. Außerdem könnte man schon bevor man mit Ausrollen beginnt die Makronenmasse in Häufchen auf die Oblaten legen. Damit könnte schnell zwischendurch ein Blech gefüllt werden. So hätte man mehr Zeit zum Verzieren. Alles könnte in Ruhe geschehen. Es kommt nur auf die Planung an. Aber sie ist eben kein Wrubbelarsch.

Am Heiligen Abend fühlt sich Frieda so wohl, wie schon lange nicht mehr, weil sie alle ihre Lieben bei sich hat, denn zusammen mit Rosmarie ist auch Hansjörg gekommen. Er ist für sie wie ein Sohn. Dieses Gefühl hat sie Franz gegenüber nie empfunden. Am Schluss zählt man zusammen, sagt man. Ja, wenn man all das Glück, das ihr

hier in Konstanz begegnet ist, zusammenzählt, die regel-
mäßigen Theaterbesuche, die neuen Freundschaften bei
den Naturfreunden, Renates Erfolge in der Schule, Rosmaries Freundschaft mit Hansjörg und schließlich auch
diese Wohnung, ist es doch gut, dass sie Friedrichshafen
verlassen mussten, obwohl sie in Gedanken noch hin und
wieder in der dortigen Wohnung verweilt. Hier kann sie
sogar ein bisschen gärtnern. Mit dem Kollegen haben sie
vereinbart, dass der überwiegende Teil des Gartens Rasen
haben soll. Nur der Streifen, der rechts vom Weg am Haus
vorbeiführt, wird aufgeteilt. Hier kann jeder pflanzen, was
er mag. „Wenn du Beete haben willst, musst du die Arbeit
alleine machen." Vater und Tochter haben dazu keine Lust.
Sie wollen sich nur um den Rasen kümmern. Frieda ist
damit einverstanden, doch scheinen die Nachbarn aus der
Umgebung die Humusschicht geklaut zu haben, so leh-
mig, wie der Boden aussieht. Die muss sich mit der Zeit
erst wieder bilden.

Am ersten Weihnachtsfeiertag sind Kinzels wieder bei
Familie Blietz eingeladen. Das wird zur Tradition. Noch
viele Jahre bleibt diese Freundschaft bestehen, und als Helmut in den Kindergarten kommt, lässt es sich Frieda nicht
nehmen, ihn am Morgen hinzubringen. Abgeholt wird er
entweder von ihr oder von Renate. Frau Blietz ist äußerst
dankbar dafür, dass ihr dieser Gang abgenommen wird.
Als Schneiderin kann sie sich am besten revanchieren, indem sie für beide umsonst näht. Meistens hilft sie auch
nur beim Zuschneiden oder fertigt einen Schnitt an, da
Frieda und bereits auch Renate selbst Freude am Nähen
haben.

Als im Frühjahr der Garten gerichtet wird, hilft Hansjörg
fleißig beim Umgraben mit. Nun kann Frieda ihre Beete

anlegen, kann pflanzen und säen. Bald gedeihen Schnittlauch, Petersilie und Knoblauch, Sellerie und Lauch, Buschbohnen und Erdbeeren. Von ihren neuen Freunden aus der Nachbarschaft bekommt sie Brombeerstecklinge geschenkt, die sie entlang des Zauns zum Nachbargrundstück pflanzt, und Himbeerstecklinge, die ihr eigenes Beet bekommen. Auf einem Beet sät sie Blumen, und als Abschlusskante zum Weg hin pflanzt sie Blaukissen.

Als sie den verwelkten Osterstrauß wegwerfen will, entdeckt sie, dass ein Zweig Weidenkätzchen Wurzeln gebildet hat. Den pflanzt sie ein, und es entsteht mit den Jahren ein richtiger Baum. Hinter dem Haus ist in der ganzen Breite Rasen, ein Teil davon mit Teppichstange und Wäscheleinen versehen. Eines Tages findet Frieda in einem Beet eine keimende Kastanie. Spaßeshalber setzt sie sie in das freie Rasenstück neben der Teppichstange. Auch aus diesem Keimling wird ein schöner Baum. Bei einer Radtour durch den Wald entdeckt sie mitten auf dem Weg eine kleine schiefe Fichte. „Na, du Arme, hier kannst du gar nicht richtig wachsen. Bestimmt wirst du immer mal wieder angefahren." Sie erbarmt sich des Bäumchens und gräbt es aus. Zu Hause im Garten gedeiht die kleine Fichte zusehends, schaut bald über den Zaun auf die Straße und entwickelt sich im Laufe der Jahre zu einem stattlichen, ganz gerade gewachsenen Baum. Ein paar von Nachbarn geschenkte Schneeglöckchenzwiebeln vermehren sich darunter prächtig und begrüßen Jahr für Jahr den Frühling.

Alle drei Bäume gibt es nicht mehr. Der Weidenbaum wurde gefällt, weil er eine Krankheit bekam. Über die Kastanie ärgerte sich jedes Frühjahr der Nachbar, weil ihr Schatten auf seine Gemüsebeete fiel, bis Erwin genug hatte und sie fällte. Und gerade in diesem Jahr hatte sie zum ersten Mal Blüten. Die stattliche Fichte hat Frieda überlebt und wurde erst Ende der siebziger Jahre vom neuen Hausbesitzer gefällt und zersägt und nicht, wie von Renate erträumt, der Stadt als Weihnachtsbaum gespendet. Doch die Linde, die sie ein paar Jahre später als etwa mannshohes Bäumchen von einer Nachbarin geschenkt bekommen hat, steht noch heute als mächtiger, das Haus überragender Baum im Garten der neuen Bewohner.

Im Jugendhaus

Im SÜDKURIER steht, dass im Jugendhaus für Erwachsene abends ein Kurs im Buchbinden angeboten wird, eine Tätigkeit, die Erwin seit jeher interessiert hat, und da zwei seiner Lieblingsbücher schon etwas zerfleddert sind, wäre das eine gute Gelegenheit, sie neu zu binden. Er fragt Frieda, ob sie nicht mitkommen möchte. Ja, das könnte ganz nett sein, auch wenn sie nur daneben sitzt. Aber es wird nicht nur Buchbinden angeboten. Das Jugendhaus ist eine Einrichtung, in der die Stadt ihren Einwohnern unentgeltliche Freizeitbeschäftigungen ermöglicht. Emmy Noll ist als Werklehrerin für Bastel- und Handwerksarbeiten jeglicher Art ausgebildet. Jeden Nachmittag hat sie eine altersmäßig zusammenpassende Gruppe Kinder, die aus organisatorischen Gründen jeweils alle das gleiche Thema bekommen. An einem Abend in der Woche jedoch betreut sie Erwachsene, die sich aussuchen können, was sie machen möchten. Und als nun Frieda ihren Mann begleitet, fragt Fräulein Noll sie, ob sie nicht aus Peddigrohr ein Körbchen flechten möchte. Glücklich kommt sie mit einem fertigen Brotkorb nach Hause. Beim nächsten Mal geht auch Renate mit. Nachdem Erwin beide Bücher schön akkurat in Leinen gebunden hat, geht er nicht mehr hin, während Frieda und Renate noch einige Jahre zu Emmy Nolls Bastelabenden kommen. Nachdem ihr Haushalt mit genügend Körben ausgestattet ist, fängt Frieda an zu weben. Die benötigte Wolle kann preisgünstig bei Frau Noll erstanden werden. Frieda webt zwei Bettvorleger und mehrere Sofakissenbezüge, auch einige zum Verschenken. Danach hämmert sie aus Kupferblech eine schöne Schale, in der Stifte und andere kleine Schreibutensilien ihren festen Platz finden. Renate fühlt sich mehr zu Holzarbeiten hingezogen, schnitzt erst eine kleine Schale, danach eine Maske. Dann interessiert sie sich fürs Emaillieren und fertigt sich aus Kupferplättchen eine Kette an. An Fasnacht fragt Emmy Noll Renate, ob sie nicht Lust hätte, zusammen mit zwei jungen Burschen für die Kinderfasnacht ein Kasperlestück aufzuführen, denn das Jugendhaus besitzt wunderschöne Hohnsteiner Handpuppen mit aus Holz geschnitzten, für Erwachsenenhände gefertigten Köpfen. Das braucht sie Renate nicht zweimal zu sagen. Mit großem Eifer haucht sie den weiblichen Puppen und dem Hund Leben ein.

Für die Jugendlichen ab sechzehn Jahren wird der Sprudelball angeboten, und da Renate kürzlich die Tanzstunde absolviert hat, ist sie auch hier dabei. Besonders glücklich ist sie darüber, dass sie jedes Mal, wenn ein Wiener Walzer spielt, von dem gleichen jungen Mann aufgefordert wird, der ihr versichert, kein anderes der anwesenden Mädchen könne sich bei diesem Tanz so leicht führen lassen wie sie. Dabei ist sie normalerweise ein ziemlich steifer Klotz. Aber diesen schnellen Dreivierteltakt beherrscht sie gut.

Friedas Interesse ist noch für etwas anderes geweckt worden: Die Volkshochschule bietet unter der Leitung des Konstanzer Malers Otto Adam einen Kurs in Aquarellmalerei an. So findet sie endlich wieder zurück zur Malerei. Bald darauf übernimmt ein anderer Konstanzer Maler, Hans Sauerbruch, den Kurs. Unter seiner Leitung wird sie allmählich immer lockerer und malt ein paar schöne Blumenbilder. Als Emmy Noll davon erfährt, kommt ihr eine Idee: Das Treppenhaus ist so kahl. Wie wäre es, wenn Frieda nach einem Entwurf von Sauerbruch einen Wandteppich weben würde? Sie lässt es nicht bei dem Gedanken bewenden, sondern klopft nach erhaltenem Einverständnis der beiden bei der Stadt an. Das Projekt wird genehmigt. Der Teppich soll achtzig Zentimeter breit und drei Meter hoch werden. Bevor Hans Sauerbruch mit der Arbeit beginnt, er möchte Motive aus dem Stadtbild wählen, trifft er sich mit Frieda, um von ihr zu erfahren, welche Formen beim Weben möglich sind. Als sein Entwurf fertig ist, wird die dafür benötigte Wolle extra in den von ihm gewünschten Farben eingefärbt. Nun kann Frieda ihr Werk beginnen. Immer wieder mal schaut er vorbei, um zu sehen, wie es ihr gelingt, das Gemalte in Gewebtes umzusetzen, und er bewundert ihre Geschicklichkeit. Viele Jahre ziert der Teppich das Treppenhaus, bis er eines Tages, von der Sonne völlig ausgebleicht, verschwindet.

Theater, Theater!

Der Saal, in dem der Sprudelball stattfand, dient nun als Ausstellungsraum für die schönsten Werkstücke, die Kinder und Erwachsene unter Emmy Nolls Leitung hergestellt haben. Auch Familie Kinzel kommt, um sie zu bewundern. Als Erwin diesen schönen Saal betritt, hat er eine Idee: Könnte er hier nicht auch ein Theaterstück zur Aufführung bringen? Frieda hat zurück zu ihrer Malerei gefunden und auch ihm müsste es endlich möglich sein, nach all den Jahren der Not wieder auf einer Bühne stehen zu können. Man wird sehen, was sich machen lässt. Gleich am nächsten Tag erkundigt er sich und wird bei der Leitung des Jugendhauses mit offenen Armen empfangen. Das Haus besitzt sogar Podiumsteile, die zu einer Bühne zusammengestellt werden können.

Erwin hat ein Zweipersonenstück im Sinn, und da trifft es sich gut, dass es Hansjörg in Hof nicht mehr gefällt. Er kommt nach Konstanz zurück und fängt bei der Zeitung an. Rosmarie kann sich bei ihrer Rückkehr beruflich sogar verbessern, denn sie wird die Sekretärin vom Chef der Volksbank. Sie kann selbstständig arbeiten, verdient nun etwas besser als vorher, hat ein nettes Kollegium und wohnt wieder zu Hause, wodurch sie Geld für einen eigenen Haushalt sparen kann. Ja, diese beiden, Rosmarie und Hansjörg, wären die ideale Besetzung. Ein Theaterstück? Doch, dazu haben alle beide Lust. Bei der Aufführung ist der Saal zwar nur halb gefüllt, aber die Inszenierung kommt gut an. Nun wagt sich Erwin an ein Stück von Erich Kästner, das zwar im antiken Griechenland spielt, aber einen kritischen Bezug auf die Politiker einer jeden Zeit hat. Er will es beim Naturfreundetreffen in Singen zur Aufführung bringen. Da mehrere Personen auftreten, benötigt er eine ganze Truppe, die er bald zusammen hat. Die Inszenierung kommt so gut an, dass sie mit diesem Stück auch nach Dornbirn zu einem Treffen eingeladen werden. Einmal erfolgreich aufgetreten, bleibt die Truppe beisammen, und er kann mit ihr weitere Inszenierungen planen.

Langsam füllt sich der große Saal im Gasthaus Rössle. Die Naturfreunde laden zu ihrem jährlichen bunten Abend ein. Nicht nur Konstanzer kommen, auch viele Mitglieder der Vereine von Sankt Georgen und Colmar. Sogar aus Paris sind ein paar Freunde angereist. Bevor der Tanz beginnt, wird ein abwechslungsreiches Programm geboten. Die Musikgruppe und ein Männerquartett treten auf, die Gymnastikgruppe der Frauen zeigt ein paar Übungen in Turnanzügen, wie sie im Kaiserreich üblich waren, bei der Volkstanzgruppe machen Rosmarie und Renate mit. Jetzt muss sich Frieda hinter die Bühne begeben, denn Erwin hat mit einigen seiner Truppe ein Theaterstück einstudiert: „Erster Klasse" von Ludwig Thoma. Er selbst spielt natürlich den Herrn aus Preußen. Hansjörg, der den jungen Verliebten spielt, hat es aus dem Bayerischen ins Konstanzerische übertragen, Renate, als Nichteingeborene des Dialektes nicht mächtig, ist für den Vorhang zuständig, Rosmarie für Geräusche hinter der Bühne. Frieda hätte gern eine kleine Rolle gehabt. Aber für sie kommt aus Gründen der Mundart ebenfalls keine infrage. „Außerdem brauchen wir unbedingt eine Souffleuse", meint Erwin. Und so steigt sie von der Bühne aus hinab in die Tiefe und nimmt im Souffleurkasten Platz. Die Darsteller können ihre Rollen sehr gut. Nur hin und wieder trifft sie ein fragender Blick, und sie flüstert ein Wort, auch manchmal einen halben Satz. Der Vorhang fällt, der Applaus braust auf. Die Darsteller jubeln über ihren Erfolg, und Renate zieht den Vorhang wieder auf, damit sie sich verbeugen können. Als sich der Vorhang erneut senkt, ruft Frieda, sie sollen ihr doch endlich wieder heraufhelfen. „Ich bin schon ganz durchfroren, denn hier unten in dem Kasten zieht es fürchterlich." Aber keiner hört sie. Endlich, nach etlichen Vorhängen, denkt Erwin an sie und befreit sie aus der Kälte. Nun muss sie sich erst einmal aufwärmen, und dazu eignet sich ein Glühwein am besten. Aber erst, als sie mit Erwin tanzt, wird ihr wieder richtig warm. Der nächste bunte Abend kommt bestimmt und mit ihm eine Inszenierung von Erwin, in der sie sicher wieder die Souffleuse machen muss. Dann wird sie sich in eine Decke wickeln und in einer Thermoskanne heißen Kaffee mit in die Tiefe unter der Bühne nehmen.

Erwin studiert mit seiner Theatergruppe für diese Treffen in der Tat noch mehrere Stücke ein. Manchmal wirken auch Rosmarie oder Renate mit. Aber für Frieda hat er nie auch nur die kleinste Rolle. Dabei hat sie es sich so sehr gewünscht! Schließlich wagt er sich an ein ernstes Stück, „Die Stadt Wan Lin", das nicht zu einem bunten Abend passt, denn es handelt vom Krieg. Aber im Jugendhaus ist er wieder willkommen, und dieses Mal füllt sich der Saal bis auf den letzten Platz. Er, Rosmarie und Hansjörg spielen die Hauptrollen. Unter den Zuschauern sitzt auch ein Journalist. Das wird Erwin erst bewusst, als in der Zeitung eine lobende Kritik erscheint. Sogar mit Bild!

Die Volkshochschule richtet einen Laienspielkreis ein, den der Schauspieler Günter Zulla in einem Raum des Jugendhauses leitet. Nach anfänglichen szenischen Übungen beginnt er, Thornton Wilders „Unsere kleine Stadt" einzustudieren und besetzt die Rolle der Emily mit Renate. Doch zur Aufführung kommt es nie, denn er probt immer nur den ersten Akt, immer und immer wieder! Dabei kümmert er sich nur um die Hauptdarsteller, wiederholt stets die gleichen Szenen, weshalb alle Darsteller der Nebenrollen wegbleiben. Was für eine Enttäuschung! Da bekommt sie die Hautrolle, und dann wird nichts daraus. Schließlich gibt Herr Zulla dieses Projekt auf und studiert ein Vierpersonenstück ein, das auch aufgeführt wird, bei dem Renate aber nicht mitmachen darf. Wieder eine Enttäuschung! Doch beim dritten Anlauf bekommt es Herr Zulla endlich in den Griff, allen jungen Leuten, die zu seinem Kurs erscheinen, eine Rolle zu geben, indem er drei Einakter von Thornton Wilder einstudiert und diese auch zur Aufführung bringt. In „Glückliche Reise" darf Renate mitspielen. Die beiden anderen Stücke werden jeweils mit einer Frau und zwei Männern besetzt, wobei das eine auf einem Floß, das andere in einem Juweliergeschäft spielt. Zwei der Mädchen, die zu ihrer Truppe gehören, machen außerdem beim Stadttheater als Statistinnen mit. Das würde Renate auch gerne tun, doch niemand bittet sie darum.

Nein, man wird nicht gebeten, man muss sich selbst darum kümmern. Doch darauf kommt sie nicht, und es wird ihr von daheim auch nicht geraten. Viele Jahre später beklagt sich Erwin gegenüber seiner erwachsenen Tochter darüber, dass Mutti sich nie in einem Müttergenesungswerk hätte erholen dürfen. „Und sie hätte es doch so verdient gehabt." - „Ja habt ihr es denn beantragt", fragt ihn Renate, „ist es abgelehnt worden?" Daraufhin schweigt er, schaut sie nur ganz erstaunt an. Er war tatsächlich so naiv zu denken, man würde zu ihnen kommen, um es Frieda anzubieten. Nein, weder von ihrem Vater noch von ihrer Mutter hätte sie den Ratschlag bekommen können, selbst die Sache mit der Statisterie in die Hand zu nehmen.

Jugendhaus und Naturfreunde, beide spielen bei Familie Kinzel eine große Rolle. Warum nicht am Nikolausabend oben im Vereinsheim für die Kleinen ein Kasperlestück einstudieren? Als Renate bei Emmy Noll anfragt, ob sie die wunderschönen Hohnsteiner Puppen ausleihen darf, ist diese sofort einverstanden. Das Stück denken sich Mutter und Tochter gemeinsam aus. Dieses Kasperlespiel bedeutet für Frieda viel. Endlich kann sie ihre schauspielerischen Fähigkeiten zeigen, wenn sie schon nicht in Erwins Inszenierungen mitwirken darf. Sie übernimmt die Rollen von Gretel, Großmutter und Prinzessin. Den Kasper spielt Renate, neben weiteren Rollen, die sie sich ausdenken. Dieses Kasperletheater am Nikolausabend wird für viele Jahre zur Tradition.

Auf dem Passamt

Solange Renate ein Kind war, bestand für sie kein Problem, die Grenze zur Schweiz zu überschreiten, denn sie war in den Ausweisen der Eltern eingetragen. Mit Vollendung des sechzehnten Lebensjahres benötigt sie aber einen eigenen Personalausweis, und den zu bekommen wird zum Problem, denn dafür braucht sie eine Geburtsurkunde. Die ist bei der wiederholten Bombardierung Berlins in Flammen aufgegangen.

Mit dem Soldbuch des Vaters in der Hand steht sie vor dem Beamten und wird belehrt, dieses Dokument genüge nicht, um ihre eigene deutsche Staatsangehörigkeit zu beweisen. Diese Auskunft treibt ihr Tränen in die Augen, und sie meint, für den Krieg sei ihr Vater gut gewesen. Der Beamte klopft an sein Holzbein: „Nein, von einem Krieg wollen wir nichts mehr hören." Ohne ein weiteres

Wort zu verlieren, genehmigt er den Antrag auf einen deutschen Personalausweis.

Frage: Warum nicht gleich?

Geld

Frieda, die stets bedauert hat, Rosmarie seinerzeit in die Krippe geben zu müssen, ist seit dem Wechsel in die BRD lieber mit weniger Haushaltsgeld ausgekommen und zu Hause geblieben. Doch jetzt ist auch ihre Jüngste alt genug, um ein paar Stunden am Tag ohne Mutter auszukommen. Deshalb sucht sie sich Arbeit als Sekretärin und findet sie bei einem Verlag, der Fernkurse in Zeichnen und Drehbuchschreiben anbietet. Das beste Drehbuch eines jeden Jahrgangs wird verfilmt. Diese Möglichkeit lockt viele Kunden an, die voller Hoffnung sind, durch einen solchen Kurs berühmt zu werden. Ihre Arbeiten werden durchgesehen und mit Verbesserungsmöglichkeiten zurückgeschickt. Die meisten Kunden versuchen daraufhin, es besser zu machen, und manchen gelingt dies auch.

Frieda gefällt die Arbeit und oft erzählt sie von unmöglichen Einsendungen. Ein sogenannter Heimatfilm wird eingesandt. Er strotzt nur so von kitschigen Szenen. Anhand von beigefügten Beispielen wird dem Autor gezeigt, dass es besser wäre, sich mehr an die Realität zu halten. Bald folgt die verbesserte Arbeit mit dem Vermerk: „Ich habe es überarbeitet. Es ist noch die gleiche Handlung, aber es spielt jetzt in einer anderen Gegend." Ihre Familie amüsiert sich so sehr darüber, dass „versuch es in einer anderen Gegend" zum gängigen Ausspruch wird, wenn einmal etwas nicht gut gelungen ist. Einen Nachteil hat ihre Arbeitsstelle: Alle Kolleginnen und die beiden

Chefs rauchen wie die Schlote. Sie hält das nur aus, wenn sie selbst mitqualmt, und entwickelt sich deshalb mit der Zeit zu einer starken Raucherin, was sie auch nach einem Wechsel in eine andere Firma bleibt, obwohl sie dort allein in ihrem Büro arbeitet.

Erwin und Frieda beantragen ein zweites Mal Lastenausgleich, denn sie haben erfahren, dass der Personenkreis, der darauf Anspruch hat, erweitert worden ist. Diesmal haben sie Glück, sie bekommen für den in Ostpreußen zurückgelassenen Hausstand dreitausend Mark. In Berlin sind außer den Möbeln auch Paddelboot, Cello und vor allem Erwins umfangreiche Bibliothek verbrannt. Dafür wird ihnen auch weiterhin nichts erstattet. Aber wenig ist besser als nichts. Außer den dringend notwendig gewordenen neuen Bettdecken kaufen sie sich ein Faltboot, mit dem sie nun unabhängig davon, ob das Vereinsboot frei ist oder nicht, den Untersee erkunden können.

Schon in aller Frühe sind Frieda und Renate mit den Rädern zum Bootshaus gefahren, denn sie wollen um die Reichenau paddeln. Die Gäste, die im Aufenthaltsraum übernachten, schlafen noch, und auch in den Zelten, die weiter hinten auf der Wiese stehen, rührt sich nichts. So leise wie möglich holen sie das Boot heraus und tragen es zum Wasser. Der Morgentau auf dem Gras fühlt sich an ihren bloßen Füßen kalt an. Wie kalt wird erst das Wasser sein? Renate geht voran. „Das Wasser ist ja ganz warm!", ruft sie erstaunt aus. Und tatsächlich, die Füße werden im Wasser auf angenehme Weise wieder erwärmt. Da sie mit der Strömung paddeln, kommen sie zügig voran, vorbei am Wollmatinger Ried, dem bekannten Naturschutzgebiet.

Drüben auf der Schweizer Seite steht ein Reiher auf einem Pfosten. Unbeweglich schaut er nach Beute aus. Leise, ohne zu paddeln, gleiten sie vorbei, um ihn nicht zu verscheuchen. Bald ist die Reichenau in Sicht. Als die Sonne schon hoch steht, sind sie gegenüber der Höri und suchen sich am Ufer der Insel ein schattiges Plätzchen, wo sie an Land gehen, ausruhen und vor allem vespern können, denn inzwischen sind sie ordentlich hungrig geworden. So eine Fahrt in der frischen Luft macht Appetit. Sie paddeln weiter. Allmählich werden die Arme doch etwas lahm. Nach jeder Bucht meinen sie, das Ende der Insel erreicht zu haben und die Rückfahrt antreten zu können. Doch nach jeder Landspitze folgt eine neue Bucht mit einer neuen Landspitze. Immer noch fahren sie parallel zur Höri. Wieder rasten sie, ruhen sich etwas aus. Endlich, nachdem sie erneut eine Landspitze umfahren haben, ändert sich ihre Richtung, und sie steuern die Unterführung an, durch die sie unter dem Damm hindurch, der die Insel mit dem Land verbindet, die Rückfahrt antreten können. Jetzt heißt es, gegen die Strömung zu paddeln. Das strengt wesentlich mehr an. Doch als sie gegen Abend wieder beim Bootshaus anlegen, sind gleich helfende Hände bereit, die für sie das Boot aus dem Wasser tragen und aufbocken. Waschen und zurück ins Bootshaus tragen, das machen sie dann wieder selbst. Nachts können beide wunderbar schlafen. Doch im Einschlafen hebt und senkt sich noch eine Weile das Bett.

Für ein paar Tage wollen sie auf der Mettnau zelten, der Halbinsel, die sich von Radolfzell aus in den Untersee schiebt. Erwin und Renate fahren mit dem Fahrrad, Frieda mit dem Paddelboot, in dem das meiste Gepäck verstaut ist. Von dort aus möchten sie einmal eine andere Gegend am Bodensee intensiver kennenzulernen, mal per Rad, mal per Boot, mal alle drei zusammen zu Fuß auf der Halbinsel oder in der Stadt. Mit dem Zug fahren sie nach Singen, erklimmen gemeinsam den Hohentwiel und staunen über die riesige Anlage dieser Burg. Ja, man muss gar nicht so weit fahren. Auch ganz in der Nähe der eigenen Wohnung kann man einen erlebnisreichen Urlaub genießen.

Fräulein Doktor

In einem grün gemusterten Sommerkleid tänzelt sie in die Klasse: Doktor Mathilde Allweyer, dreißig Jahre alt und voller Schwung! Ihrer Mutter wegen hat sie sich nach Konstanz versetzen lassen, zum Glück aller, die ihren Unterricht genießen dürfen.

Sie beginnt den Deutschunterricht, indem sie aus einem soeben erschienenen Taschenbuch vorliest: Das Tagebuch der Anne Frank. Kann man jungen Mädchen die Schrecken des Naziregimes eindrucksvoller nahe bringen als mit diesem Buch? Ganz still wird es im Raum. Später lockert sie diese erdrückende Last, indem sie als Aufgabe stellt, über Argumente für und wider das Tagebuchschreiben nachzudenken. In der nächsten Stunde soll darüber diskutiert werden. Diskussionen gab es im Unterricht bisher noch nie. Frei die eigene Meinung preisgeben zu können, ist für alle ihre Schülerinnen neu und muss erst geübt werden. Ein paar Wochen später fordert sie die Mädchen dazu auf, eine kulturelle Stunde selbst zu gestalten. Das gefällt Renate. Auch sie gehört zu denen, die Gedichte vortragen. Doch als Fräulein Allweyer ein paar Wochen später erneut eine solche Stunde plant, hat sie eine bessere Idee. Warum denn immer nur Gedichte? Sie beschließt, das Stück „Der fahrende Schüler im Paradeis" von Hans Sachs einzustudieren. Elfriede spielt den Studenten, sie selbst die Bäuerin. Ihre Aufführung kommt gut an. Am Ende erscheinen unter braunen Decken Hannelore als Kopf und die kräftig gebaute Bernhild als Leib eines Pferdes. Das stimmt die Zuschauer schon heiter. Doch als Elfriede das Pferd auch noch besteigt und auf ihm davontrabt, bekommen ihre Klassenkameradinnen vor Lachen Seitenstechen.

Dieser Erfolg verstärkt einerseits die Freundschaft der vier, andererseits die Schwärmerei für ihre geliebte Mathilde. Auf dem Friedhof entdecken Elfriede und Renate das Grab des Vaters der Lehrerin. Es ist für den Winter noch nicht gerichtet und sieht etwas trostlos aus. Mit Pilzen und herbstlich gefärbten Blättern verschönern sie es. Als Fräulein Allweyer von Bekannten angesprochen wird, was denn dieses vertrocknete Zeug sein soll, gelingt es ihr tatsächlich herauszubekommen, wer die „Übeltäter" waren, und lädt sie zusammen mit ein paar anderen Mädchen zu einer Wanderung ein. Gibt es etwas Schöneres, als mit einer angebeteten Lehrerin privat zusammen sein zu können?

Doch es gibt leider auch andere Lehrer. Nachdem dieser Herr, der Französisch und Erdkunde unterrichtet, schon ein ganzes Jahr lang Renates Klassenlehrer ist, verwechselt er sie immer noch mit einer Mitschülerin. Und wenn er tatsächlich einmal weiß, wen er vor sich hat, spricht er sie mit dem Nachnamen an. „Kinzel, was treiben Sie in der großen Pause im Treppenhaus?" - „Zwei sollen doch Aufsicht führen, weil so viel gestohlen wird." - „Und wo ist die andere?" - „Bei den Katholischen." - „Das heißt

Katholiken!", fährt er sie an. Immer spricht er in diesem scharfen Ton mit ihr. Bei diesem Mann kann sie keine Lorbeeren gewinnen. Wie soll das nur weitergehen?

Ihr Schicksal hat kein Scheitern eingeplant. Aus Gründen der Stundenplangestaltung sollen alle Schülerinnen, die statt Englisch Latein gewählt haben, in einer Klasse sein, weshalb einige Mädchen aus der Parallelklasse zu ihnen kommen. Um die Schülerzahl wieder auszugleichen, sollen dafür vier von ihnen in die andere Klasse gehen. Da sich niemand freiwillig meldet, soll gelost werden. Renate sitzt da und denkt. Sie denkt intensiv, trifft jedoch keine Entscheidung. Erst, als sich eine Schülerin, die das Los getroffen hat, permanent weigert, die Klasse zu wechseln, wird sie sich klar darüber, was für eine Chance sich ihr bietet, diesem Lehrer zu entkommen. Sie hat dann leider keinen Unterricht mehr bei ihrer Lieblingslehrerin, aber eher die Chance, das Abitur zu schaffen. Fräulein Allweyer trauert ihr nach, denn Renates Aufsätze gehören zu den besten. Renate sitzt nun neben Irene, mit der sie sich bald freundschaftlich verbunden fühlt. Nicht alles ist ihr in der neuen Klasse unbekannt, denn Deutsch unterrichtet Fräulein Annemarie Schwab, die früher bereits zwei Jahre lang ihre Klassen- und Deutschlehrerin war. Ihr Unterricht ist zwar nicht so voller Schwung wie der von ihrer verehrten Mathilde, doch ihre Liebenswürdigkeit macht das wett. Und auch ihre Themen sprechen an.

Die Hausaufgabe war, einen Bericht über einen Film oder ein Theaterstück zu schreiben. Das hat Renate regelrecht vergessen. Und wen ruft das Schwäbele auf, die Arbeit vorzulesen? Natürlich Renate! Wen sonst? Anscheinend haben Lehrerinnen für Faulheit ein besonderes Gespür. Renate steht auf mit dem Heft in der Hand und beginnt zu lesen. Ihr imaginärer Aufsatz handelt von der Aufführung von Wolfgang Borcherts „Draußen vor der Tür." Diese Inszenierung, die ein paar Männer türenknallend verlassen haben, hat sie so beeindruckt, dass sie in der Lage ist, auch ohne Aufzeichnung Bericht zu erstatten. Irene wundert sich. Sie weiß doch, dass Renate nichts geschrieben hat. Aber diese liest und liest, blättert sogar die Seiten um. Doch beim letzten Satz, sie hat es fast geschafft, verhaspelt sie sich und beginnt diesen Satz völlig anders von neuem. Fräulein Schwab stutzt: „Zeig mal her!" Beim Anblick der leeren Seiten schüttelt sie nur den Kopf und sagt nichts.

Die Mittelstufe ist vorüber, die Reihen lichten sich. Nur noch sechzehn Mädchen sind sie in der Oberstufe. Wieder wird Frau Dr. Allweyer - man beachte die inzwischen üblich gewordene Anrede „Frau" - Renates Lehrerin, doch dieses Mal im Fach Französisch. Na, die wird sich wundern, denkt sie. Hat sie ihr doch seinerzeit nicht glauben wollen, dass ihre Leistungen in beiden Sprachen, in Englisch genauso wie in Französisch, rapide abgenommen haben und geantwortet: „Are you fishing for compliments?" Nun muss die arme Mathilde sie zur Strafe in diesem Fach ertragen. Sie tut es mit Fassung.

Anscheinend ist es tatsächlich vorbestimmt, das Renate das Abitur schaffen soll, denn es kommt ihr noch ein zweiter Umstand zu Hilfe. Versuchsweise darf dieser Jahrgang im Schriftlichen statt Englisch, beziehungsweise Latein, Physik wählen. Sie gehört zu den sechs Mädchen, welche diese Chance nutzen. Mit Erfolg!

China - die Heimat des Seidenspinners!

Wenn Renates Biologielehrerin einen Film zeigen will, geht sie mit ihren Schülerinnen in den Lehrmittelraum. Das ist am einfachsten, denn das Vorführgerät ist bereits aufgebaut und das kleine Fenster schnell verdunkelt. Obwohl sich ihre Zahl in der Oberstufe deutlich verringert hat, sitzen sie oben auf der Galerie trotzdem dicht gedrängt, die Arme auf das Geländer gelegt. Sie schauen auf Oskar herab, der auch mitschauen darf, denn eines der Mädchen hat die Schutzhülle vom Gerippe gezogen. Alles in diesem Raum ist so schön schaurig.

Der Film beginnt, und das Gekicher flaut ab. Renate schiebt den Arm zurück, den ihr eine Klassenkameradin auf die Schulter gelegt hat. Sie mag diese Berührung nicht. Außerdem stimmt der Film sie melancholisch. Dabei handelt er nur über den Seidenspinner. Aber wozu lebt dieses Tier? Das Licht geht aus, und das Gekicher nimmt wieder zu. Wie in Trance geht Renate inmitten der anderen ins Klassenzimmer zurück.

Kaum ist die Seidenraupe aus dem Ei geschlüpft, beginnt sie zu fressen. Sie frisst und frisst, bis sie sich verpuppt. Nach einer Zeit der Starre entschlüpft dem Kokon der Seidenspinner, ein Schmetterling in Beige- und Brauntönen, wie aus Samt gemacht. Nun müsste nach dieser aufwendigen Vorbereitungszeit das eigentliche Leben beginnen. Doch was geschieht? Diese herrlichen Wesen paaren sich und das Weibchen legt Eier. Danach sterben beide. Wozu also die ganze Pracht? Nur, um für Nachkommen zu sorgen, die wiederum nur kurze Zeit leben, um für Nachkommen zu sorgen? Und wir Menschen? Leben wir auch nur für unsere Nachkommen? Gewiss, für uns gibt es viele Dinge, die unser Dasein lebenswert machen. Der Mensch genießt die Kunst in Form von Musik, Theater, Literatur, Malerei. Oder er erfreut sich auf einer Wanderung an der Natur. Aber im Grunde ist auch unser Leben nur auf die Erhaltung der Art gerichtet: Die Mädchen spielen mit Puppen, die Jungen üben sich in der Verteidigung der Familie. Und natürlich ist auch die Liebe nur für diesen Zweck geschaffen. In diese Mühle will sie nicht hineingeraten. Sie will keine Kinder bekommen, die nur auf die Welt kommen, um ebenfalls Kinder zu bekommen. Die Konsequenz ist der Verzicht auf einen Partner. Andererseits fühlt sie sich hier in der reinen Mädchenklasse nicht so wohl, wie sie es in den gemischten Klassen der Volksschule getan hat. Dort hat sie nicht nur mit Mädchen, sondern auch mit Jungen Freundschaft geschlossen, interessante Freundschaften, weil deren Gesprächsthemen oft andere waren, als die der Mädchen. Vielleicht trifft sie eines Tages einen Gleichgesinnten, der eine Freundschaft möchte, aber keine Familie gründen will. Muttis erster Mann fällt ihr ein. Schorsch wollte auch keine Kinder haben. Doch Frieda war die falsche Frau gewesen und unglücklich darüber. So musste diese Ehe, die für Renate die ideale gewesen wäre, zerbrechen. Die Kinderfreundschaften bedeuteten noch keine feste Bindung, obwohl sie - bei diesem Gedanken muss sie lächeln - mit Joachim eine keimende Kastanie gesetzt hat. Unter dem Baum, der daraus wachsen würde, wollten sie sitzen, wenn sie alt sind. Jetzt sieht die Sache anders aus. Ach ja, sie ist in Klaus verliebt, ihren Partner in der Volkstanzgruppe, ist aber froh, dass dies nicht auf Gegenseitigkeit beruht. Und für den Schauspieler Heiner Ingenlath, der leider Konstanz verlassen hat, konnte sie sowieso nur aus der Ferne schwärmen. Sicher betritt bald wieder ein Schauspieler die Konstanzer Bühne, den sie aus der Ferne anhimmeln kann, ohne sich vor einer festen Beziehung fürchten zu müssen. Unangenehm ist nur, dass sie von ihren Klassenkameradinnen als unreifes Mädchen belächelt wird.

Hansjörg

Endlich ist Rosmarie geschieden. Einer Heirat steht nichts mehr im Wege und Hansjörg bemüht sich um eine Wohnung. Doch das ist in Konstanz immer noch sehr schwierig. Die Franzosen haben zwar inzwischen ihre eigenen Wohnblocks errichtet, sodass die ausquartierten Konstanzer in ihre Wohnungen zurückkehren konnten, aber kriegsbedingt gibt es in Konstanz viele Zugezogene, die eine Bleibe suchen, und neuer, dringend benötigter Wohnraum ist kaum entstanden. Doch Hansjörg hat Glück und findet eine kleine Wohnung.

Renate kommt zu Frieda in die Küche. Sie wirkt bedrückt. „Was ist?" - „Rosi weint. Sie will Hansjörg nicht heiraten." Frieda weiß zuerst nicht, was sie dazu sagen soll. Dann fängt sie sich. Auf keinen Fall wird sie ihre Tochter zu einer Ehe überreden, die sie nicht führen will. Kein zweites Mal soll sie in ihr Unglück rennen. Aber Hansjörg muss es unbedingt sofort erfahren. Das ist im Augenblick das Wichtigste. Zum Glück hat er den Mietvertrag noch nicht unterschrieben und kann weiterhin bei seiner Mutter wohnen, doch es dauert noch eine ganze Weile, bis er diese Enttäuschung verkraftet hat. Um sich abzulenken, lädt er Renate zu einem Fastnachtsball ein. Auch spazieren geht er viel mit ihr. Aber Friedas Gespür sagt ihr, dass sich da nichts Ernsthaftes anbahnt. So wie er für sie wie ein Sohn ist, ist er für Renate wie ein Bruder. Und so spricht sie auch von ihm: „Mein Nennbruder", sagt sie. Frieda ahnt jedoch nicht, wie sehr sie diese gemeinsame Zeit mit Hansjörg genießt, eine ersehnte, gute Freundschaft und kein Liebesverhältnis!

Klassenfahrten

Nur in der Quarta hat Renate in Konstanz einen Ausflug mitgemacht. Danach weigerten sich die Lehrkräfte, weitere zu unternehmen, weil in einer anderen Stadt ein Kollege zur Zahlung von Schmerzensgeld für eine auf einem Ausflug verunglückte Schülerin verurteilt worden ist. Doch in der Oberstufe ist diese „Durststrecke" vorbei. Alle sechzehn Mädchen verbringen eine Woche auf Burg Wildenstein, oberhalb vom Donautal. Wanderungen, gesellige Abende, es ist wunderschön! Nur einmal ist Renate traurig. Plötzlich sind alle verschwunden und sie hat nicht mitbekommen, wohin sie gegangen sind. In der Nähe der Burg hört sie Gelächter. Dort sind sie also! Gerade will sie sich auch hinbegeben, als eine Lehrerin von dort zurückkommt. „Na, Renate", sagt sie, „du bist wohl lieber allein." Sie nickt. Nun ist es ihr leider unmöglich, sich noch zu den anderen zu gesellen. Allein abseits zu stehen und die anderen lachen zu hören, das tut weh.

Am Abend sorgt sie selbst für Gelächter. Bei einem Gesellschaftsspiel gehört sie zu den vier Mädchen, die vor die Tür geschickt werden. Als Dritte wird sie hereingerufen. Sie soll ein Hölzchen ziehen. Je nachdem, ob sie das kurze oder das lange zieht, gestaltet sich ihre Mitwirkung. Sie will ziehen, aber ihre Klassenkameradin hält die Hölzchen fest. „Was soll denn das?", denkt sie, und anstatt es noch einmal zu probieren, fragt sie: „Und nu?" Alles biegt sich fast vor Lachen! „Typisch Renate", sagt eine Lehrerin. Als das vierte Mädchen hereingerufen wird, erfährt sie, um was es geht: „Und nu?" war das, was sie nach ihrem ersten Kuss gesagt haben soll. Jetzt muss auch sie lachen. Und nu? Das ist wirklich zu komisch.

In der Unterprima ist die Jugendherberge hoch oben in Breisach das Ziel. Dieses Mal ist der Zeichenlehrer mitgekommen und es gibt viel Kunst zu bestaunen, vor allem in dieser romantischen Stadt Kolmar die Madonna im Rosenhag. Ein andermal laufen sie hinüber zum Kaiserstuhl. Nach einer Führung durch ein Weingut werden sie zu einer Weinprobe eingeladen, sollten jedoch pünktlich zum Essen zurück sein. „Wenn ihr mir versprecht", sagt ihre Lehrerin, „zurück zügig im Gleichschritt zu marschieren, können wir es zeitlich schaffen." Na, dagegen spricht schließlich nichts. Auf der Landstraße kommt ihnen eine Kompanie französischer Soldaten entgegen, natürlich auch im Gleichschritt. Laut gelacht wird nicht, als sie aneinander vorbeimarschieren, aber auf beiden Seiten sieht man nur grinsende Gesichter!

Da inzwischen vier weitere Mädchen in ihre Klasse gekommen sind, kann am Abend noch einmal das Hölzchenspiel stattfinden und auch der Zeichenlehrer als Opfer ausersehen werden. „Dees isch ä Zähe!", sagt er. Welch köstlicher Spaß!

Und im letzten Jahr Wien! Diese Fahrt machen sie zusammen mit der Parallelklasse. Aus jeder Klasse bekommen zwei Mädchen einen Taschengeldzuschuss von jeweils sechzehn Mark, doch Renate ist die Einzige, die sich darüber freut, die anderen drei empfinden es als demütigend. Genau genommen kommt auch nur sie aus einem ärmeren Haushalt. Die Kriegshalbwaise wohnt mit Mutter und Bruder im eigenen Haus mit Garten, die zwangsweise von den Franzosen zu anderen Leuten Eingewiesene wohnt schon wieder in der eigenen großen Wohnung, und die Flüchtlinge aus Schlesien sind mit Hilfe des Lastenausgleichs wieder gut eingerichtet. Zu den sechzehn Mark kommen noch fünfzehn von Rosi. Ihre kleine Schwester soll sich mal ruhig etwas gönnen. Aber es gibt keinen Anlass, das Geld auszugeben, jedenfalls nicht in Wien. Nach etlichen Besichtigungen steht nun der Besuch einer Oper auf dem Programm. Was für ein prächtiger Bau! Mehrere Ränge hat der Saal, doch Schülerinnen und Lehrkräfte sitzen unten in den hintersten Reihen. Da Renate bekanntlich nicht gerade als musikalisch zu bezeichnen ist, interessiert sie mehr die Handlung vom Barbier von Sevilla. Leider kann sie die Gesichter der handelnden Personen nicht erkennen. Schon seit der siebten Klasse trägt sie in der Schule eine Brille, um lesen zu können, was an der Tafel steht. Doch da kein Unterricht zu erwarten war, hat sie das Kassengestell nicht mitgenommen. Aber macht nichts, sie genießt diesen Opernbesuch trotzdem. Am nächsten Tag besichtigen sie ein Gebäude mit einer schönen Deckenmalerei, doch Renate sieht wiederum alles nur ganz verschwommen. Hätte sie doch nur ihre Brille mitgenommen! Doch sie hätte nicht viel genutzt, denn als sie, wieder daheim, zum Augenarzt geht, stellt sich heraus, dass sie inzwischen statt einer halben ganze zwei Dioptrien benötigt. Sie wird die Brille also öfter tragen müssen und möchte eine schönere als diese kreisrunde von der Kasse. Eine hellblaue sucht sie sich aus. Kostenpunkt: siebenundzwanzig Mark. Wie gut, dass sie in Wien nichts von ihrem Taschengeld ausgegeben hat!

Arbeitsplätze

Vieles ist in Konstanz besser als in Friedrichshafen, doch Erwins Arbeitsbedingungen sind es leider nicht. Durch die Arbeit unter fließendem kaltem Wasser hat er sich Gelenkrheuma in den Schultern zugezogen und kann seine Arme nicht mehr hochheben. Ein Kuraufenthalt in einem Moorbad verschafft ihm zwar Besserung, doch nicht die Garantie, dass es so bleibt. Bei seiner Rückkehr macht ihm deshalb sein Chef das Angebot, in Zukunft im Büro als Sachbearbeiter zu arbeiten, weil es in seinem alten Beruf zu einem Rückfall kommen könnte. Erwin nimmt diesen Vorschlag dankbar an, obwohl er dann nicht mehr so viel verdient wie als Reproduktionsfotograf. Ja, als Ungelernter verdient er sogar etwas weniger als sein Kollege, obwohl er sich bald eingearbeitet hat und die Aufträge zügiger erledigt als dieser. Da Frieda auch verdient, kommen sie aber gut mit dem Geld aus.

Allerdings hat Frieda ihre Arbeitsstelle wechseln müssen. Manchmal vermisst sie ihre Kollegen von der ersten Stelle, denn da ging es oft lustig zu. Ihre jetzige Chefin ist so überaus genau und absolut humorlos, aber zum Glück nicht immer anwesend.

„Mutti!", hört Frieda jemanden auf der Straße rufen. Schnell eilt sie zum Fenster. Unten steht Renate und winkt mit einem kleinen Blumenstrauß. „Ich gratuliere", ruft Frieda und will noch etwas sagen. Doch plötzlich steht die Chefin hinter ihr - sie hat sie nicht das Zimmer betreten hören - und fordert sie auf weiterzuarbeiten. „Meine Tochter hat mir nur sagen wollen, dass sie das Abitur bestanden hat." Darauf antwortet die Chefin nicht, und Frieda setzt sich wieder an die Schreibmaschine.

Im Pädagogischen Institut zu Weingarten

Wem's hier oder da fehlt, der wird entweder Zahnarzt oder Volksschullehrer. Dabei zeigt man erst mit dem Finger auf die Stirn und macht anschließend diese bekannte Bewegung mit Daumen und Zeigefinger, soll heißen, wem es entweder an Grips oder an Geld mangelt. Heute mag das anders sein, doch 1960 brauchte man dringend neue Lehrer, da viele aus dem Krieg nicht zurückgekommen waren. Deshalb ist die Ausbildung kostenlos, dauert nur zwei Jahre und findet wie ein normaler Schulbetrieb statt, auch die Dauer der Ferien betreffend, nicht mit längeren Semesterferien.

Am liebsten würde Renate eine Schauspielschule besuchen, doch davon kann aus Kostengründen keine Rede sein. Genau wie einige ihrer Klassenkameradinnen besucht sie das Pädagogische Institut in Weingarten. Hörsäle und Unterrichtsräume befinden sich im Kloster bei der Basilika. Und in diesem Gebäude sind auch die Studentinnen untergebracht, während die männliche Jugend in einem einst zur Kaserne gehörenden Gebäude wohnt, dem Versorgungskrankenhaus, kurz VK genannt. Zu sechst teilen sich die Mädchen ein Zimmer. Jedes Stockwerk besitzt Waschraum, Toilette und Küche. In letzterer befindet sich auch ein Bügelbrett nebst Bügeleisen. Badewannen, zu bestimmten Zeiten zugänglich, sind unten im Keller. Alle Internatsbewohner essen in der Mensa, mittags und abends gemeinsam zu festen Zeiten, morgens individuell zwischen sieben und acht Uhr. Die Kosten für Unterbringung und Verpflegung betragen siebzig Mark im Monat. Das können sich Kinzels leisten. Als Taschengeld sind dreißig Mark geplant. Doch dieses Geld hat Frieda nicht immer übrig.

Für die Vorlesungen sind die Studenten in zwei Gruppen eingeteilt. Renate gehört zu den Buchstaben A bis K. Beim Unterricht in Gruppen sind sie dreißig Studentinnen, leider wieder nur Mädchen wie im Gymnasium. Doch aus organisatorischen Gründen, den Sport betreffend, ist das notwendig.

Die erste Vorlesung! Renate hat wie alle anderen vor sich ihr Ringbuch und schreibt eifrig mit. Auf schöne Schrift kommt es dabei nicht an. Als der Dozent endet, bemerkt sie, dass alle mit der Faust auf den Tisch klopfen. Also tut sie es auch. Aber woher wussten alle anderen, dass dies üblich ist? Und warum wusste nur sie es nicht?

Probleme macht ihr das Fach Philosophie. Hier ist sie benachteiligt, weil ihre Kommilitonen damit bereits im Religionsunterricht in Berührung kamen, an dem sie aber nicht teilgenommen hat. Diese Sätze von Fichte lernt sie auswendig: „Das Ich setzt das Ich. Das Ich setzt das Nicht-Ich. Das Ich setzt dem Ich, dem teilbaren Ich, das teilbare Nicht-Ich entgegen". Sie sind jederzeit abrufbar. Ihren Sinn versteht sie nicht.

Jeden Mittwoch werden sie zu acht einer Klasse zwecks praktischer Ausbildung zugeteilt. Die erste Stunde hält die Lehrkraft, in den folgenden vier Stunden versucht sich jeweils eine von ihnen im Unterrichten. Anschließend findet eine Besprechung statt. Am folgenden Mittwoch sind die anderen vier an der Reihe. Diese Unterrichtsversuche bringen Renate viel mehr als die Vorlesungen. Am meisten lernt sie an den Fehlern der anderen, denn wenn sie selbst unterrichtet, hat sie nicht den gleichen Überblick, wie wenn sie hinten als stille Beobachterin sitzt, weil sie dort auch die Reaktion der Schüler besser beobachten kann.

Am Wochenende wäre sie natürlich gern zu Hause, doch abgesehen davon, dass man für eine Fahrkarte kein Geld ausgeben möchte, ist die Verbindung äußerst umständlich. Erst muss man mit dem Bus nach Ravensburg zum Bahnhof fahren. Von dort geht es mit dem Zug nach Friedrichshafen. Hier nimmt man den Bus bis Meersburg zur Autofähre nach Staad, von wo man dann nur noch mit dem Roten Arnold nach Hause fahren muss. Per Anhalter geht es schneller und kostet nichts. Es findet sich immer eine Klassenkameradin, die auch auf diese Weise nach Hause will, denn alleine zu trampen ist tabu. Da am Samstagmittag viele Leute unterwegs sind, müssen unsere armen Studentinnen selten lange warten.

Die Studenten des Kurses über ihnen haben eine Theatergruppe gegründet und suchen mehr Mitspieler. Keine Frage, dass sich Renate meldet! Das ist ihr im Gegensatz zu vielen anderen Dingen ausnahmsweise mal nicht entgangen! Die Truppe hat sich Faust vorgenommen, auf modern umgeschrieben und gängige Schlager eingebaut. Wie selbstverständlich ernennt der Leiter sie zum Gretchen. Den neuen Text hat sie schnell gelernt. In einer Szene singt Faust: „Ach, sag doch nicht immer wieder, immer wieder Dicker zu mir." Das ist lustig. Natürlich berichtet sie daheim begeistert davon. „Gretchen soll als leichtes Mädchen auftreten. Ich werde das enge Kleid anziehen, das mir Frau Blietz genäht hat. Und die Haare leg ich offen als Locken über die linke Schulter." Erwin ist verschwunden. „Er ist wohl in die Stadt gegangen", meint Frieda. Ja, das ist er, denn er hat eine Idee und strebt ein Café an. Schon immer hat ihn dessen Atmosphäre zum Schreiben inspiriert. Nun sitzt er für sich allein an einem Tisch in der Ecke, genießt das plätschernde Geräusch der Plaudernden

und denkt. Am Abend präsentiert er Renate ein Gedicht:
„Das kannst du zur Melodie vom König von Thule singen."
Es ist ein König im Westen,
der schläft in keiner Nacht.
Ein Geist hält ihn zum Besten,
hat ihm einen Ball vermacht.

Einen Zauberball ohngleichen,
voll Leben und voll Tod;
die Allmacht zu erreichen
dem Könige sich bot.

Und ist ein König im Osten,
begierig Tag und Nacht,
die gleiche Macht zu kosten,
des Zauberballes Macht.

Und als der König in Händen
den Zauber endlich hält,
sein Lachen will nicht enden,
hallt bis an den Rand der Welt.

Die Könige freut unsäglich
der Zauberkugel Macht,
sie schaun sie an tagtäglich
und grübeln Nacht für Nacht.

Und wägen ab, die beiden,
vom bösen Geist gebannt,
das Glück und auch das Leiden
der Welt mit leichter Hand.

Und spieln Roulett, die Alten,
und setzen Schwarz und Rot.
Wo wird die Kugel halten?
Bei Leben oder bei Tod?

Die Truppe ist begeistert. Ja, diese Anspielung auf die Macht der Atombomben gefällt und wird in die Aufführung eingebaut.

Nun wissen wir ja, dass Renate nicht die sicherste Sängerin ist. Die Melodie kann sie gut, aber es fällt ihr schwer, den Anfangston zu treffen. Jede Strophe beginnt sie ein bisschen höher. Schließlich ist es ihr zu hoch, und sie beginnt die letzte Strophe gleich einiges tiefer. Das Publikum jubelt. Nur eine Mitspielerin sagt hinterher zu ihr: „Hätte ich gewusst, dass du nicht gut singen kannst, hätte ich das mit dir geübt." Anschließend wird im Café Himmel gefeiert. Der Wirt kommt Renate entgegen. „Du gefällst mir", sagt er und bohrt ihr fast den Finger in den Bauch, „du bekommst heute alle Getränke umsonst."

Ist es da so verwunderlich, dass sie sich diese Gelegenheit nicht entgehen lassen will? Dreimal lässt sie sich ein Glas Rotwein einschenken und ist hinterher sturzbes… Eine ältere Kommilitonin bringt die Schwankende bis vor die Zimmertür.

An Fastnacht verdient Renate mit ihrer Schauspielerei zum ersten - und einzigen - Mal Geld, denn zwei ältere Semester werden eingeladen, bei einem bunten Abend Sketsche zu spielen und bitten sie dazu. Die Lacher sind auf ihrer Seite, und Renate fühlt sich glücklich. Doch das Beste folgt noch, denn jeder Akteur bekommt anschließend zwanzig Mark in die Hand gedrückt.

Das Orakel

Unter der Woche ist Renate nicht zu Hause. Diese Gelegenheit, das Zimmer für sich allein zu haben, hat Rosmarie genutzt, um ihre Freundin Liesel einzuladen, die sie bei den Stuttgarter Naturfreunden kennengelernt hat. An diesem Abend sind sie zusammen ins Kino gegangen. Nachts um drei Uhr wird Sturm geklingelt. Wer ist denn das? Frieda lässt Erwin weiterschlafen und geht die Treppe hinunter, um die Haustür zu öffnen. Davor stehen zwei Polizisten. Sie kämen ihrer Tochter wegen. „Meine Tochter schläft oben in ihrem Zimmer, und die andere ist in Weingarten." Die Polizisten schütteln mit ernster Miene den Kopf. Erst jetzt entdeckt Frieda Liesel, die weinend hinter den Polizisten steht. Ein furchtbarer Schreck durchzuckt sie. Nun, tot sei ihre Tochter nicht, aber schwer verletzt.

Als sie nach dem Kinobesuch mit dem Bus nach Hause fuhren, wurde Rosmarie beim Aussteigen von einem Motorradfahrer überfahren. Später erzählt Liesel, wenn der nicht ebenfalls verletzt liegen geblieben wäre, hätten ihn ein paar Fahrgäste am liebsten gelyncht. Er hatte, total betrunken, gewettet, in zehn Minuten von Konstanz nach Singen zu fahren, und als der Bus plötzlich vor ihm hielt, hat er ihn nicht links überholt, sondern war rechts davon über den Gehweg gefahren, gerade in dem Augenblick, als Rosmarie den Bus verließ. „Es hätte auch mich erwischen können." Wieder fängt Liesel an zu weinen.

Der Besuch bei der Wahrsagerin, damals in Berlin zusammen mit ihrer Schwägerin Friedel! Daran hat Frieda längst nicht mehr gedacht, und nun tritt diese Vorhersage tatsächlich ein, dass eine ihrer Töchter, noch bevor sie dreißig Jahre alt wird, schwer verunglücken wird. Konnte diese Frau wirklich in die Zukunft sehen? „Nein, Frieda, das ist Zufall." Erwin kann dergleichen nicht beeindrucken. „Wenn diese Frau das tatsächlich gekonnt hätte, wäre Günter ja noch am Leben. Hat sie Friedel nicht gesagt, er käme zurück? Und? Ist er? Da er in Afrika war, hätte man im Gegensatz zu denen, die in Russland verschollen sind, auch von einer Gefangennahme erfahren. Nein, nein, dieses einzelne Grab in der Nähe seiner Truppe mit der Bezeichnung G. Neumann ist das seine. Immer wieder ist Friedel zu dieser Person hingegangen und hat jedes Mal die gleiche Antwort bekommen. Damit sie weiterhin an ihr verdienen kann!" Erwin lässt sich nicht überzeugen. Frieda sagt nichts mehr. Doch diese Vorhersage, eine ihrer Töchter betreffend, stimmt zu genau.

Als Frieda am Morgen ins Krankenhaus geht, liegt Rosmarie blutverschmiert im Gang. Man hat sich noch nicht um sie kümmern können, nur die Platzwunde über der Augenbraue ist genäht worden. Bald darauf wird sie zur Untersuchung in den Operationssaal geschoben. Drei ihrer Verletzungen sind besonders schwer: ein doppelter Beckenbruch, ein Schädelbasisbruch, an dem sie hätte sterben können, und der Bruch von Kiefer und Wangenbein. Letzterer kann nicht in Konstanz operiert werden. Dafür muss sie in eine Klinik nach Freiburg gebracht werden, die darauf spezialisiert ist. Doch ein Flug mit dem Hubschrauber scheint zu riskant. Sie wird im Krankenwagen hingefahren, durch die Ortschaften mit Blaulicht. Wieder zurück in Konstanz wird festgestellt, dass ihr rechtes Bein gelähmt ist. Nervenstränge scheinen abgerissen zu sein.

Jedes Mal, wenn Frieda zum Einkaufen geht, muss sie an dem Blutfleck vorbei, der immer noch auf dem Gehweg zu sehen ist und nur langsam verblasst.

Bei Knochenbrüchen braucht der Körper Kalk. Aber er sollte in zweierlei Formen dem Körper zugeführt werden, in Tabletten, die bekommt Rosmarie vom Krankenhaus, und in Rindfleischbrühe. Dergleichen wird ihr hier nicht verabreicht. Deshalb bringt Frieda sie ihr jeden zweiten Tag ins Krankenhaus. Das Gefühl, etwas Wichtiges für die Genesung der Tochter tun zu können, stärkt sie innerlich und lässt sie dieses Unglück leichter ertragen. Erwin reibt das gefühllose Bein regelmäßig mit Franzbranntwein ein und nach drei Wochen kann sie es auf einmal ganz leicht bewegen. Das gibt Hoffnung. Und gerade an diesem Tag erhält Rosmarie Besuch von den beiden Polizisten, die den Unfall aufgenommen haben. Sie wollen sich davon überzeugen, dass sie wirklich überlebt hat. Das gleicht in der Tat einem Wunder!

Die erste Woche war Rosmarie in einem Einzelzimmer untergebracht, und außer Frieda und Erwin durfte niemand zu ihr. Sie bekam auch kaum etwas mit, war in einer Art Dämmerzustand. Der Raum glich bald einem Blumenladen, denn drei Tage später feierte sie ihren siebenundzwanzigsten Geburtstag, wenn man von feiern sprechen kann. Da zu diesem Zeitpunkt bereits sicher war, dass sie überleben würde, war es gleichzeitig auch ein Tag, an dem sie zum zweiten Mal geboren wurde. Danach wurde sie in einen großen Saal verlegt, zusammen mit neunzehn anderen Patientinnen. Das mag schrecklich klingen, ist aber gar nicht so schlecht, denn dadurch gibt es viel Abwechslung. Viele Freunde und Bekannte besuchen sie: die Kollegen von der Volksbank, die Nachbarn, die Naturfreunde. Und Walter! Ein paar Tage vor ihrem Unfall war sie zusammen mit ihm als Abgesandte der Wollmatinger Gruppe zu einem internationalen Treffen der Naturfreunde gefahren, und es ist deshalb für ihn eine Selbstverständlichkeit, sie zu besuchen und sich laufend nach ihren Genesungsfortschritten zu erkundigen. Nach sieben Wochen darf sie zum ersten Mal für einen kleinen Spaziergang in den Park. Renate begleitet sie. Doch die Schwester steuert bald eine Bank an. Zwei Bekannte entdecken sie und bleiben stehen. Fragen über Fragen. Zum Glück bemerkt Renate, wie erschöpft Rosmarie bereits ist, macht der Unterhaltung ein Ende und führt sie zurück. Tag für Tag gewinnt Rosmarie an Kräften. Als Renate sie zwei Wochen später wieder besucht, erfährt sie, dass die Schwester morgen entlassen wird. „Kannst du mir mal die Haare waschen?", fragt Rosmarie. „Eine Schwester hat nur das verkrustete Blut herausgerieben. Aber gewaschen hat sie keiner." Natürlich kommt Renate diesem Wunsch nach. Doch es ist seltsam: Die Haare sind weder schmutzig, noch fettig. Sie scheinen sich selbst regeneriert zu haben.

Neun Wochen Krankenhaus, das klingt lang, ist aber im Hinblick auf ihre Verletzungen eine verhältnismäßig kurze Zeit. „Ihre Tochter erholt sich überraschend schnell", teilt man Frieda mit, „sie scheint kräftige Knochen zu haben." - „Ja, dank meiner Fleischbrühe", denkt sie, spricht es aber nicht aus, „hier wird so etwas Wichtiges natürlich nicht gekocht."

Bei der Gerichtsverhandlung wird der Unfallverursacher zu zwei Monaten Gefängnis verurteilt und nur deshalb ohne Bewährung, weil er einen ähnlichen Unfall schon einmal in München verursacht hat. Damals ist er in eine Gruppe Menschen gefahren, die gerade aus der Straßenbahn ausgestiegen ist. Was soll man über diesen Gerichtsbeschluss denken? Rosmarie bekommt siebentausend Mark Schmerzensgeld.

Das zweite Studienjahr

Als das erste Studienjahr vorbei ist, werden im Kloster zu Weingarten zwecks Gewinnung weiterer Unterrichtsräume Umbaumaßnahmen durchgeführt. Die Internatsräume für die Mädchen fallen weg. Sie müssen ins VK umziehen, während ihre männlichen Kollegen sich private Zimmer suchen müssen. Aus dem Sechser- zieht Renate in ein Dreierzimmer, jedoch nicht mit den Mädchen aus dem alten Zimmer, die sie dort erst kennengelernt hat, sondern zusammen mit Irene und einer weiteren ehemaligen Klassenkameradin.

Nach der Faustaufführung hat der Leiter ihrer Truppe, ein recht sicher auftretender junger Mann, Renate zur neuen Leiterin bestimmt, und niemand hat widersprochen. Sie übrigens auch nicht! Weil daraufhin die älteren Semester wegbleiben, hängt das Ganze in der Schwebe. Erst als sich nach den Ferien neue Gesichter hinzugesellen, kann sie planen. Am besten nimmt man das in Angriff, was man gut kennt, und so beschließt sie, die gleichen drei Einakter von Thornton Wilder einzustudieren, die seinerzeit Günter Zulla mit ihnen aufgeführt hat. Bei „Glückliche Reise" übernimmt sie nur die Regie, doch bei den beiden anderen kürzeren Stücken spielt sie jeweils auch die Rolle der Frau. Anscheinend weckt diese Auswahl eher das Interesse der Bevölkerung als der verkürzte mit Schlagern versehene Faust, denn dieses Mal kommt ein Vertreter der Zeitung und schreibt einen Bericht voll des Lobes! Daraufhin wird noch eine zweite Aufführung für die Bevölkerung verlangt.

Eine Truppe zu leiten ist doch etwas ganz anderes, als nur mit einer Rolle betraut zu werden. Da heißt es organisieren! Sie braucht Mitarbeiter, denn die Beleuchtung muss nicht nur angebracht, sondern auch bedient werden, das Podest muss nicht nur aufgebaut, sondern auch wieder abgeräumt werden. Für die Gestaltung des einfachen Bühnenbilds bietet sich ein Kommilitone an. Kostüme werden nicht benötigt. Alles läuft gut, jedenfalls bei der ersten Vorstellung. Doch nach der zweiten sind alle Helfer verschwunden, und sie muss lange suchen, bis sie schließlich Kommilitonen findet, die bereit sind, das Podest abzubauen und zu versorgen. Ende gut, alles gut.

Da die Prüfungen näher rücken, plant sie nichts Neues, und vom nachfolgenden Semester findet sich niemand, der etwas einstudieren will; vielleicht in ferner Zukunft, wenn andere Studenten kommen, deren Ausbildung dann allerdings drei Jahre dauern wird.

Edgar

Zu ihrer Truppe gehörte aus dem Kurs unter ihr auch Edgar, mit dem sie sich oft noch nach den Proben unterhalten hat. Die Aufführungen sind vorüber, die beiden bleiben in Kontakt. Was ist nun mit dem Seidenspinner, was mit der Enttäuschung, die ihr Nennbruder Hansjörg erleiden musste und die sie niemandem antun möchte? Bei Edgar stellt sich dieses Problem nicht, denn er ist verlobt, die Situation auch ohne Worte von vornherein geklärt. Er ist zum Katholizismus übergetreten und ist, wie alle Konvertiten, äußerst strenggläubig, fast fanatisch. „Nein, meine Verlobte habe ich noch nicht angerührt. Damit warten wir bis zur Hochzeitsnacht." Natürlich versucht er, sie zu bekehren, schildert ihr die Vorzüge, einer religiösen Gemeinschaft anzugehören, erwähnt all die

Wohltaten, die Christen anderen Menschen angedeihen lassen, sie zählt im Gegenzug die im Sinne Christi begangenen Gräueltaten auf. Ob er nicht wisse, auf welch grausame Weise die Indios in Südamerika zum Christentum gezwungen wurden? Seine Mühe ist umsonst, er kann sie nicht überzeugen, denn genau wie sein Vater lehnt sie jede Religionszugehörigkeit ab. Er schenkt ihr ein Buch mit Gebeten und hofft, sie auf diese Weise dem Glauben näher zu bringen, doch die Gebete sagen ihr nichts. Eigentlich ist Edgar eher der Typ, der sich gern gegen etwas Bestehendes auflehnt, aber da sein Vater bereits aus der Kirche ausgetreten ist, bleibt ihm nichts anderes übrig, als diese im Gegensatz zu ihm zu befürworten. Nun sitzen sie im Klosterhof auf den Stufen und sonnen sich. Edgar entnimmt seiner Tasche eine Blockflöte und beginnt, eigene Melodien zu spielen. Was für eine seltsame Stimmung! Renate fühlt sich richtig wohl. Plötzlich beginnt er, für sie nicht ganz nachzuvollziehen, wieder von diesem Film zu sprechen, den sie am Abend zuvor zusammen gesehen haben: Hiroshima, mon amour. Innerlich tief aufgewühlt haben sie anschließend bis nachts um zwei vor dem VK gestanden und diskutiert. Zum Glück hat das Gebäude keinen Pförtner, und man kann kommen und gehen, wann man will. Die Haut! Zu Anfang des Films sieht man nur seinen Rücken und ihre Hände, die ihn spielend liebkosen. Aber seine Haut sieht ganz eigenartig aus, als ob sie nass und mit Sand bedeckt wäre, sodass man den Eindruck hat, die beiden lägen am Strand. Erst allmählich verwandelt sich die körnige Haut in eine normale, und beide erheben sich lachend aus ihrem Bett, sie eine Französin, er ein Japaner. Vorher aber reden sie über die Opfer Hiroshimas. Grässliche Bilder aus der Wochenschau werden eingeblendet. Und dazwischen immer wieder diese körnige Haut. Auf Renate wirkt das wie eine Parallele zu den Opfern. „Und man muss es doch mystisch sehen!", beharrt er, streitet mit großer Heftigkeit ihre Deutung ab. „Diese wirklichkeitsfremde Haut zeigt, wie unmöglich eine Verbindung zwischen einer Europäerin und einem Asiaten ist. Das geht nicht! Das ist unnatürlich!" Wieder wehrt sie sich gegen diese Auffassung. „Wir hier, mitten in Europa, sind doch alle irgendwie gemischt. Was bei uns alles an Völkern durchgelatscht ist und seine Gene hinterlassen hat! Zum Beispiel auch die Hunnen." Doch diesen Einwand lässt er nicht gelten. Ein paar Tage später trifft sie ihn auf der Straße: „Wie siehst du denn aus?" Unrasiert und irgendwie ungepflegt kommt er ihr vor. „Ich musste weg und nachdenken. Ein Lastwagenfahrer hat mich mitgenommen. Bis nach Salzburg. Hier! Ich hab einen Brief für dich. Hoffentlich kannst du mein Gekrakel entziffern, denn ich hab ihn während der Fahrt geschrieben und es hat ziemlich gewackelt." Erst im Zimmer öffnet sie ihn. Die Schrift lässt in der Tat zu wünschen übrig, doch der Inhalt ist noch verworrener. Sie weiß gar nicht, was sie damit anfangen soll. „Nun? Was meinst du?", fragt er sie am nächsten Tag. Was soll sie dazu meinen? Sie zuckt nur mit den Schultern. Er scheint enttäuscht.

Wahlfach Volkskunde

„Gotische Kirchen", erklärt der Dozent, „sind düster. Durch die bunten Glasfenster dringt nur gedämpftes Licht. Der Ort lädt zur Besinnung ein. Das entspricht der Mentalität der damaligen Menschen. Im Barockzeitalter ändert sich das. Lebensfreude erwacht. Dementsprechend sind diese Kirchen hell und freundlich und strahlen in Weiß und Gold. Typisch für eine gotische Kirche ist der Einzelne, der in Andacht versunken in einer Bank sitzt. Eine Barockkirche dagegen quillt über von Menschen, die einer Mozartmesse lauschen und froh gestimmt werden." Der Dozent plant eine Exkursion zu den oberschwäbischen Barockkirchen, zu der sich auch Renate anmeldet. Als die Studenten die Kirche in Ochsenhausen betreten, erwartet sie genau das, was ihnen der Dozent als Beispiel gesagt hat: Die Kirche ist überfüllt, die Gläubigen lauschen tatsächlich einer Messe von Mozart, und ihre Gruppe findet nur hinten im Seitenschiff noch einen freien Raum, wo sie stehend die Musik genießen kann. Danach betritt ein junger Pfarrer die Kanzel. Seine Predigt hat keine Stelle aus der Bibel zum Inhalt, sondern bezieht sich auf Leid, wie es die Anwesenden jederzeit treffen könnte. Renate fühlt sich angesprochen. Ihr ist, als würde er von Rosmaries Unfall wissen, der ihre Familie belastet, ja, als würde dieser Pfarrer nur für sie sprechen. Seine Worte spenden ihr Trost. Religion, auf solche Weise praktiziert, kann sie nicht nur akzeptieren, sondern empfindet sie als notwendig, um den Menschen einen inneren Halt zu geben. Später erfährt sie, dass dieser junge Geistliche gerade seiner Auffassung wegen, mit alltagsbezogenen Predigten seiner Gemeinde besser dienen zu können, Schwierigkeiten bekommen hat.

Irene

Irenes Freund unterrichtet die älteren Kinder einer Zweiklassenschule in einem Schweizer Dorf. Da demnächst die Lehrerin der unteren Klassen aufhört, wäre es schön, wenn sie in Zukunft gemeinsam mit ihm diese Schule betreiben könnte. Deshalb heiraten die beiden bereits jetzt schon, obwohl an ein Zusammenziehen noch nicht zu denken ist. Aber da sie nun die Schweizer Staatsangehörigkeit besitzt, erhöht es die Aussicht, diese Stelle zu bekommen. Voraussetzung ist allerdings, dass sie fehlerlos den Schweizer Dialekt beherrscht, und den lernt sie fleißig wie eine weitere Fremdsprache, denn er ist in der Unterstufe Pflicht, während ihr Freund, gebürtiger Schweizer, die Oberstufe auf Schriftdeutsch unterrichten muss. In der alphabetischen Reihenfolge der Studierenden ist Irene nun ein ganzes Stück nach vorn gerutscht, doch sonst bleibt alles beim Alten.

Mit Irene kann man Pferde stehlen gehen. Warum nicht einfach mal bei diesem schönen Herbstwetter zusammen etwas unternehmen? Jede steckt sich ein Fünfzigpfennigstück ein, Irene in ihre Handtasche, Renate in die aufgenähte Tasche ihres Rocks, und auf geht's! Ein bestimmtes Ziel haben sie nicht. Schon bald hält auf ihre Tramperhandbewegung hin ein Auto. „Wohin soll's gehen?" - „Wohin fahren Sie denn?" - „Nach Ulm." - „Gut, fahren wir nach Ulm." Sie schlendern durch die Stadt und beschließen, das Münster zu besichtigen. Dreißig Pfennig kostet der Eintritt. Ja, das können sie sich leisten. Eine frankierte Postkarte kostet nur acht Pfennig, wenn man nicht mehr als fünf Wörter schreibt. Grüße aus Ulm von Renate. Passt! Vespern sollte man auch. Sie teilen sich ein Brötchen, für das man einen Belag braucht. Beim Wurststand fragen sie, ob acht Pfennig, jede hat nur noch vier Pfennig übrig, für zwei Scheiben Salami reichen. Die Verkäuferin sieht zwar, dass es nicht genug ist, gibt ihnen trotzdem lachend die beiden Scheiben. An einem anderen Stand bietet eine Frau kleine Eisproben an. Nachtisch bekommen sie also auch!

Und alles für fünfzig Pfennig! Auf der Rückfahrt nimmt sie ein Vertreter mit, der das genau wie seine Berufskollegen gerne tut, weil er, wenn er sich unterhalten kann, nicht so leicht schläfrig wird. Aber als er erfährt, dass sie Lehrerinnen werden wollen, ist er entsetzt. Nein, für diese alten Schachteln hat er nichts übrig. „Aber wir sind doch noch jung!" Das ist für ihn kein Argument. Er kannte als Schüler nur unverheiratete Lehrerinnen, und die waren alle verschroben. Da zieht Irene ihre Hochzeitsbilder aus der Handtasche. Schon ist er milde gestimmt. Er hält vor einem Laden, gibt Renate fünf Mark und bittet sie, für ihn ein Pfund Pfirsiche zu kaufen. Er nimmt sich einen und bietet auch ihnen einen an. Die restlichen schenkt er ihnen und meint, das Wechselgeld könnten sie auch behalten. Sie haben jede für fünfzig Pfennig Kultur genossen, gegessen, Post nach Hause geschickt und kommen mit Pfirsichen und Geld in der Tasche zurück. Das soll ihnen mal jemand nachmachen!

Renates Magen will mal wieder mit Sie angesprochen werden. Ihr ist schlecht, und sie geht deshalb nicht zur Vorlesung, sondern bleibt im Bett. Irene steht auch nicht auf. Grund: Keine Lust! Als Fanny in ihrer Eigenschaft als Reinemachefrau das Zimmer betritt, sagt Renate freundlich, sie könne ruhig putzen, das störe sie nicht. Irene setzt eine Leidensmiene auf und stimmt dem zu. „Ihnen", sagt Fanny daraufhin zu ihr, „sieht man es an, dass Sie wirklich krank sind." Das Lachen müssen beide unterdrücken. Doch Irene, dieses Schlitzohr, fragt mit Unschuldsmiene: „Wir haben gestern jeder ein halbes Hähnchen zu essen bekommen. Was machen die in der Küche denn mit der anderen Hälfte?" Das kann ihr Fanny erklären: „Das ist so. Der

eine bekommt die eine Hälfte, der Nächste die andere." -
„Ach so! Nun habe ich wieder etwas gelernt." Immer noch
darf nicht gelacht werden. Erst als sie hören, dass Fanny
im Nachbarzimmer verschwunden ist, platzen sie los.

Ja, für Schabernack ist Irene zu haben. Als sich Renate
ein blödsinniges Gedicht ausdenkt, bringt das Irene auf
eine Idee. Sie könnte sie wie einen Tanzbären an einem
Seil von Zimmer zu Zimmer führen, es vortragen lassen
und dafür um Spenden bitten. Am späten Nachmittag setzen sie es in die Tat um und ernten viel Gelächter. Im
ersten Zimmer bekommen sie ein paar Tomaten geschenkt,
im nächsten ein paar Kekse. Aber nun haben sie genug
Spaß gehabt und kehren mit ihrer „wertvollen" Ausbeute
in ihr Zimmer zurück.

Man schreibt den sechzehnten Februar 1962. Renate und
Irene sind über das Wochenende nicht nach Hause gefahren, denn Irene hat vor, in einem bayerischen Dorf die
Familie zu besuchen, bei denen sie, mit Mutter und Bruder aus Schlesien stammend, evakuiert war. Heute klappt
das Trampen nicht so gut. Sie werden jeweils nur ein kleines Stück mitgenommen und kommen nur langsam voran.
Als sie in freier Natur aussteigen müssen, gehen sie eine
Böschung hinauf, die zu einem Wäldchen führt, setzen
sich ins Gras und packen das Vesperpaket aus, das ihnen
im Institut mitgegeben wurde. Laut Kalender ist es noch
Winter, doch die Sonne scheint so warm, dass man meinen könnte, es wäre schon Frühling! Richtig wohl fühlen
sich die beiden. Gestärkt finden sie endlich einen freundlichen Menschen, der sie bis ins angestrebte Dorf bringt.

Irene wird wie ein Familienmitglied begrüßt, und Renate
wünscht sich im Stillen, Oma und Opa Jagalski auch be-

suchen zu können. Doch Ostpreußen liegt inzwischen unerreichbar hinter dem Eisernen Vorhang. Die Zeit bei den Bauersleuten vergeht im Nu. Es ist schon dunkel, als sie endlich aufbrechen. Als sie aus dem Haus treten, müssen sie sich gegen einen stark aufkommenden Wind stemmen. An der Straße angekommen, wird der Wind immer heftiger. Alle Autos fahren ungebremst vorbei, denn jeder Fahrer will in dem aufkommenden Sturm möglichst bald nach Hause kommen. Mit Trampern will sich niemand belasten. Mittags bei Windstille noch diese Wärme und jetzt dieser Wetterumschwung! Als unsere beiden Mädchen von einer starken Bö beinahe vor ein Auto geweht werden, geben sie auf, kehren zurück und dürfen auf dem Hof übernachten. Am Morgen hat sich das Wetter beruhigt, und sie kommen ohne große Unterbrechung zurück ins Institut. Café Himmel besitzt einen Fernseher, vor dem sich oft eine Schar Studenten zu einem Bier versammelt. Auch Renate möchte diesen Tag dort bei einem Glas Wein beschließen. Doch wie entsetzt ist sie über das, was gezeigt wird: Während sie, zurückgekehrt in das sichere Bauernhaus, eine ruhige Nacht verbracht haben, ist über Hamburg eine Katastrophe hereingebrochen: Eine Sturmflut hat ganze Teile der Stadt unter Wasser gesetzt. Viele Menschen sind hilflos ertrunken, eine ganze Reihe anderer nur durch den unbürokratischen Einsatz des Senators Helmut Schmidt gerettet worden. Nie wird sie das Datum dieses Ausflugs vergessen.

Da Irene im Alphabet vorgerückt ist, kann sie einige Zeit vor Renate die Prüfung beenden und fährt danach nach Hause. Doch als Renate das Thema für ihre Lehrprobe bekommen hat, kommt sie zurück und hilft ihr, die Lehrprobe schriftlich zu fixieren, da sie, im Gegensatz zu ihr, nun mal keine geborene Lehrerin ist und vor allem mit der theoretischen Begründung ihres Stundenaufbaus ihre Schwierigkeiten hat. Das Thema Dreieckssäule ist eigentlich kein „Thema", weil man da nichts falsch machen kann, es sei denn, man heißt Renate und liefert eine langweilige, für die Schüler auch praktisch nicht nachzuvollziehende Stunde ab. Doch da der Entwurf auf Anerkennung trifft, bekommt sie noch ein Ausreichend und hat damit - dank Irenes Hilfe - die Prüfung bestanden.

Aber drehen wir das Rad der Geschichte ein paar Monate zurück:

Silvester

Gerade, als sie das Stück Schokolade auf die Gabel gespießt hat, würfelt Erwin eine Sechs. Schnell steckt Frieda es in den Mund, bevor er ihr Hut, Besteck und Handschuhe entreißt. Genüsslich lässt sie das eroberte Stück im Mund zergehen. Erwin hat nicht so viel Glück. Er hat noch nicht einmal die Tafel Schokolade vor sich hingelegt, als Doris eine Sechs würfelt und er die Utensilien weiterreichen muss. Das gibt ein Gelächter! Walters Nichte schafft es, sich den Hut aufzusetzen, die Handschuhe anzuziehen, das Besteck zu ergreifen, sich ein Stück Schokolade abzuschneiden und in den Mund zu schieben. Nun würfelt eine ganze Weile niemand mehr eine Sechs. Doris hätte Zeit, noch mehr zu essen, aber dann wäre das Spiel so schnell vorbei. Deshalb macht sie ganz langsam, und als ihre Oma die Sechs würfelt, findet sie bereits ein aufgespießtes Stückchen Schokolade vor. Was für eine herrliche

Silvesterfeier, zu der Walter, der sich von einem Natur-freund zu Rosmaries Freund entwickelt hat, nicht nur sie, sondern die ganze Familie Kinzel eingeladen hat! Er wohnt zusammen mit seiner Mutter Berta, seiner Schwester Eva, deren Tochter Doris und seinem Bruder Helmut in einem Blockhaus, das der Firma Leonhard gehört, bei der er ar-beitet. Frieda unterhält sich gern mit Berta. Sechsundfünf-zig Jahre war sie bereits alt, als die Familie aus Ostpreußen fliehen musste. Frieda versucht, sich vorzustellen, wie das ist, wenn man das Leben auf einem Bauernhof gewöhnt ist und sich dann unvermutet auf eine völlig andere Le-bensweise einstellen muss. Da sie alle zusammen zuerst nicht in einer überschaubaren Stadt wie Konstanz, son-dern in der Großstadt Berlin gewohnt haben, muss die Umstellung besonders extrem gewesen sein. Dann bekam Walter hier beim Straßenbau Arbeit und hat sie alle nach-geholt. Die immer noch äußerst rüstige alte Dame, eine Frohnatur, scheint die Umzüge gut gemeistert zu haben.

Die Glocken läuten. Das Jahr neunzehnhundertzwei-undsechzig hat begonnen. Was es wohl bringen mag? Auch beim Bleigießen wird wieder viel gelacht, besonders beim Deuten der Figuren. Frieda gießt etwas, das wie ein Nest aussieht, von dem zwei dünne Streifen in die Höhe stei-gen, die beide in einem Klümpchen enden. „Die Vögel verlassen das Nest." Alle müssen Erwins Deutung zustim-men. Es sieht in der Tat so aus, als ob zwei Vögel flügge würden.

Vier Monate später heiraten Rosmarie und Walter. Und am gleichen Tag bekommt Renate die Benachrichtigung, dass ihre erste Anstellung als junge Lehrerin in Hagnau sein wird.

168

Gerade jetzt, wo beide Töchter aus dem Haus sind, wird Frieda gekündigt. Sie sucht sich jedoch keine neue Arbeit, sondern widmet sich intensiver der Malerei.

„Das kleine Dorfschulmeisterlein"

„Learning by doing!" Das trifft auf Renate zu. An der Vierklassenschule in Hagnau ist sie nur für drei Monate die Vertretung für eine Lehrerin, die einen Weiterbildungskurs absolviert. Sie ist Klassenlehrerin der ersten und zweiten, gibt Deutsch in der dritten und vierten, Gemeinschaftskunde in der fünften und sechsten Klasse und Sport für die Mädchen der Klassen fünf bis acht. An Vorbereitungen gibt es also viel zu tun, sodass es ihr an den Abenden als Untermieterin bei Weinbauern nie langweilig wird. Zwei wichtige Erfahrungen macht sie an dieser Schule.

Positiv: Sie versteht es, interessanten Unterricht in Gemeinschaftskunde, damit auch in Geschichte, zu geben, Fächer, die sie als Schülerin nicht sonderlich gemocht hat.

Negativ: Der erste Auftritt gilt! Wenn man den vermasselt, hat man keine Chance mehr, mit einer Klasse zurechtzukommen. „Seid doch bitte still", sagt sie freundlich zu den Dauerschwätzern der vierten Klasse. Fazit: Mit der kann man's machen! Ihre späteren Bemühungen, Ordnung in diese Klasse zu bringen, sind von vornherein zum Scheitern verurteilt.

Danach wird sie nach Illmensee versetzt. Das neu erbaute Schulhaus besitzt zwar drei Klassenräume, doch seit Schuljahresbeginn fehlt die dritte Lehrkraft. Renate wird also mit Kusshand empfangen, weil die beiden anderen Lehrer sich nun nicht mehr zusätzlich zu ihrer eigenen Klasse die verwaiste vierte/fünfte teilen müssen. Renate beginnt den Unterricht damit, sich von allen Schülern erst einmal den Namen sagen zu lassen. Sie hat ein gutes Namengedächtnis, behält trotzdem nicht alle auf Anhieb, aber ganz bewusst die von den Schülern in den hinteren Bänken. Und die beobachtet sie aufs Schärfste. „Hubert", sagt sie in aller Liebenswürdigkeit, „du teilst dich so gerne mit. Mach das zu Hause auf morgen bitte schriftlich!" Oha! Sie kann weiterhin nett und freundlich sein, aber „machen" kann man es mit ihr nicht.

Sie ist nach den Herbstferien an diese Schule versetzt worden und meint, nun sei die schöne Zeit vorbei, wird aber eines Besseren belehrt. Schöne Zeit? Schuften mussten die Kinder bei der Kartoffelernte! Sie sind froh, wieder zur Schule gehen zu dürfen. Hausaufgaben machen sie alle besonders gern, weil sie dann nicht zur Arbeit gerufen werden können, denn Schule geht vor.

Wie sie den Unterricht mit dieser Klasse genießt! Sechs Wochen lang! Dann wird sie nach Pfullendorf versetzt und der Schulleiter flucht: „Pfullendorf ist eine ausgebaute Schule, in der ein erkrankter Lehrer viel leichter vertreten werden kann. Aber nein, uns muss man die Lehrkraft abziehen. Und wir können nun wieder zu zweit drei Klassen unterrichten!" Auf ihre Bemerkung hin, sie bedaure, diese nette Klasse verlassen zu müssen, schaut er sie erstaunt an. Ihre Vorgängerin hatte eine ganz andere Meinung und war froh, nach zwei Jahren endlich versetzt zu werden. Der wird es so ergangen sein wie ihr in Hagnau. Für sie selbst war es gut, bereits nach drei Monaten einen Neustart versuchen zu können. Aber leider darf sie nicht bleiben. Und gerade an diesem Tag, als sie von ihrer Versetzung erfährt, lassen ihre Wirtsleute in ihrem Zimmer ein Waschbecken anbringen. Bis dahin standen für sie auf dem

Waschtisch Schüssel und Krug bereit, wobei die Schüssel jeden Tag geleert und der Krug neu mit Wasser gefüllt wurden, so wie man es aus alten Filmen kennt.

Gleich am nächsten Tag muss sie an der Schule in Pfullendorf ihren Unterricht beginnen. Da es keinerlei Busverbindung gibt, fährt sie ihr Chef mit dem Auto hin. Zum Glück wurde zeitgleich mit der Versetzung die Adresse eines Ehepaares mitgeteilt, das ein Zimmer vermietet. Sonst hätte sie nicht gewusst, wo sie wohnen soll.

Ein Gutes hat dieser Ortswechsel, denn im Gegensatz zu Illmensee kann sie von Pfullendorf am Wochenende mit dem Zug nach Hause fahren. Dort erfährt sie von einem Bekannten, dass ihr nicht nur der Schulleiter nachtrauert, sondern auch die Klasse. Dieses Lob tut ihr ausgesprochen gut und steigert ihre Zuversicht, doch noch eine fähige Lehrerin zu werden. In Pfullendorf hat sie innerhalb eines Jahres vier verschiedene Klassen, weiß also nie so recht, ob ihre Arbeit Früchte trägt. Zum Kollegium gehören zwei junge Männer und zwei junge Frauen, die mit ihr zusammen den Abschluss in Weingarten gemacht haben. Hubert, inzwischen in festen Händen, aber von seiner Freundin getrennt, kennt sie außerdem noch vom Theaterkreis. Zu ihm entwickelt sich eine innige Freundschaft, die auch noch anhält, als er im Nachbardorf die Einklassenschule übernehmen soll. Unvergessen die gemeinsamen Spaziergänge durch den Wald. Auf einem Baumstamm sitzend halten sie eine kurze Rast. Beim Anblick der Nebelschwaden, die aus dem Waldboden hochsteigen, meint er, bei diesem Schauspiel könne er sich gut erklären, wie der Feenglaube entstanden sei. Ein andermal treffen sie sich abends mit einem Förster auf dem Hochsitz und warten, bis die Rehe zum Äsen aus dem Wald treten. „Die Zigeuner", erzählt er, „erlegen manchmal ein Tier. Doch da schaue ich drüber weg, denn sie essen es selbst. Außerdem übertreiben sie nicht." Ja, die Zigeunersiedlung fasziniert Renate. Von Roma und Sinti spricht man zu diesem Zeitpunkt noch nicht. Sie wohnen in aus Brettern selbsterrichteten Hütten, vor denen manchmal ein Mercedes parkt, wenn der Vater seinen Teppichhandel unterbricht, um eine Weile zu Hause zu bleiben. Alle Kinder gehen regelmäßig zur Schule. Darauf wird geachtet.

Hubert hat sich ein Tonbandgerät gekauft und bittet Renate, das Antikriegsgedicht von Wolfgang Borchert zu sprechen: „Wenn ihr nicht nein sagt!" Den Gefallen tut sie ihm gern. Er hat mit seinen Bauern einen kleinen literarischen Kreis eingerichtet und erzählt ihr, dass sie von ihrem Vortrag alle sehr beeindruckt waren und es im Anschluss daran zu einer regen Diskussion gekommen ist. In der Schule vertritt sie die Lehrerin, die stets für eine Aufführung bei der Abschlussfeier gesorgt hat. Es bietet sich an, sie auch in dieser Hinsicht zu vertreten. Auf ihre Anfrage hin, erlaubt es ihr der Rektor und kann sich danach sogar zu einem Lob durchringen, obwohl er sie sonst nur von oben herab behandelt. Wieder, wie damals in Weingarten, wählt sie etwas aus, was sich schon einmal bewährt hat: Bei ihrem sechswöchigen Praktikum half sie dem Lehrer bei der Einstudierung des Stücks „Ein Fremder kam nach Buchara". Da es im Orient spielt, hat die Sportlehrerin die Idee, mit Schülerinnen zu Ravels Bolero einen Tanz einzustudieren. Er fügt sich wunderbar in die Inszenierung ein.

Danach kommt sie als Schwangerschaftsvertretung nach Kreenheinstetten. Anfangen muss sie dort, wie gehabt, bereits am nächsten Tag. Von einem freien Tag für den

Umzug, wie er zukünftigen Junglehrern bewilligt werden wird, kann sie nur träumen. In diese gottverlassene Gegend fährt nur einmal in der Woche ein Bus, weshalb sie wieder darauf angewiesen ist, dass sie von einem Autobesitzer gefahren wird. Wenigstens muss sie hier nicht auf Zimmersuche gehen, da es über den beiden Klassenzimmern außer der Wohnung für das Lehrerpaar zusätzlich zwei Zimmer gibt. Die Toilette im Treppenhaus ist für alle. Immerhin hat sie in einem Zimmer ihr eigenes Waschbecken. „Daher stammt doch Abraham a Sancta Clara", bekommt sie mehrmals zu hören. Als ob diese Tatsache ein öffentliches Verkehrsmittel ersetzen würde! Sie hat ihren Wunsch, Schauspielerin zu werden, nicht aufgegeben und begonnen, in Konstanz bei einer älteren Schauspielerin jeden Samstagnachmittag Unterricht zu nehmen. Aber Kreenheinstetten liegt acht Kilometer von der Bahnstation in Meßkirch entfernt! Zu ihrem Glück ist ein junger Kollege, mit dem sie zusammen in Pfullendorf war, auch versetzt worden. Wenn er am Wochenende mit dem eigenen Auto heim nach Nenzingen fährt, das an der Bahnlinie liegt, kommt er durch Kreenheinstetten und nimmt sie mit. Also Glück im Unglück.

Das Lehrerpaar hat inzwischen einen Sohn bekommen, und die Mutter ist noch im Krankenhaus, als Renate nach dem Herein des frisch gebackenen Vaters seine Küche betritt. Sein Anblick ist ihr etwas peinlich, da er sich gerade rasiert, trotzdem platzt sie mit der Neuigkeit heraus: „Der Kennedy ist ermordet worden!" Er kann es gar nicht glauben, schaltet daraufhin aber auch sein Radio an und findet es bestätigt. Im Unterricht spricht sie darüber, auch von den Problemen, die dieses Land seit seiner Gründung begleiten, weil europäische Einwanderer Menschen aus Afrika verschleppt und in Amerika versklavt haben. Nur die älteren Kinder der Klassen drei und vier hören aufmerksam zu, für die jüngeren ist das Thema weniger interessant. Doch dann meldet sich auch eine Zweitklässlerin zu Wort: „Vor zwei Jahren haben auf dem Dorfplatz mal drei Neger gestanden." Renate versucht ernst zu bleiben, auch wenn sie innerlich schmunzeln muss. So selten haben die Bewohner in diesem abgeschiedenen Dorf jemand Schwarzes zu Gesicht bekommen, dass dieses „Ereignis" immer noch Gesprächsstoff ist und damit aus der Sicht der Mädchen ein wichtiger Beitrag zum Unterrichtsgespräch.

Drei Wochen später stirbt ein weiterer bedeutender Mann, bedeutend für die junge Bundesrepublik Deutschland, Theodor Heuss. Er verleitet Renate zum Leidwesen der jüngeren Schüler erneut dazu, eine spontane Geschichtsstunde abzuhalten.

Für die Weihnachtsfeier will der Lehrer mit seinen Großen das Märchen Rumpelstilzchen einstudieren. Die Proben sollen am Nachmittag außerhalb des Unterrichts stattfinden. Als Renate ihn bittet, das übernehmen zu dürfen, gibt er diese Arbeit gerne ab, will aber auf ihre Bitte hin für Kostüme und Dekoration sorgen. Nun hat Renate in diesem Nest in ihrer Freizeit endlich eine sinnvolle Aufgabe. Zuerst wird im Klassenzimmer geprobt, dann jedoch auf der Bühne der Gastwirtschaft. Mit einer richtigen Bühne hat sie gar nicht gerechnet. Doch es kommt noch besser, denn nicht nur die Eltern aller Schüler erscheinen zur Aufführung, sondern das ganze Dorf! Und

174

der Bürgermeister persönlich bedankt sich bei Fräulein Kinzel vor allen Anwesenden für die wundervolle Vorstellung.

Nach beendeter Schwangerschaftsvertretung kommt Renate nur für drei Wochen in das Nachbardorf Buchheim, wo sie über den Unterrichtsräumen ein Zimmer beziehen kann. Hier sind die Schüler in drei Klassen eingeteilt. Doch es gibt nur zwei Lehrer, von denen einer krankgeschrieben ist. In diesem Ort lernt Renate eine Besonderheit kennen, wie sie früher in vielen Dörfern üblich war: Einmal in der Woche bringen die Bauern den Teig ihrer Brotlaibe zum öffentlichen Backhaus.

Danach kommt sie nach Stetten am kalten Markt an eine ausgebaute Schule. Wieder muss sie jemanden finden, der sie noch am gleichen Tag hinfährt, denn in diese Richtung, noch dazu liegt Stetten jenseits des Donautals, gibt es gar keine öffentlichen Verkehrsmittel, und wieder muss sie sofort eine Unterkunft finden. Doch in dieser Beziehung ist ihr das Glück hold, denn des einen Leid ist des anderen Freud. Eine Frau mit drei kleinen Kindern, deren Mann kürzlich auf tragische Weise ums Leben gekommen ist, bekommt nur eine kleine Rente, verdient sich als Bedienung etwas dazu und vermietet zusätzlich eines der beiden Kinderzimmer. Dort zieht Renate ein.

Der Neubau der Schule ist großzügig angelegt. Im Altbau ist die neu gegründete Realschule untergebracht, in die nach Ostern eine zweite Klasse einzieht. Diese beiden Klassen haben jeweils nur knapp über zwanzig Schüler, eine Wohltat gegenüber der oft üblichen Klassenstärke von vierzig und mehr Schülern. Und etwas Besonderes zeichnet diese aus dem Ort und der Umgebung kommenden Kinder aus: Sie fühlen sich in ihrer Eigenschaft als erste

Realschüler der Region auserwählt und sind im Unterricht mit Eifer dabei. Renate kommt in den Genuss, an diesen beiden Klassen unterrichten zu dürfen. Und wenn man es weder mit Faulheit noch mit Disziplinarschwierigkeiten zu tun hat, sondern mit wissbegierigen Kindern, von denen keines je den Unterricht stört, kann man seine Fähigkeiten, das Unterrichten betreffend, enorm steigern. In der Klasse sechs unterrichtet sie außer Deutsch auch Geschichte und macht wieder die erstaunliche Entdeckung, welche Begabung sie für dieses Fach hat. Sie lässt eine unangekündigte Geschichtsarbeit schreiben, stellt jedoch keine Fragen, sondern sagt, die Schüler mögen alles aufschreiben, was ihnen noch einfällt. Für jede erwähnte Einzelheit gibt sie einen Punkt. Das hat für sie selbst den Vorteil zu sehen, was von ihrem Unterricht hängen geblieben ist, für die Schüler, nicht daheim „ochsen" zu müssen. Der Schüler mit den meisten Punkten bekommt eine Eins. Danach richten sich die anderen Noten. Die Arbeit fällt ausgesprochen gut aus. Nur ein einziger Schüler hat nicht viel behalten. Aber für ein Ausreichend langt es trotzdem.

Die Schule besitzt ein kaum benutztes Tonbandgerät. Darauf spricht sie Fontanes „Die Brück' am Tay", das sie im Deutschunterricht durchnehmen will. Sie kann dabei die Hexen so schön gruselig sprechen lassen, weil im Gegensatz zum mündlichen Vortrag die Schüler nicht sehen, welche Grimassen sie dabei schneidet. Als sie es vorführt, hält sie sich hinten im Klassenzimmer auf und beobachtet, wie gespannt die Kinder dem Gedicht lauschen. Dementsprechend interessant gestaltet sich die anschließende Besprechung. Eines Tages sticht sie der Hafer. Sie kann nicht verstehen, warum der Film „Das Wirtshaus im

Spessart" von der Zensur erst ab sechzehn Jahren freigegeben ist. Der Dichter Wilhelm Hauff, an dessen Geschichte der Film anlehnt, passt schließlich auch zum Deutschunterricht! Sie erzählt den ganzen Film und singt einzelne Songs (sogar richtig!) vor. Die Schüler sind begeistert. Auf der Straße wird Renate von einer Frau angesprochen: „Sie sind doch Fräulein Kinzel, nicht wahr? Mein Sohn hat Sie mir ganz genau beschrieben."

Die Gegend ist herrlich und das Klima rau, angeblich soll noch im Juni eine Ziege auf dem Marktplatz erfroren sein, aber gesund. Unter Kreislaufstörungen leidet Renate hier nicht, und auch Bronchitis soll trotz der Kälte selten vorkommen. Sie freundet sich mit drei jungen Lehrern an, mit denen zusammen sie etliche Wanderungen im Donautal unternimmt. Sie hat es wirklich gut getroffen. Aber! Ja aber! Sie nimmt doch in Konstanz Schauspielunterricht, und die Heimfahrt am Samstagmittag dauert ganze vier Stunden, denn zuerst muss sie, wenn mittags der Unterricht beendet ist, mit dem Bus nach Sigmaringen fahren. Von dort geht es mit dem Zug weiter, der bekanntlich an jeder Station hält. In Konstanz angekommen ist sie oft so müde, dass der Unterricht nicht viel bringt. Deshalb wird sie beim Schulamt vorstellig und fragt, ob sie nicht näher an die Bahnlinie versetzt werden könne. Als dieser Wunsch abgelehnt wird, kündigt sie und wohnt mit Beginn der Sommerferien wieder zu Hause. Da sie noch nicht fünfundzwanzig ist, kann sie beim Vater mit krankenversichert werden. Bis zur Abschlussprüfung in Stuttgart sind es nur noch ein paar Monate, auf die sie sich nun besser vorbereiten kann. Wäre sie in der Lage, eine Schauspielschule zu besuchen, würde sie eine wesentlich umfassendere Ausbildung bekommen, nicht nur Stimmbildung, Sprechtechnik und Rollenstudium. Doch da sie nun in Konstanz ist, kann sie wenigstens dem Fechtklub beitreten, denn auch Fechten gehört zu einer gründlichen Schauspielausbildung. Nebenher arbeitet sie erst drei Wochen in einer Fabrik, bekommt dann als Lehrerin im Angestelltenverhältnis für drei Monate eine Aushilfe in Singen und wird, als die Sommerferien beginnen, für zwei Monate in der Meersburg als Fremdenführerin eingestellt.

Seegfrörne

In dem Winter, den Renate in Pfullendorf erlebt, sinkt dort das Thermometer oft auf minus zwanzig Grad. Für eine Lehrerin geziemt es sich jedoch nicht, in Hosen zu unterrichten. Deshalb verabreden die jungen Lehrerinnen, am nächsten Tag alle gemeinsam in Hosen zu erscheinen. Und das tun sie auch, und niemand, nicht einmal die ältere Kollegin, die sich nicht dazu überwinden konnte, nimmt daran Anstoß. Doch die Kältewelle hat ganz Süddeutschland im Griff. Als Renate am Wochenende nach Hause kommt, ist bereits der Gnadensee, ein Teil des Untersees, zugefroren und für Schlittschuhläufer freigegeben worden. Ein paar Tage später wird Erwin von Frieda mit der Neuigkeit überrascht, dass nun auch der Überlinger See zugefroren ist. In der Firma hat er erfahren, dass sich sogar auf dem Obersee an einigen Stellen eine dünne Eisschicht bildet. „Jetzt kommt es darauf an, ob es windstill bleibt. Starker Wind könnte das Wasser aufwühlen. Aber wenn erst einmal eine geschlossene Eisdecke vorhanden ist, kann ihr der Wind nichts mehr anhaben." Zwei Wochen später wird der Überlinger See freigegeben. Am Sonntag marschieren Frieda, Erwin und Renate von Dingelsdorf aus hinüber nach Überlingen. Wurstbuden und Stände, an denen Glühwein ausgeschenkt wird, laden die Wandernden zu einer Rast auf dem Eis ein. Das sind in der Tat derer viele, denn von weit her kommen die Menschen zum See. Solch eine Gelegenheit, Zeuge eines Jahrhundertereignisses zu sein, will man sich nicht entgehen lassen! Ein Flugplatz ist vor der Stadt eingerichtet worden, und gerade landet ein Sportflugzeug auf dem Eis. Verglichen damit ist es gar keine Sensation, dass Autos auf dem „See" parken. Nachdem sich Familie Kinzel gestärkt hat, tritt sie den Rückweg an. Umgeben mit einer dicken Eisschicht ist die Mainau plötzlich keine richtige Insel mehr. An ihren Ufern tummeln sich besonders viele Schlittschuhläufer.

Auch Walter möchte mit Rosmarie über das Eis laufen, doch sie fürchtet sich davor zu stürzen und lässt es lieber bleiben, denn sie ist schwanger.

Schließlich sind auch Obersee und Seerhein zugefroren. Es ist Tradition, dass bei einem solchen Ereignis eine Johannesbüste im Rahmen einer Prozession über den See getragen wird. Dieses Mal wird sie von Hagnau nach Münsterlingen gebracht. Das hat es seit 1830 nicht mehr gegeben, denn bei der Seegfrörne 1880 war die Eisdecke auf dem Obersee dafür nicht tragfähig genug. Bei der nächsten „Seegfrörne" kommt die Büste nach Hagnau zurück. Bei dieser Prozession wollen Kinzels nicht mitgehen. Das ist ein bisschen zu weit. Aber sie laufen von Hegne aus hinüber zur Reichenau. Auf der Insel kehren sie ein, und nach einer ausgedehnten Rast geht es weiter. Sogar der Rhein, der sie vom Schweizer Ufer trennt, ist zugefroren. An manchen Stellen ist das Eis geborsten und türmt sich auf. Doch diese kleinen Berge können sie umgehen und gelangen zusammen mit anderen Eiswanderern an das Ufer von Ermatingen. Frische Luft und Bewegung machen Appetit. Auch hier ist man geschäftstüchtig, sodass Familie Kinzel zur verdienten Bratwurst kommt. Das schmeckt! Frieda hat ihre Wurst noch nicht ganz aufgegessen, als ihr plötzlich schlecht wird. Sie muss sich setzen. Die lange Wanderung war wohl doch etwas zu viel für sie. Nachdem sie sich etwas erholt hat, gehen sie lieber nicht den langen Weg nach Hegne über die Insel zurück, sondern fahren mit dem Zug von der Schweizer Seite aus heim. Eine Woche später wollen sie von Staad nach Meersburg laufen. Doch die Temperaturen sind gestiegen, das Eis hat angefangen zu tauen. Es trägt zwar noch, so dick wie es ist, aber auf der Oberfläche steht das Wasser. Schade, nasse Füße wollen sie sich nicht holen. Doch sie sind glücklich, die beiden anderen Wanderungen über das Eis unternommen und dieses Jahrhundertereignis ausgekostet zu haben.

Ursula

Im Juli wird Ursula geboren. Das ist ein ganz neues Gefühl für Frieda: Großmutter sein zu dürfen! So ein winziges hilfloses Wesen mit so zarten Fingerchen, fast wie ein Püppchen. Zum Glück gab es keine Komplikationen. Man könnte meinen, dieses Kind habe im Mutterleib beschlossen, bei der Geburt noch ein besonders kleines Köpfchen zu haben, damit die Mutter nach ihrem doppelten Beckenbruch es leichter hat. Nur zweiunddreißig Zentimeter beträgt der Kopfumfang.

Seit ihrem Unfall muss Rosmarie regelmäßig zum Orthopäden, und es ist für Frieda eine große Freude, in der

Zeit auf Ursula aufpassen zu dürfen. Helmut, von Beruf Schreiner, hat sich im Blockhaus das Dachgeschoss ausgebaut. Es besteht aus Stube, Küche und einer Toilette. Dort oben wohnt nun die junge Familie, während er selbst hinunter in Walters Zimmer gezogen ist. Das Wohn- und Schlafzimmer ist recht klein, doch die Küche ist geräumig. Hier hält sich Frieda auf. Während sie Kartoffeln für das Mittagessen schält, muss sie immer wieder die kleine Ursula betrachten, die friedlich in ihrem Stubenwagen schläft. Was für ein Wunder doch so ein Menschenkind ist! Rosmarie kommt ganz glücklich nach Hause: „Stell dir vor, der Arzt hat gesagt, eine Schwangerschaft war das Beste, was mir passieren konnte. Sie hat den Hormonhaushalt wieder in Schwung gebracht. Nur hat er mir das wegen meiner Beckenbrüche nicht raten können."

Ja, Rosmarie hat ihren ruhenden Pol gefunden. Jetzt ist es Renate, von der eine innere Unruhe ausgeht, denn sie hat ihren Wunsch, Schauspielerin zu werden, nicht aufgegeben.

Der Fechtklub

Das Üben am Lederkissen ist langweilig. Ausfall, Treffen, Ausfall, Treffen... Das kann sie doch. Fast jedes Mal trifft sie die dunklere Mitte. Sie hätte gern einmal wieder mit einem Partner geübt. Aber für die blutigen Anfänger opfert selten jemand seine Zeit für eine Lektion. Wenigstens haben sie zu Beginn alle zusammen Schritt- und Ausfallübungen gemacht. Das stärkt die Beinmuskulatur.

Renate hat keine Lust mehr, allein zu üben, setzt sich auf eine Bank und schaut den beneidenswerten Fechtern zu, die auf niemanden angewiesen sind, sondern einfach einen Kameraden zum Kampf auffordern können. Zwei ihr unbekannte Asiaten betreten die Halle und werden herzlich begrüßt. Während der eine bald einen Fechtpartner findet, übt der andere, ein schlanker Hübscher, erst eine Weile am Lederkissen, setzt sich aber bald an den Flügel und spielt. Auch eine Möglichkeit, den Fechtabend zu verbringen. Zuerst klingt seine Musik europäisch, doch dann ertönen asiatisch klingende Melodien. Sie betrachtet den ganz in sein Spiel Versunkenen. Er ist so dünn, dass die Hosenbeine seines Fechtanzugs statt oberhalb der Knie zu bleiben über diese hinuntergerutscht sind.

Nun wird sie zu einer Lektion geholt. Typisch! Wenn man sehnsüchtig nach einem Lehrmeister ausschaut, kommt keiner, erst, wenn man nicht mehr daran denkt...

Nie hat ihr der Untermieter von Müllers, den Nachbarn, die gegenüber wohnen, besondere Beachtung geschenkt, doch jetzt lädt er Renate zum Herbstball vom Technikum ein, weil er eine Tanzpartnerin braucht. Da sie nach Beendigung der Tanzstunde außer mit Hansjörg an Fasnacht und in Weingarten bei Studentenbällen nicht mehr zum Tanzen gekommen ist, sagt sie gerne zu. Unter den Tänzern entdeckt sie den hübschen Asiaten, der zum schwarzen Anzug weiße Socken trägt. Darüber muss sie lachen. „Den kenne ich aus dem Fechtklub. Studiert er auch am Technikum?" - „Ja", antwortet ihr Tanzpartner, „er studiert wie ich Nachrichtentechnik." - „Ist er Japaner?" - „Nein, Chinese." Das versteht Renate nicht. Mao lässt doch niemanden aus dem Land. „Er ist aus der britischen Kronkolonie Hongkong." Das erklärt seine Anwesenheit. Beim nächsten Fechttraining hat sie einen Grund, ihn anzusprechen, und er geht sofort darauf ein. Ja, die weißen Socken!

Sein Vater hat vor seinem Abflug nach Deutschland deutsche Modezeitschriften studiert. Die waren aber von anno dazumal, als das anscheinend Mode war. Inzwischen hat er sich schwarze Socken gekauft, denn auch seine Kommilitonen haben ihre Bemerkungen darüber gemacht. Wie selbstverständlich sitzen sie von nun an gemeinsam auf der Wartebank, und wenn der Klub sich anschließend an das Training am Stammtisch trifft, auch dort nebeneinander.

„Onkel Augen Aua." - „Ich will nicht, dass du Ursula wieder mit zu diesem Chinesen nimmst. Er ist für mich ein Fremder, und auch du kennst ihn gar nicht gut genug!" Renate fällt aus allen Wolken. Woher weiß ihre Schwester, dass sie das Kind als Anstandswauwau mit zu Sum Ming genommen hat, sozusagen, damit der gar nicht erst auf falsche Ideen kommt? Sie muss sich eingestehen, dass sie in ihn verliebt ist, vor allem, seit er beim Stammtisch verlauten ließ, er würde nur eine Chinesin heiraten. Das könnte wieder so eine Freundschaft werden wie mit Edgar in Weingarten oder mit Hubert in Pfullendorf. Nicht zu vergessen das vierblättrige Kleeblatt in Stetten am kalten Markt. Dabei wäre die Anwesenheit ihrer Nichte gar nicht nötig gewesen, um Distanz zu garantieren, denn sie trifft nicht nur Sum Ming an, sondern auch seine Schwester Betty, die erst kürzlich nach Deutschland gekommen ist.

Onkel Augen Aua! Mit diesen drei Worten hat es das erst siebzehn Monate alte kleine Mädchen der Mutter erzählt. Aber gelohnt hat sich der Besuch, denn Sum Ming lädt sie für den nächsten Sonntag zum Schlittschuhlaufen ein. Und nun will er sie nicht abholen. Schade! Sie wollte ihn doch ihrer Mutter vorstellen. Aber dann steht er plötzlich doch mit den Schlittschuhen in der Hand vor der Tür. Renate geht hoch in ihr Zimmer, um sich umzuziehen, und lässt Frieda mit diesem Fremden im Wohnzimmer allein. Die Mutter ist verlegen, weiß nicht recht, was sie sagen soll. Doch Wrubbelarsch kommen in jeder Lebenslage gute Einfälle, so auch jetzt. Ihr Stolz sind ihre Kunstbücher, die ihr Erwin im Laufe der Zeit geschenkt hat, und sie zeigt ihm alle diejenigen, die von asiatischer Kunst handeln. Als Renate endlich herunterkommt, betrachtet er gerade die Bilder von Hokusai. Das ärgert sie. Hätte sie ihm nicht die Bücher über europäische Kunst zeigen können? Aber nein, sie musste ja unbedingt auf seine asiatische Abstammung hindeuten! Doch Sum Ming betrachtet die Abbildungen aufmerksamer, als sie ihm zugetraut hat, und schenkt ihrer Mutter beim nächsten Besuch ein Buch über chinesische Malerei, das in ihrer Sammlung noch fehlt.

Erwin geht hin und her wie ein Panter im Käfig. Das macht er immer, wenn er aufgeregt ist. „Vierundzwanzig Jahre ist sie alt, hat noch nie einen festen Freund gehabt und schleppt nun ausgerechnet einen Chinesen an!" Frieda sitzt daneben und schweigt. „Die Asiaten erzählen doch alles, was sie im Bett mit ihren Frauen machen. Nein, ich will auf keinen Fall, dass sie diesen Chinesen heiratet!" Er nimmt sich vor, Renate zu warnen. Wie naiv er ist! Erzählen nur asiatische Männer davon? Vielleicht haben seine Kollegen genau gewusst, dass sie ihn bei derlei Gesprächen nicht dabeihaben sollten. „Vati meint, es ist nicht gut, wenn du einen Chinesen heiratest." - „Will ich doch gar nicht. Sum Ming möchte nur eine Chinesin heiraten. Deshalb bin ich ja mit ihm befreundet, gerade weil er mich nicht heiraten will. Ich hoffe doch sehr, ein Engagement zu bekommen und als Schauspielerin arbeiten zu können. Da ist es nicht gut, verheiratet zu sein. Ich weiß nicht, wo es mich mal hin verschlägt. Du siehst ja selbst, wie oft es an unserem Theater Veränderungen gibt. Die Jüngeren sind nach zwei, drei Jahren meistens schon wieder weg." Frieda ist beruhigt. Sum Ming ist wirklich nett. Aber als Schwiegersohn wollte sie ihn nicht haben.

Chan Sum Ming

Er sitzt auf dem Bett, hat die Gitarre in der Hand, zupft ein paar Akkorde, mag dann aber doch nicht spielen. Er hat Heimweh. Aber Hongkong ist so weit weg und ein Flug so teuer. Wenigstens wird er hier in Konstanz nicht so angestarrt wie in Hornberg. Das eine Jahr als Volontär zum Deutschlernen bei Papas Geschäftspartner war schrecklich. Wie aussätzig ist er sich vorgekommen, wie einer vom Mond. Bloß weil seine Augen anders geformt sind, ist er doch kein Wesen von einem anderen Stern. Diese Gaffer nennen sie Schlitzaugen! Dabei ist bei ihm die Mongolenfalte gar nicht so ausgeprägt wie bei den Nordchinesen. Bei denen wirken die Augen tatsächlich manchmal wie Schlitze, die nur wenig Sonnenlicht hereinlassen. Man spricht von der gelben Rasse. Als er in Deutschland ankam, war seine Haut tatsächlich gelblich. Das kommt von den gelben Lössböden in China. Doch mit der Zeit verblich die Farbe.

Auf seinem Nachttisch steht das Bild von Djien Guan. „Deinetwegen", sagt er leise, „hab ich das alles ausgehalten, hab gedacht, wir heiraten, wenn ich zurückkomme, und nun schreibt Betty, dass du einen anderen genommen hast." Er nimmt das Bild und drückt es an sich. Vorbei!

Renate ist nett. Er ist gern mit ihr zusammen. Aber er fürchtet sich davor, von ihr gefangen zu werden. Was würde man in Hongkong denken, wenn er mit einer Europäerin nach Hause käme, die nicht nur blond, sondern auch noch blauäugig ist? Blond und blauäugig wie die Engländer, die niemand leiden kann. „Für Hunde und Chinesen verboten" stand früher am Eingang zum Park. Sie sagt zwar, dass sie nicht vorhat zu heiraten. Aber ist das nicht nur ein Trick, mit dem sie ihn erst einmal an sich binden will? Deshalb hat er zuerst auch gar nicht mit zu ihr nach Hause kommen wollen, mag aber ihre Mutter. In ihrer Gegenwart hat er sich gleich wohl gefühlt. Sie strahlt so eine Güte aus wie seine Großmutter Ah Tin, Vaters Mutter. Zu ihr konnte er immer kommen, wenn er Probleme hatte. Seine Mutter hatte nie Zeit für ihn. Sie traf sich meistens mit Freundinnen zum Tee. Ja, als sie die Europareise machen wollte, da war er gut genug, um sie als Dolmetscher zu begleiten! Eine schreckliche Reise war das, immer nur von einem Kaufhaus ins andere! In Spanien hat sie ihm dann wenigstens diese Gitarre gekauft. Wieder klimpert er ein bisschen, probiert ein paar Akkorde, kommt aber nicht voran. Er sollte Unterricht nehmen, hat aber keine rechte Lust dazu, weil das Üben dann zu einer Pflicht würde. Ach, wenn er doch endlich wieder in Hongkong sein könnte!

Wieder nähert sich Weihnachten

Als Frieda bei Fräulein Noll Wolle für ein Sofakissen kaufen will, entdeckt sie ein Rädergestell für einen kleinen Puppenwagen, den man aus Peddigrohr flechten kann. Das wäre doch genau das Richtige für ihre kleine Ursula, die an Weihnachten einhalb Jahre alt sein wird. Auch Fräulein Noll gefällt dieser Gedanke, denn bisher hat das noch niemand versucht. Wie alles, was sie beginnt, gelingt Frieda auch das. Nachdem der Puppenwagen mit Fräulein Nolls Hilfe auf das Gestell montiert worden ist, nimmt sie ihn mit zu sich nach Hause und näht Matratze, Kissen und Decke. Schön ist der Wagen geworden. Wie er wohl ihrer kleinen Enkelin gefallen wird?

Endlich ist Heiligabend da. Den Baum haben Eva und Doris in ihrer geräumigen Küche geschmückt. Die Kerzen werden angezündet, und alle versammeln sich vor dem Baum, um vor der Bescherung ein paar Weihnachtslieder zu singen. Rosmarie hat Ursula auf dem Arm. Mit leuchtenden Augen schaut die Kleine ganz fasziniert in die Flammen. Frieda aber kann ihren Puppenwagen nicht entdecken. Schließlich sieht sie ihn versteckt hinter dem Baum stehen, während vor dem Baum, für alle sichtbar, nur die Geschenke der anderen Familienmitglieder liegen. Ganz enttäuscht ist sie, denn nun wird man dem Kind den Wagen wohl nicht in ihrer Gegenwart geben und sie nicht mitbekommen können, ob es sich darüber freut. Aber tapfer singt sie mit und lässt sich nichts anmerken. Auch Erwin und Renate haben es bemerkt, schauen sich vielsagend an und denken beide das Gleiche: Das kann sich nur Rosmarie ausgedacht haben, damit die Kleine als erstes die Geschenke von Walters Familie betrachtet.

Das letzte Lied ist gesungen, und Ursula wird von ihrer Mutter auf den Boden gestellt. „Wagen!", ruft sie. So klein, wie sie ist, hat sie die Räder hinter dem Baum entdeckt. Sie holt ihre Puppe, legt sie in den Wagen und spielt nur mit ihm. Erst auf Rosmaries Drängen hin betrachtet sie die anderen Geschenke.

Frieda überlegt. Zum ersten Weihnachtstag hat Renate Sum Ming eingeladen. Was soll sie denn da kochen? Für viele Konstanzer ist das typische Weihnachtsessen Kochschinken und Kartoffelsalat. Das hat sie zwar noch nie gekocht, aber sie kann es ja mal ausprobieren, so lernt Sum Ming gleich einheimische Küche kennen. Normalerweise kommt an ihren Kartoffelsalat immer viel Knoblauch und scharfer Paprika, wie sie es von Erwins Bruder Max kennt, der lange Zeit in Bulgarien gelebt hat. Aber vielleicht mag Sum Ming nicht so scharf essen. Deshalb schmeckt sie den Salat lieber milder ab. Kinzels essen ohne Kommentar, und jeder von ihnen denkt bei sich, dass ein richtiger Schweinebraten besser schmecken würde als dieser Kochschinken. Der Gast schaut auch nicht gerade begeistert drein. „Sum Ming hat mir gestanden, dass chinesische Speisen wesentlich besser gewürzt werden. Man liebt es scharf in China." - „Oh! Und gerade seinetwegen hab ich das nicht getan." Ein bisschen enttäuscht ist Frieda schon. Aber es kommt sicher ein nächstes Mal, wo sie es besser machen kann.

Schuhe

Frieda merkt, dass Renate allmählich die Geduld verliert. Aber was soll sie machen? Ihr passt nun mal kein Schuh. Jeder drückt an einer anderen Stelle. Am liebsten geht sie in Birkenstocksandalen, die sie nicht drücken. Doch jetzt, im Winter, friert sie an den Füßen. Noch einmal bringt die Verkäuferin mehrere Schuhe, und endlich kann Frieda ein Paar aus ganz weichem Leder vertragen. Geschafft! Aber wenn es wärmer wird, werden die Sandalen wieder hervorgeholt. Die sind nun mal bequemer!

Schön ist es hier oben auf dem Naturfreundehaus Beaten-
berg! Erwin und Frieda lernen wieder eine andere schöne
Gegend der Schweiz kennen. Gestern waren sie in der Höhle
unten am Thuner See. Beeindruckend! Heute sind sie früh
aufgestanden, denn die Sonne hat sie aus dem Bett ge-
lockt. Gleich nach dem Frühstück marschieren sie los. Ihr
Weg führt sie abwärts über eine Wiese, die vom Tau noch
feucht ist. Plötzlich rutscht Frieda aus und fällt hin. Wie
üblich trägt sie Sandalen, die dem Knöchel keinen Halt
geben. Ein Fuß ist ganz verdreht, und Erwin sieht sofort,
dass der Knöchel gebrochen ist. „Bleib liegen", sagt er,
„ich muss Hilfe holen." Frieda bleibt allein zurück. Da in
der Nähe kein Haus ist, wird es eine Weile dauern, bis er
die Möglichkeit hat zu telefonieren.

Da liegt sie nun, mit Erwins Anorak unter dem Kopf
und dem ihren zugedeckt. Die Sonne steigt langsam höher. Trotzdem fängt sie an zu frieren. Es hätte ein so schöner Tag werden können! Endlich, sie weiß nicht, wie lange
sie hier schon liegt, kommt Erwin zurück. Zwei Sanitäter
legen sie auf eine Trage und beginnen den Abstieg. Es
geht nur langsam voran, denn Frieda ist schwer. Sie ins
Tal zu befördern, bedeutet für die beiden Männer richtige
Schwerstarbeit. Sie wird ins Krankenhaus nach Interlaken
gebracht. Dort, im Skigebiet, ist man auf solche Unfälle
gut vorbereitet, und die Ärzte sind auf Knochenbrüche
spezialisiert. Von ihrem Bett aus hat sie eine herrliche
Aussicht auf die Berge und auf eine Wiese, auf der Pferde grasen. „Die schönen Pferde!", sagt sie. Doch ihre drei
Zimmergenossinnen schweigen. Sie wiederholt ihre Bewunderung. Immer noch kein Kommentar. Schließlich sagt
eine Frau: „Se mont d' Rosse." Jetzt wird genickt. Ach ja,
die Sprache! Die Schwestern versuchen zwar, mit ihr

Schriftdeutsch zu reden. Aber als sie am Morgen gefragt wird: „Hond Se scho gschduelet?", weiß sie nicht, was von ihr verlangt wird. Frieda denkt nach. „Gschduelet", könnte das von Stuhlgang kommen? Ihre Vermutung ist richtig. Sie verneint die Frage und bittet die Schwester um einen Apfel: „Dann geht es bei mir leichter." Jeden Morgen bekommt sie nun ihren Apfel und kann die Frage „scho gschduelet?" mit Ja beantworten. Walter holt sie mit dem Auto nach Hause. Die Fahrt ist äußerst anstrengend für sie, und ganz erschöpft sinkt sie daheim ins Bett. Der Arzt hat ihr einen genauen Bericht mitgegeben, denn Schrauben und Platten können ein paar Wochen später von einem Chirurgen vor Ort entfernt werden. Dazu muss sie nicht nach Interlaken fahren.

Renate wohnt immer noch zu Hause, ist im Frühjahr nach Stuttgart zur Abschlussprüfung gefahren, die dort für alle ausgerichtet wird, die nicht auf einer Schauspielschule waren, sondern privat Unterricht genommen haben. Mit der ersehnten Urkunde kommt sie zurück und ist nun auf der Suche nach einem Engagement.

Sie packt die Tasche mit den Dingen, die Frieda im Krankenhaus braucht, und verlässt den Raum. Bis das Taxi kommt, haben sie noch etwas Zeit. Als sie ins Zimmer zurückkommt, hat Frieda die Tasche wieder ausgepackt. „Wozu ist das?", fragt sie die Tochter, „und was hab ich hier?" Dabei zeigt sie auf ihren Gips. Renate wundert sich zwar, dass sie das plötzlich nicht mehr weiß, erklärt ihr aber in Ruhe, während sie die Tasche neu packt, dass jetzt die Zeit gekommen ist, wo Schrauben und Platten wieder entfernt werden müssen. „Und dazu musst du ins Krankenhaus." Sie geht aus dem Zimmer, um ihre eigene Handtasche zu richten. Bei ihrer Rückkehr muss sie feststellen, dass Frieda erneut die Tasche ausgepackt hat und nach der Bedeutung ihres Gipses fragt. Jetzt ist die Tochter nicht mehr ganz so geduldig. Aber was soll's, erklärt sie es eben noch einmal. „Die Tasche lässt du so, wie sie ist. Verstanden?" Frieda nickt. Doch kaum ist Renate aus dem Zimmer, packt sie sie erneut aus. Dieses Verhalten versetzt ihr einen großen Schrecken. Hat die Mutter plötzlich den Verstand verloren? Schnell packt sie die Tasche ein viertes Mal, denn das Taxi ist da.

Frieda erwacht aus der Narkose. Zuerst weiß sie nicht, wo sie sich befindet, doch allmählich kommt die Erinnerung zurück. Als Erwin und Renate sie am nächsten Tag besuchen, ist ihr Kopf wieder klar. „Der Arzt hat gesagt, die Operation in Interlaken wurde so gut gemacht, dass ich keinerlei Beschwerden haben werde. Der Bruch ist wirklich gut verheilt. Aber er sagt, ich soll in Zukunft öfter zur Pediküre gehen, damit ich hohe Schuhe vertragen kann, die den Knöchel schützen, wenn ich mal wieder wandern gehe." Sie läuft auch weiterhin, außer an sehr kalten Tagen, mit Sandalen, gebraucht jedoch von nun an zur Sicherheit einen Stock. Der gut verheilte Bruch macht ihr tatsächlich niemals Beschwerden.

„Einen Augenblick, ich muss mir das aufschreiben. Ich vergesse es sonst." Dies ist in letzter Zeit öfter von Frieda zu hören. Ja, ihr Gedächtnis lässt nach, aber sie hat es im Griff. Zwei Narkosen waren wohl etwas zu viel für ihr Gehirn.

Ein Brief von ihrem Bruder Paul ist gekommen, wie immer in Sütterlin geschrieben, den sie sich spaßeshalber von Renate vorlesen lässt. Ihre Tochter kann diese Schrift ganz gut lesen, nur hin und wieder ist sie sich über einen Buchstaben nicht im Klaren. „Er möchte, dass du ihn besuchst. Hast du denn Lust dazu?" - „Doch, schon." - „Mutti, dann solltest du damit nicht lange warten. Schließlich werdet ihr beide nicht jünger." Gesagt, getan, die Reise wird vorbereitet. Das Beste ist, von Stuttgart aus zu fliegen. Jede Einzelheit, die sie auf der Reise beachten muss, schreibt sich Frieda genau auf, damit sie alles richtig macht und nichts vergisst. Und es klappt. Sie kommt gut bei ihrem Bruder in Berlin an. Tagsüber ist Paul bei der Arbeit, abends macht er ziemlich bald den Fernseher an. Sie unterhalten sich nur wenig. Frieda weiß nicht recht, was sie hier soll, abgesehen davon, dass er es sehr zu schätzen weiß, von ihr bekocht zu werden. Am letzten Tag bittet er sie, ob sie ihm nicht einen ganzen Topf voll Kohlrouladen kochen könne. Die isst er doch so gerne. Er würde sie portionsweise einfrieren. Den Wunsch erfüllt sie ihm gern.

Hornberg

Sum Ming ist sauer, weil sein Vater ihm kein Geld für ein Auto schicken möchte. Er solle sich gefälligst das Geld dafür selber verdienen. Deshalb hat er in den Semesterferien einen Job bei der Firma in Hornberg angenommen und verdient, da dieses Mal nicht als Volontär, recht gut. Auch ein Zimmer hat er günstig bekommen. Doch nun schreibt Renate, dass sie ihn besuchen will. Das passt ihm gar nicht, weil nämlich inzwischen seine Schwester Betty in dieser Firma volontiert, um genau wie er erst einmal Deutsch zu lernen, bevor sie in Konstanz mit dem Studium beginnt. Er möchte nicht, dass sie von seiner Freundschaft mit einer Deutschen erfährt. Mit dem jüngst erstandenen Gebrauchtwagen holt er Renate vom Bahnhof ab und erschrickt, als sie mit einem Koffer in der Hand aus dem Zug steigt: „Wozu hast du einen Koffer mit?" - „Für eine Woche braucht man einiges." - „Eine Woche? Ich dachte, du kommst nur für einen Tag." - „Das lohnt sich doch gar nicht." - „Ich hab aber keine Zeit für dich, denn am Tag muss ich arbeiten und morgen Abend wird mir ein Weisheitszahn gezogen." Und sie hat gedacht, er würde sich freuen.

Nachdem er ihr geholfen hat, ein Zimmer zu finden - die Hotelbesitzerin schien offensichtlich froh zu sein, dass es nur für sie und nicht für beide war - schlendert er mit ihr durch den Ort. „Schau dir mal die Leute an, die uns entgegenkommen. Du siehst genau, wer Tourist und wer von hier ist." Und sie nach einer Weile: „Die Einheimischen glotzen dich an, die Touristen nicht." - „Genau. Jetzt finde ich das lustig, aber als ich mit achtzehn Jahren herkam, war das furchtbar für mich." Sie steigen hoch zur Jugendherberge, und Renate hat Glück: Sie kann in den folgenden Tagen dort übernachten. Das ist wesentlich billiger als im Hotel. „Übrigens ist meine Schwester auch hier", erzählt er ihr auf dem Rückweg zum Hotel. „Sie heißt Betty, weil sie einen britischen Pass hat. Um den zu bekommen, verlangen die Engländer einen englischen Vornamen." - „Aber du heißt nur Sum Ming." - „Ja." - „Du hast doch auch einen Pass von Hongkong." - „Das ist richtig. Aber ich bin nur ein Subjekt des Britischen Commonwealth. Betty hat die britische Staatsangehörigkeit angenommen. Das wollte ich nicht, weil ich dann Militärdienst hätte leisten müssen." Ein Subjekt ist er also. „Na, du Subjekt", sagt sie scherzend zum Abschied, ist sich aber nicht sicher, ob er das lustig findet. Sie haben sich für den nächsten Tag zum Mittagessen verabredet. Nach einer Weile kommt auch Betty und setzt sich zu ihnen an den Tisch. Sum Ming unterhält sich die ganze Zeit mit seiner Schwester auf Chinesisch, und Betty tut, als wäre Renate gar nicht vorhanden. Allerdings hat Sum Ming sie auch nicht einander vorgestellt. Aber sie müsste sich doch daran erinnern, dass sie zusammen mit der kleinen Ursula ihren Bruder besucht hat. Doch so wie für Deutsche alle Chinesinnen gleich aussehen, sehen für Chinesen alle blonden Frauen einander zum Verwechseln ähnlich. Nein, Betty erkennt sie nicht. Am folgenden Tag bringt Betty eine Freundin mit, sodass Sum Ming hin und wieder auch mit Renate spricht. Übrigens isst er mit gutem Appetit, erstaunlich für jemandem, dem am Abend zuvor ein Weisheitszahn gezogen wurde. Doch als sie sich für den Abend mit ihm verabreden will, fallen ihm seine Beschwerden rechtzeitig wieder ein.

Leider hat sie eine verregnete Woche erwischt, weshalb keine von der Ortsverwaltung organisierten geführten Wanderungen stattfinden. Im Nieselregen allein im Wald unterwegs zu sein, ist ihr unheimlich, weshalb sie sich oft im öffentlichen Lesesaal aufhält. Und langweilt! Wozu ist sie eigentlich hergekommen? Erst an ihrem letzten Tag nimmt sich Sum Ming Zeit für sie. Der Regen ist vorbei, und die Sonne scheint wieder. Sie spazieren durch den Ort, steigen auf einer Wiese bergan, setzen sich ins Gras und blicken hinab ins Tal. Ein kalter Wind kommt auf. Sum Ming hat keine Jacke dabei und fängt an zu zittern. Sie zieht ihren Anorak aus und hängt ihn ihm um die Schultern. Nach einer Weile des gemeinsamen Schweigens fängt er an zu sprechen: „Ich mag dich, sehr sogar. Ich bin froh, dich getroffen zu haben. Aber heiraten möchte ich nur eine Chinesin, denn ich möchte nach China gehen. Zu Mao. Du aber könntest nicht einmal in Hongkong mit mir leben. Du bist an das Leben in Deutschland gewöhnt." Im Sonnenschein sind sie hier heraufgekommen, doch plötzlich ziehen schwarze Wolken auf. Eine düstere Stimmung umgibt sie. Warum will er in Maos China leben, er, der in Hongkong ein freies Leben genießen kann? Mao hat zwar die Grenzen in puncto Berichterstattung dicht gemacht, man erfährt nicht mehr viel, aber einige Tatsachen sind bekannt. „Warum willst du in einem Land leben, wo die Menschen zu Marionetten werden und keinerlei Privatleben haben, und wo keine Kritik am System geduldet wird?" - „Mao hat die Hungersnot abgeschafft. Wenn in einer Region ein Überschuss an Weizen ist, wird er dorthin gebracht, wo es eine Missernte gab. Das hat vor ihm keiner geschafft." - „Dafür hat er die alten Kulturen zerstört und die Kunst verboten. Schriftsteller werden mundtot gemacht, Intellektuelle verfolgt." - „Den Menschen geht es jetzt gut. Was nützt ihnen die Kunst, wenn sie nichts zu essen haben?" - „Und das mit den Kindern? Findest du es richtig, dass alle Kinder im Alter von drei Jahren den Eltern weggenommen und vom Staat erzogen werden?" - „Ja!" - „Aber ein Kind braucht seine Mutter!" - „Wozu? Glaubst du, ich hätte etwas von meiner Mutter gehabt? Die hat ihre Langeweile mit ihren Freundinnen im Café totgeschlagen, während unsere Hausangestellte alles tun musste. Privatleben! Unsere Amah hat kein Privatleben, nicht einmal ein eigenes Zimmer. Sie schläft in einem Verschlag." Renate wendet sich ab, starrt vor sich hin, während Sum Ming weiter von Mao schwärmt: „Der Staat erzieht die Kinder zum richtigen Denken. In der Familie werden sie nur verdorben. Alle Menschen sind gleich. Alle haben die gleichen Rechte. In Maos China gibt es keine Untermenschen mehr wie unsere Amah." Er schwärmt weiter, findet es gut, dass alle Menschen im ganzen riesigen Reich verpflichtet sind, zur gleichen Zeit durch über Lautsprecher gegebene Befehle Gymnastik zu machen. So bleibt das Volk gesund. Ist er wirklich so naiv? Glaubt er tatsächlich, bei so einem Leben glücklich sein zu können? Als er endlich schweigt, fragt sie ihn, wozu man dann überhaupt Kinder hat, wenn man keine Familie sein darf. „Für den Staat!" - „Oh nein, nicht du hast für den Staat da zu sein, sondern der Staat für dich!" Bevor er darauf antworten kann, erzählt sie von den Verhältnissen in der DDR. „Du weißt ja gar nicht, wie das ist, wenn man nicht einmal in den eigenen vier Wänden sagen darf, was man denkt, sondern Gefahr läuft, von einem Familienmitglied denunziert zu werden und im Gefängnis zu landen. Glaub mir, man kann ohne gegenseitiges Vertrauen nicht glücklich sein. Du sagst, du bist gern mit mir zusammen, findest es schön, hier eine Freundin zu haben. Unter Mao wäre dir das nicht gestattet." Daraufhin schweigt er. Um noch vor dem aufziehenden Sturm zurück im Ort zu sein, brechen sie auf, und im Hinuntergehen hat sie das Gefühl, dass Sum Ming ihr noch nie so nahe gewesen ist wie in diesem Augenblick.

„Das ist passiert, als du in Hornberg warst!" Rosmarie sagt es mit einem wissenden Lächeln. Renate ist entsetzt. Was phantasiert sich ihre Schwester da zusammen? „In Hornberg war ich im August, jetzt ist Juli. Kannst du rechnen?" Rosmarie schaut pikiert. Schweigt.

Nein, passiert ist es hier in Konstanz oben in seinem Zimmer im vierten Stock, in einem Augenblick, in dem sie beide einander geliebt haben. Es gab Zeiten, da liebte sie ihn, aber er nicht sie, und es gab Zeiten, da liebte er sie, sie ihn aber nicht mehr. Doch in diesem Augenblick, in diesem einen entscheidenden Augenblick liebten sie einander, waren eins in ihren Gefühlen. Nackt waren sie beide, schmiegten sich aneinander, spürten die warme Haut des anderen neben sich, hörten im Radio jemanden „If you're going to San Francisco" singen und waren glücklich. „Ach, Renate", sagte er plötzlich, schob sich über sie und legte seinen Kopf auf ihre Brust. In diesem Augenblick löste sich sein Samenfluss. Sie spürte, wie er in ihre Scheide lief, sagte nichts, sprang nicht auf, um ihn durch Hüpfen daran zu hindern, weiterzufließen, sondern ließ es zu, dass sich eine Winzigkeit von ihm mit einem Ei vereinigte, das vor der zu erwartenden Zeit reif geworden war.

Ein chinesisches Sprichwort sagt: Kinder sind sichtbar gewordene Liebe.

Ja, das ist er, ihr kleiner Martin: sichtbar gewordene Liebe!

Großmutter Frieda

Frieda und Erwin steigen die Treppen hoch bis zum obersten Stockwerk. Sum Ming steht an der offenen Wohnungstür und eilt bei ihrem Anblick zurück in sein Zimmer, winkt ihnen zu folgen. Schnell schließt er hinter ihnen die Tür, damit sie nicht schon im Flur anfangen zu reden und die Mitbewohner womöglich etwas mitbekommen. Endlich kommt Frieda zu Wort: „Pünktlich zu deinem Geburtstag ist gestern dein Geschenk angekommen. Es ist ein Junge. Beiden geht es gut." Seine versteinerte Miene reizt Frieda. Dem werde ich einheizen, denkt sie. „Du besuchst sie morgen mit einem Blumenstrauß. Wöchnerinnen sind sehr empfindlich. Sie dürfen sich nicht aufregen. Hast du verstanden?" Gehorsam nickt Sum Ming.

Am nächsten Tag gehen sie erneut zum Krankenhaus, denn sie haben den Kleinen noch nicht sehen dürfen. Im Flur steht ein fahrbares Bett, auf dem sechs Babys liegen und schreien. Eines sieht aus, als ob es einen Chinesen zum Vater hat. Das muss der kleine Martin sein. „Der Kleinste schreit am lautesten", meint lachend die Schwester, die nun die Säuglinge zum Stillen zu ihren Müttern fährt. Tatsächlich, dieser kleine Kerl, der von seinem Vater die zierlichen südchinesischen Knochen geerbt hat, schreit aus vollem Hals. Ausgesprochen dünn ist er, doch der Stimme nach scheint er ein kräftiges Kind zu sein. Frieda und Erwin fassen sich an den Händen. So gerührt sind sie. „War Sum Ming da?", ist das Erste, was Frieda die junge Mutter fragt. Renate nickt glücklich und zeigt auf die Blumen, die er mitgebracht hat. Aber Frieda, unser Wrubbelarsch, kann es mit dieser Frage nicht genug sein lassen, nein, sie muss damit prahlen, mit welcher Strenge sie ihn dazu aufgefordert hat, Blumen zu kaufen, und bemerkt nicht, wie der glückliche Ausdruck auf Renates Gesicht verschwindet.

Erwin denkt praktisch. Als Erstes muss die Geburt dem Schulamt mitgeteilt werden, denn nächste Woche hat Renate den Termin für die Prüfung in Schulrecht. Das muss nun verschoben werden. Ja, Renate ist wieder als Lehrerin tätig. Als ihr die Ärztin die Schwangerschaft bestätigt hat, ist sie gleich im Anschluss an den Arztbesuch zum Schulamt gegangen und sofort wieder eingestellt worden, hat ihre Zulassungsarbeit für die zweite Dienstprüfung geschrieben und braucht nun nur noch diese Prüfung und eine weitere, für die sie demnächst nach Freiburg fahren muss. Was den Mutterschutz betrifft, hat sie wirklich Pech, denn die sechs Wochen, auf die sie nach der Entbindung Anspruch hat, fallen genau auf die sechs Wochen Sommerferien. Gut ist allerdings, dass sie an eine Schule in Konstanz gekommen ist, sodass sie während der Arbeit den Kleinen von der Oma gut versorgt weiß.

Nun ist Sum Ming also doch Friedas und Erwins Schwiegersohn geworden, obwohl weder er noch Renate heiraten wollten. Aber sonst bleibt alles beim Alten. Ihre Tochter wohnt hier bei ihnen und er in seinem möblierten Zimmer. Auf seinen Wunsch hin wurde die Eheschließung nicht in den standesamtlichen Nachrichten bekannt gegeben. Auch von seiner Vaterschaft brauchen seine Kommilitonen nichts zu wissen. Doch gleichgültig ist ihm sein Sohn nicht, sonst hätte er ihm keinen chinesischen Namen geben wollen. Er dreht den Namen seiner einst Angebeteten Djien Guan einfach um. Guan bedeutet etwas betrachten, und Djien Ruhe, aber auch Frieden, zusammengesetzt also etwas in Ruhe betrachten. Da der Name buddhistische Wurzeln hat, kann man sich vorstellen, wie ein Buddha in innerer Ruhe versunken das Geschehen des Kosmos betrachtet. Da das Ziel eines Buddhisten nicht nur der innere, sondern auch der äußere Frieden ist, könnte man Guan Djien mit dem deutschen Namen Wilfried übersetzen. Ein schöner Name! Eigentlich könnte er sinngemäß im Kontrast zum Namen Martin stehen, denn der bedeutet der Sohn des Mars. Und Mars ist der Kriegsgott. Aber wollen Söhne nicht oft das Gegenteil von dem, was der Vater will, in dem Fall also den Frieden? Jedenfalls war Sum Ming sofort einverstanden mit ihrer Wahl. „Dann heißt er wie Martin Luther King", hat er gemeint.

Ein paar Tage vor der Geburt des Kleinen wurde im Keller auf Anraten Rosmaries eine Waschmaschine aufgestellt. „Fünf Monate lang", erzählte die Schwester, „hab ich die Windeln im Topf gekocht. Dabei hatte ich doch das Geld auf der Bank, mein sogenanntes Schmerzensgeld. Schön blöd war ich. Auf diese große Arbeitsersparnis wollte ich nicht mehr verzichten." Dafür bedurfte es allerdings der Genehmigung von Erwins Chefin, der ja das Haus gehört, denn erst einmal mussten der Waschkessel entfernt und ein Betonsockel als Standfläche für die Maschine errichtet werden. Hinzu kam noch der elektrische Anschluss. Doch zum Glück war die Chefin mit diesem Umbau sofort einverstanden, besitzt sie doch selbst schon eine Waschmaschine und weiß deren Vorteile zu schätzen. Sie dachte dabei natürlich auch an zukünftige Mieter, denn durch einen Waschmaschinenanschluss steigt der Wert ihres Hauses. Frieda ist skeptisch. Soll das gut für die Wäsche sein, wenn sie so brutal geschleudert wird? Doch nachdem sie die Maschine das erste Mal ausprobiert hat, ist sie anderer Meinung. Im Winter wird sie keine klammen Finger mehr beim Spülen im kalten Wasser bekommen! Außerdem muss die Wäsche durch den Schleudervorgang nicht mehr ausgewrungen werden. Jetzt ist Sommer, und sie hängt sie draußen im Garten auf. Nun flattern Windeln und Strampelhosen auf der Wäscheleine im Wind, und jeder kann es sehen: Ein neuer Erdenbürger ist angekommen!

Sum Ming kommt nur hin und wieder zu Besuch. Allerdings hat er eine gute Ausrede, denn seine Prüfung steht bevor, und er muss viel lernen. Aber heute ist er da.

Renate holt schnell ihren Fotoapparat. Dieses Bild muss sie festhalten: Sum Ming liest Zeitung mit Martin auf dem Schoß, und der Kleine schaut so interessiert, als ob er auch lesen würde. Eigentlich sieht das Ganze nach einem richtigen Familienleben aus. Aber als sie zusammen spazieren gehen wollen, besteht Sum Ming darauf, dass Martin bei Oma bleibt. Es ist ganz offensichtlich: Er will nicht mit ihr plus Kinderwagen gesehen werden.

Frieda wacht auf, weil der Kleine weint. Man hört Renate in der Küche hantieren. Martin muss, bis er das Gewicht von drei Kilogramm erreicht hat, auch nachts eine Mahlzeit bekommen, und da Renate nicht genug Milch hat, sondern ihn nur dreimal am Tag stillen kann, muss sie ihm nachts ein Fläschchen kochen. Deshalb schläft sie mit ihm auch im Wohnzimmer, nicht oben unterm Dach. Endlich ist Martin still. Frieda stellt sich vor, wie ihn Renate eine Weile hin und her trägt, bis er sein Bäuerchen gemacht hat. Über diesen Gedanken schläft sie wieder ein. Sie kann noch nicht lange geschlafen haben, als sie wieder von seinem Schreien geweckt wird. Doch diesmal klingt es nicht hungrig, sondern zornig. Oje, er wird doch nicht so ein Schreier sein, wie es seine Mutter war? Da verging keine Nacht, ohne dass sie geschrien hat. Nun ist auch Erwin aufgewacht und dreht sich auf die andere Seite. Plötzlich steht Renate in der Tür. „Was ist?" - „Ich kann nicht mehr. Er lässt sich einfach nicht beruhigen." Frieda steht auf und nimmt ihr Enkelchen auf den Arm, sagt beruhigende Worte. Auch Erwin ist aufgestanden. „Leg du dich wieder hin, du brauchst deinen Schlaf", sagt er, „wir behalten ihn bei uns." Nach einer Weile hat sich das Kind beruhigt und ist eingeschlafen.

Beim Frühstück erinnert sich Frieda, was ihr damals der Kinderarzt bei Renate geraten hat: „Geben Sie ihr Fencheltee zu trinken, aber ohne Zucker. Wenn sie wirklich Durst hat, wird sie ihn trinken. Schreit sie aber nur aus Langeweile, wird sie ihn ungesüßt nicht mögen und merken, dass Schreien keinen Zweck hat." Also kauft Frieda Fencheltee und zeigt Renate, wie sie ihn zubereiten muss. Die Körner müssen zuerst mit einem Nudelholz zermahlen werden, bevor man sie aufbrühen kann. Diese Arbeit wird Renate noch so manche Nacht mit halb geschlossenen Augen verrichten müssen.

Zwei Wochen, nachdem Renate mit dem Kind aus dem Krankenhaus entlassen worden ist, muss die junge Mutter allein zurechtkommen, denn Frieda und Erwin machen eine Schiffsreise von Basel bis Amsterdam.

Eigentlich sollte man mit dem Kind ja mal bei einem Kinderarzt vorbeigehen. Renate wählt eine Kinderärztin, die ganz in ihrer Nähe wohnt. Oh, da bekommt sie Schimpfe! „Das Kind ist schon drei Wochen alt, und Sie kommen erst jetzt?" Niemand, weder ihre Ärztin noch ihre Hebamme, weder die Dame bei der Schwangerschaftsvorbereitung noch eine Schwester im Krankenhaus und auch nicht ihre Mutter haben je ein Wörtchen darüber verloren, dass ein Neugeborenes geimpft werden muss. Außerdem ist die Ärztin entsetzt darüber, dass sie allein mit dem Kind ist und ihr niemand beisteht. Diesen Vorwurf empfindet sie als nicht gerechtfertigt, schließlich sind die meisten Mütter tagsüber mit ihren Säuglingen allein.

Bald rät die Ärztin, zusätzlich zur Milch dem Kind feste Nahrung zu geben in Form eines in Milch eingeweichten Leibnizkekses. Gerade an dem Tag, an dem seine Großeltern wieder von der Reise zurückgekehrt sind, füt-

tert Renate ihr Söhnchen mit einer dünnen Scheibe ge-
quetschter Banane, und sie bekommen mit, wie er darauf
reagiert: Zuerst ist er ganz erschrocken über den fremden
Geschmack und sperrt entsetzt seinen Mund weit auf.
Dann probiert er vorsichtig, mit der Zunge daran zu le-
cken. Ganz begierig ist er plötzlich danach. Ja, das schmeckt
unserem Kleinen!

Als Renate wieder arbeiten geht, freut sich Frieda, ihren Enkel vormittags hüten zu dürfen. Ein Kind bei sich
zu haben, ist das Schönste, was es gibt. Nachts schreit der
kleine Racker zwar häufig, bei Vollmond sogar mehrmals,
und gönnt seiner Mutter nicht die nötige Nachtruhe, aber
am Tag ist er ein äußerst fröhliches Kind. Jedes Mal, wenn
sie in den Stubenwagen schaut, lacht er sie an. Oft legt sie
ihn auf den Bauch. Er kann schon ganz gut das Köpfchen
heben und beobachtet genau, was sie tut. Das Fläschchen
ist fertig. Wie warm und weich der Kleine sich anfühlt,
wenn sie ihn auf den Schoß nimmt. Er kuschelt sich in
ihren Arm. Das hat seine Mutter nie getan. Mittags bekommt er bereits ein bisschen feste Nahrung, die ihm auf
Anraten der Ärztin die Mutter geben soll, damit auch sie
eine wichtige Bezugsperson bleibt. Zum eingeweichten
Keks und zum Stückchen Banane bekommt er bald auch
ein Gemisch aus Kartoffeln und Mohrrüben, in einer extra dafür gekauften Mühle zu einem Brei durchgedreht.
Diese Mahlzeit isst er besonders gern. Frieda kann gar nicht
mehr verstehen, warum sie und Erwin so erschrocken waren, als sie von der Schwangerschaft erfuhren. Aber da
haben sie das Kind ja noch nicht gekannt.

Sum Ming hat das Studium beendet und sofort in Stuttgart
Arbeit gefunden. Als er der Steuerklasse wegen angibt,

verheiratet zu sein und ein Kind zu haben, wird ihm sofort eine Dreizimmerwohnung angeboten. „Na, dann kann ich ja zu dir ziehen", meint Renate. Damit hat er nicht gerechnet. Er dachte, sie würde ihre Stellung als Lehrerin so nah bei den Eltern nicht aufgeben. Nur deshalb hat er es erzählt. Nein, er will nicht für alle Zeit in Deutschland als Familienvater gefangen sein. Da er noch in der Probezeit ist, kann er, kaum zurück in Stuttgart, sofort kündigen. Damit verliert er auch das Anrecht auf die Wohnung. Er beginnt ein Physikstudium und nimmt sich ein Zimmer. Jetzt ist es Renate nicht möglich, mit dem Kind zu ihm zu ziehen. Außerdem hat er als Student Frau und Kind gegenüber keine Zahlungsverpflichtung. Erwin ist darüber entsetzt, Renate enttäuscht, doch Frieda denkt, macht nichts, solange sie, die Oma, da ist, fehlt es dem Kleinen an nichts, und Renate verdient genug. Vielleicht ist Sum Ming mit seinen dreiundzwanzig Jahren ganz einfach noch zu jung, um fest gebunden sein zu wollen. Mag sein, dass sich das mit der Zeit gibt. Jedenfalls ist sein Verhalten kein Vergleich zu Schorsch, der Rosmarie nicht einmal ansehen wollte. Sum Ming aber nimmt sein Söhnchen bei seinen Besuchen liebevoll auf den Schoß.

Für den Nikolausabend hat die Kindergruppe der Naturfreunde Weihnachtsschmuck hergestellt, der im Vereinsheim an jeder Lampe herunterhängt. Erwin hat Martin auf dem Arm und geht zum ersten Schmuckgebinde. „Aaah!", sagt der Kleine. Erwin geht zum nächsten: „Aaah!" Frieda und Renate sollten eigentlich das Kasperlespiel vorbereiten, doch das amüsiert sie, das müssen sie noch sehen. „Aaah!" Und wieder: „Aaah!" Jeder Schmuck bekommt sein Aaah, ganz gerecht spendet Martin sein Lob.

Oma und Mutter müssen hinter den Vorhang, den sie auf halber Höhe vor die Küchentüröffnung gespannt haben. Nachher muss ihnen Opa erzählen, wie Martin beim Spiel reagiert hat. Nein, es hat ihn noch nicht interessiert, nur wenn Renate gesprochen hat, hat er gelauscht.

Zu Weihnachten soll das Kind nur ein einziges Geschenk bekommen, zum einen, damit es weder verwöhnt noch verwirrt wird, zum anderen, damit vermieden wird, dass die einzelnen Familienmitglieder versuchen, sich gegenseitig zu übertrumpfen, wie Kinzels es schon in anderen Familien beobachten konnten. Sum Ming möchte ihm unbedingt einen Teddybären schenken. „Ein Junge braucht seinen Teddy!", sagt er bestimmt. Damit ist die Sache, das Geschenk betreffend, entschieden.

Die Steinstraße

Als Renate ins Lehrerzimmer kommt, sagt eine frisch verheiratete Kollegin gerade zu einem Kollegen: „Zweitausend Mark Kaution? Das Geld habe ich nicht." Renate wird hellhörig. Die Rede ist tatsächlich von einer Zweizimmerwohnung, die neben der des Kollegen frei wird. Da sie selbst keine Miete zahlen muss, konnte sie Geld sparen und bringt sich sofort ins Spiel. Es klappt!

Endlich hat sie nach längerem Suchen zusammen mit ihrem Söhnchen eine eigene Wohnung, und die sogar mit Balkon. Sie liegt im vierten, dem obersten Stock eines Wohnblocks. Die Küche, das schmale Bad, in das unterm Fenster nur eine Sitzbadewanne passt, und das Schlafzimmer haben eine Dachschräge. Mit ihren Möbeln aus dem kleinen Mansardenzimmer zieht sie ein. In das Schlafzimmer kommen Schrank, Kommode, Kinderbett und das kleine Bücherregal, das sie von Frau Blietz zur Hochzeit geschenkt bekommen hat, in das Wohnzimmer Bett, Tisch, zwei Stühle und der Laufstall. Die große Topfpflanze, auch sie ein Hochzeitsgeschenk, füllt eine Ecke. Dadurch wirkt das Zimmer nicht mehr so kahl. Das Radio steht neben dem Bett auf einer Kiste. Dringend ist die Anschaffung von Herd, Kühlschrank und Lampen. Alles andere muss warten. Doch dann entdeckt Renate im Laden eine Garderobe plus dazugehörigem Spiegel. Sie gefällt ihr so gut, dass sie diese auch noch kauft.

In der Küche werden in Ermangelung eines Schranks Geschirr und Töpfe einfach auf den Boden gestellt. Rosmarie hat Stoff übrig, aus dem Renate Gardinen für Martins Zimmer näht. So wirkt auch dieses Zimmer wohnlicher. Der einzige Nachteil ist, dass sie, kommt sie heim, auf dem linken Arm Söhnchen und in der rechten Hand Taschen jeweils die vier Treppen hochschleppen muss. Den Kinderwagen kann sie eine Treppe hinunter in den dafür vorgesehenen Vorraum des Kellers bringen.

Als Erwin die Sitzbadewanne erblickt, hat er eine Idee: Frieda ist mit der Zeit immer ungelenkiger geworden, doch leider nicht leichter. Es wird immer mühevoller, ihr aus der Badewanne herauszuhelfen. Hier sitzt sie bereits wie auf einem Stuhl und kann ohne Probleme aufstehen. Das Heruntersteigen mit Hilfe eines Schemels, auf den sie tritt, dürfte ihr nicht schwer fallen. Außerdem braucht man in dieser Wohnung mit Zentralheizung keinen Ofen zu heizen, sondern nur den Heißwasserhahn aufzudrehen. Mit anderen Worten, diese Wohnung ist ein Segen für die ganze Familie.

Frieda ist schon ganz unruhig. Wann kommt Renate mit dem Kind? Bevor sie zur Arbeit geht, muss sie Martin jeden Morgen erst zu ihr bringen. Zu Fuß sind es von ihrer Wohnung etwa fünfzehn Minuten. Im Augenblick hat Frieda gar nichts zu tun. Ach was, ich geh ihr entgegen, denkt sie und marschiert los. Auf halbem Weg treffen sie sich, und Renate kann gleich in Richtung Schule weitergehen. „Da komme ich direkt mal überpünktlich." Es ist gut, dass Renate jetzt ihr eigenes Heim hat. Wenn Sum Ming zu Besuch kommt, sind sie unter sich. Frieda glaubt fest daran, dass die drei irgendwann doch noch eine glückliche Familie werden.

Freitagabend. Es ist kurz vor zehn, und Renate überlegt, ob sie noch ein bisschen liest oder schon zu Bett geht, als es klingelt. Das kann nur Sum Ming sein. Sie betätigt den Öffner und lauscht. Ja, es ist er, der die Treppen hinaufstapft. Natürlich freut sie sich über seinen Besuch, aber sie hätte es lieber, wenn er ihn vorher ankündigen würde. „Dann müsste ich dir bereits zwei Tage vorher schreiben. Ich mag mich aber lieber spontan dazu entschließen." Soll sie ihm klarzumachen, dass ihr Leben einen bestimmten Rhythmus hat, dass sie neben der Arbeit und den wenigen Stunden, die sie sich mit Martin beschäftigen kann, kaum Zeit für den Haushalt hat, deshalb dafür die Sonntage sind? Würde sie im Voraus wissen, dass er kommt, könnte sie ihre Arbeit anders einteilen. Lieber nicht. Sonst kommt er gar nicht mehr. Und das wäre schade.

„Du hast immer noch keine Küchenmöbel." - „Woher denn?" - „Also das ist so: Mein Vater hat sich so darüber gefreut, dass ich jetzt Physik studiere, dass er mir ein eigenes Konto eingerichtet hat. Ich könnte dir also Geld für

Küchenmöbel leihen. Würden tausend Mark reichen?" - „Tausend Mark? Die könnte ich allerdings gut gebrauchen, aber nicht für Küchenmöbel." - „Sondern?" - „Die Volkshochschule hat sich an einer Kreuzfahrt durch die griechische Inselwelt beteiligt, und meine Eltern haben die billigste Kategorie gebucht. Und die kostet genau tausend Mark. Es sind noch Plätze frei, und meine Schwester würde den Martin solange nehmen, wenn ich ..." Er nickt. „Gut!"

Und so kann sie in den Osterferien tatsächlich diese ausgesprochen schöne Reise mitmachen.

Rosmarie, Walter und die kleine Ursula wohnen inzwischen in einem Hochhaus mit Sozialbauwohnungen. Ihnen ist eine Zweizimmerwohnung mit Küche und Bad zugeteilt worden. Da es ein Neubau ist, konnten sie wählen und haben sich für die Wohnung im obersten, dem achten Stock, entschieden, denn hier haben sie freie Sicht und können bei klarem Wetter vom Balkon aus sogar die Hegauberge sehen. Martins Kinderbett und Laufstall finden für zwei Wochen noch Platz.

Als Renate das Geld gespart und es Sum Ming zurückgeben will, meint er: „Ich brauche es nicht dringend. Du kannst es behalten und Küchenmöbel kaufen." Und so werden eines Tages im Katalog bestellte Möbel geliefert: Zwei niedrige Schränkchen, die als Arbeitsplatte dienen, ein Besenschrank und ein Hängeschrank, der noch unter der Dachschräge Platz hat. Doch nur ein Schränkchen bringt der Mann die vier Treppen hoch, den Rest stellt er im ersten Stock ab. Frieda hilft, die Möbel hochzutragen, wobei der Besenschrank am meisten Mühe macht. Nun hat sie also ihre komplett eingerichtete Küche. Hat Sum Ming ihr nun diese Küche geschenkt oder die Reise? Sie entscheidet sich für die Reise. Diese Möbel hätte sie irgendwann sowieso gekauft, aber diese unvergessliche Kreuzfahrt hätte sie ohne seine Hilfe nicht mitmachen können.

Griechenland

Nicht nur für sie, auch für ihre Eltern ist dies zwar eine unbeschreibliche, von Erwin hinterher aber doch ausführlich beschriebene schöne Reise.

Sonntag früh bestiegen wir in München den Zug und fuhren durch Oberbayern und Tirol nach Italien. Bei dieser Gelegenheit passierte ich zum elften Male den Brenner. Frieda und Renate sahen zum ersten Mal Italien, vorerst nur vom Zugfenster aus. Es war schon Abend, als wir endlich in Venedig ankamen. Vor dem Bahnhof lag der Canale Grande. Schon legte unser Vaporetto an, der uns zu unserem Schiff bringen sollte. Vaporetti sind große Motorboote, die in der Lagunenstadt die Rolle der Straßenbahn spielen und wie diese ihre festen Haltestellen haben. Die Fahrt war schön, aber zu kurz und zu schnell, um mehr als einen flüchtigen Eindruck von Venedig zu bekommen. Ein zauberhaft kitschiges Bild bot sich uns: Die Sonne färbte den Himmel blutig rot, vor dem die Stadt als tiefschwarze Silhouette stand. Auf der „Jugoslavija" nahmen uns die angetretenen Stewards in Empfang und geleiteten uns in unsere Kabinen.

Sie werden bis ins unterste Deck geführt. Beim Betreten der Kabine schaut man auf das Etagenbett. Links ist ein Waschbecken, rechts ein Nachttisch und ein schmaler Spind, der bis hoch an die Decke reicht. Der Platz dazwischen muss zum An- und Auskleiden genügen. Toilette und

Dusche befinden sich im Gang. Das mag sehr primitiv anmuten, doch Kinzels haben schon schlimmere sanitäre Anlagen überstanden. Schließlich haben sie hier sogar die Möglichkeit zu duschen! Auch Renate ist zufrieden mit ihrer Kabine. Sie teilt sie mit einem jungen Mädchen. Frisch gemacht und umgezogen steigen Erwin, Frieda und Renate wieder aus der Tiefe nach oben.

Das Abendessen in unserem Speisesaal - es gab derer zwei - war eine Überraschung, ein Dinner mit mehreren Gängen!

Am nächsten Morgen legten wir in Split an, dem alten Spalato. Besonders interessant ist der Palast des Diokletian, dieses ollen römischen Kaisers. Dorthin zog er sich mit seiner Familie zurück, natürlich mit Wachen und Bedienung, was einige hundert Mann ausgemacht haben dürfte. Der Grundriss entspricht einem römischen Lagerviereck mit Türmen in den Ecken und je einem Tor in der Mitte der vier Seiten. Nach einem Awarensturm im Jahre 615 siedelten sich die Überlebenden in den Mauern des leer stehenden Palastes an. Auf jedem freien Plätzchen wurde ein Haus gebaut. Sogar oben auf dem Flachdach stehen kleine Häuser.

Bereits während des Mittagessens dampfte unser Schiff dem eigentliche Ziel Griechenland entgegen. Es wurde eine lange und vor allem recht stürmische Fahrt. Das machte dem Schiff nichts aus, umso mehr den Passagieren. Beim Abendessen war der Speisesaal nur halb besetzt. Die Stewards gossen etwas Wasser auf die Tischdecken, damit diese nicht samt Gedecken vom Tisch rutschten. Ich verzichtete auf das Menü und verzog mich an Deck in einen Liegestuhl. Liegend soll man von der Seekrankheit am wenigsten ergriffen werden. Und das wäre für meine Person sicher auch gut gegangen, doch Frieda und Renate waren mutiger, schlugen sich tapfer durchs Menü und mussten deshalb hinterher Poseidon opfern. Ich aber hatte die ehrenvolle Aufgabe, meine bessere Hälfte zu stüt-

zen, weshalb auch ich nicht verschont blieb. Am nächsten Morgen saßen wir alle vergnügt am Frühstückstisch. Meine Alte fand alles wunderbar und wollte nicht glauben, dass sie in der Nacht gestöhnt hatte: „Nie wieder Schiff! Nie wieder Mittelmeer!" Durch den Sturm hatte sich unsere Ankunft in Katakolon verspätet, dem Hafen, von dem aus man nach Olympia gelangt. Das war schade. Dadurch wurde unser Museumsbesuch sehr verkürzt. Als wir hinaus zu den heiligen Stätten gingen, war die Sonne bereits im Untergehen. Unser Doktor machte uns auf in den Boden eingelassene Steinplättchen mit Vertiefungen aufmerksam: den Startplatz der Athleten! In die Vertiefungen stemmten sie ihre Zehen, um dann wie ein Pfeil von der Sehne zu schnellen.

An dieser Stelle darf ich einfügen, dass wir ausgezeichnete Führer hatten. Jeder von ihnen, sechs an der Zahl, betreute eine Gruppe von etwa zwanzig Leutchen. Unser Doktor verstand es meisterhaft, das alte Hellas vor uns erstehen zu lassen. Da sahen wir plötzlich Leben zwischen den ollen Klamotten. War die Busfahrt nach Olympia bereits schön gewesen, wir sahen die ersten Orangen- und Zitronenbäume, griechische Bauernhäuschen und auf der Landstraße bepackte Esel, so war die Rückfahrt, obwohl es nun ganz dunkel war, auch sehr nett, weil in den Ortschaften regeres Leben herrschte als am Tage. Wir konnten in die erleuchteten Läden und Werkstätten blicken, sahen Hausfrauen beim Einkaufen, einen Schlosser bei der Arbeit, einen Barbier einen Kunden rasieren, während andere darauf warteten, ebenfalls ihren Bart loszuwerden.

Renate liegt im Gras, horcht auf das Gesumme der Insekten, die sich an den Grastängeln auf und ab bewegen, und beobachtet eine Eidechse, die sich wie sie von der Aprilsonne erwärmen lässt. Vor ihr liegt das hundertachtundsiebzig Meter lange Stadion, auf dem die jungen Griechen Sport getrieben haben, damals, lange vor Jesu

Geburt. Hier in Delphi! Ja, sie ist in Delphi, und wunderbarerweise haben Erwin und sie dieses sonst von Touristen überlaufene Heiligtum an diesem Nachmittag fast für sich allein. Während andere ihrer Reisegesellschaft einen fakultativen Ausflug mitmachen, Frieda mit ein paar Frauen durch Neu-Delphi schlendert und es sich schließlich in einem Café gemütlich macht, sind Erwin und Renate auf einem Feldweg noch einmal zurückgekehrt und oberhalb von diesem Heiligtum angelangt.

Bereits am Vormittag haben sie es zusammen mit der Gruppe besichtigt, haben den heiligen Bezirk, der sich den Berg hinaufzieht, von unten nach oben auf der in Serpentinen angelegten Prozessionsstraße der Griechen erwandert. Dieser geführte Gang ist nicht zu vergleichen mit dem Gefühl, dass Renate hier oben, allein, beim Betrachten des Geländes empfindet. Was für eine Kulisse! Sie blickt über das Meer mit seinen vielen Inselchen. Direkt unter ihr befindet sich das in den Hang hineingebaute Theaterhalbrund, und die fünftausend Zuschauer, die auf den fünfunddreißig in Stufen angelegten Sitzreihen Platz genommen hatten, die Frauen in den obersten beiden Rängen, konnten den gleichen überwältigenden Ausblick genießen. Etwas weiter unten liegt der Tempel, und Renate sieht Erwin mit dem Fotoapparat vor dem Auge zwischen den Säulen stehen. Heute Morgen haben sie zuerst unten am Fuße des Heiligtums die Reste des Gymnasions betrachtet. An einer Mauer ist noch gut zu erkennen, dass sich hier Kabinen befanden, in denen aus einem Loch in der Mauer ein Wasserstrahl schoss, also eine richtige Duschanlage. Bevor der Prozessionsweg beginnt, gab es früher eine Reihe Kioske, in denen Andenken verkauft wurden. Da fühlt man sich plötzlich in die Gegenwart versetzt. In dieser Hinsicht hat sich nichts geändert. Neben dem Heiligtum stürzt eine Quelle durch eine Schlucht herunter. In seinem Wasser sollen sich die beim Orakel um Rat Suchenden zuvor gereinigt haben. Doch Vater und Tochter nippen stattdessen von dem Quellwasser, denn es soll die Dichtkunst fördern. Ob es wohl hilft?

In der Nacht fährt das Kreuzfahrtschiff durch den Kanal von Korinth, hin und wieder von einer trüben Birne beleuchtet, damit der Steuermann die Fahrrinne ausmachen kann, und am Morgen liegen sie bereits vor Delos.

Besonders beeindruckt hat mich die Löwenallee. In unmittelbarer Nähe von ihr befindet sich der Heilige See, der eine große Rolle beim Apollokult spielte. Die eifersüchtige Hera hatte die ganze Erde verflucht, Leto keine Zuflucht für die Geburt ihrer Kinder zu bieten. Aber der Sage nach schwamm das kleine Felseneiland Delos damals noch frei treibend auf dem Meer. Deshalb wählte Leto diesen Ort für ihre Niederkunft. Den Rücken angelehnt an den Berg Kythos und am See eine Palme umklammernd, gebar sie das Zwillingspaar Apollon und Artemis. Leto muss ein Mordsweib gewesen sein, denn wir brauchten für diese Strecke eine halbe Stunde.

Auch Renate findet die Löwenallee schön, ist aber weit mehr von den Überresten der römischen Siedlung beeindruckt. Wie ein Grundriss stehen die Mauerreste der Häuser noch da. Man kann genau die Anordnung der Zimmer erkennen. Zwar lebten römische Familien nur kurze Zeit auf der Insel, und doch empfindet sie ihr Leben als gegenwärtig.

Auch die Insel Mykonos hinterlässt bei Erwin und seinen Frauen verschiedene Eindrücke. Während Erwin fotografierend durch die blendend weiße Stadt läuft und schließlich von einem Müller in seine Mühle gebeten wird, betreten Frieda und Renate einen Laden, in dem aus Schafwolle handgestrickte Jacken angeboten werden. Sie erstehen eine für Renate und eine Kinderjacke für Martin. Irgendwann wird er hineingewachsen sein.

Die Inseln Patmos und Samos folgen. Danach stürmt es zwei Tage lang, sodass sie auf Naxos und Santorin verzichten müssen, weil das Schiff bei diesem hohen Wellengang nicht anlegen kann.

Aber lassen wir Erwin weitererzählen:

Am Ostersonntag ankerten wir im Hafen von Piräus. Schon beim Frühstück eine kleine Freude: Es gab ein Ostergebäck, so eine Art Zopf, der ein gekochtes Ei umschloss, und einen gedruckten Ostergruß der griechischen Reiseleitung.

Unser Ziel war natürlich der antike Teil Athens. Zu Füßen der Akropolis wanderten wir über die Agora, den Markt und öffentlichen Platz des alten Athens, bestaunten den Hephaistostempel, der noch recht gut erhalten am Rande des riesigen, mit Trümmern übersäten Platzes steht. Dann begaben wir uns auf die Oberstadt, Akropolis, der Höhepunkt eines jeden Athenbesuchs. Der Parthenon ist ein gewaltiger Bau. Immer wieder sieht man an den Säulen hoch, blickt an den Säulenreihen entlang und ist überwältigt von der enormen Höhe und Ausdehnung des Tempels. Von hier oben sahen wir auf das alte Theater hinunter, das mich als alten Theaterliebhaber ganz besonders interessierte, haben doch hier die Dramen von Aischylos, Sophokles und Euripides und die Komödien von Aristophanes ihre Uraufführung erlebt.

Als ich am nächsten Morgen an Deck trat, blieb ich überrascht stehen. Ein wunderschöner sonniger Morgen, eine herrliche frische Luft, den Salz- und Tanggeruch des Meeres in der Nase, das alles

214

war ich schon gewohnt, und doch war es heute anders: Vor mir, unübersehbar, die schneebedeckte Kuppe des Ida! Wir lagen vor Kreta. Hier auf Kreta sollten wir ganz tief in die Vergangenheit tauchen. Dieses rätselhafte Volk gibt mit seiner hoch stehenden Kultur und verfeinerten Lebensweise einiges zu denken auf. Kreta hat auf dem Weg über Griechenland unsere abendländische Kultur stark beeinflusst. Nach dem Museumsbesuch ging es hinauf nach Knossos, dem königlichen Palast. Im dritten Jahrtausend v. Chr. befand sich hier schon eine städtische Siedlung. Seit 2000 v. Chr. bildete der Palast den Mittelpunkt. Erstaunlich, was die Kreter alles hatten: Warmwasserheizung, Bäder, Lichtschächte, Lüftung und Wasserklosetts! Das Wasser wurde innerhalb der Mauern geleitet und lief durch ein Loch in der Wand je nach Bedarf, wenn man den Stöpsel aus dem Loch zog, in die Wanne oder die Kloschüssel. Durch die miteinander verbundenen Lichtschächte entstand ein Luftzug, der für ständige Kühlung im Palast sorgte. In den freigelegten Vorratsgruben konnten wir riesige Tonkrüge bestaunen, in denen Wein, Öl, Honig, Getreide und getrocknete Früchte gespeichert worden waren.

Vom Palast führt eine schmale, mit quadratischen Steinplatten gepflasterte zwei Kilometer lange Straße hinauf zum Theater, das eine kleine gepflasterte Spielfläche hat. Die königliche Familie nahm auf Stufen Platz. Nachdem ich in Delphi das gewaltige Theater bewundert hatte, sah ich hier die Anfänge des Theaters überhaupt. Wenn man es uns nicht gesagt hätte, wären wir nie darauf gekommen, dass wir soeben auf der ältesten Straße der Welt gewandelt sind.

Auch Sparta und Ithaka wurden besucht. Begnügen wir uns mit seinem Schlusssatz: *Als wir in Neapel in den Zug stiegen, fing es an zu regnen. Na wenn schon! Hinter uns lagen vierzehn sonnige wunderbare Tage, die wir nie vergessen werden.*

Ein Jahr später macht Renate eine Busreise durch die Provence mit. In Orange steigt sie bis hinauf in den obersten Rang des Theaters, setzt sich hin, betrachtet Bühne und Szene und heult Rotz und Wasser. Dieses römische Theater berührt sie noch mehr als das in Delphi, denn es wird immer noch genutzt, genau wie vor zweitausend Jahren!

Zurück in Konstanz empfängt Erwin sie mit Martin auf dem Arm am Bahnhof. „Da ist Lokotive!", sagt er. Es ist der erste vollständige Satz, den sie von ihrem Söhnchen hört.

Ja, Kinzels sind reiselustig geworden. Zusammen mit Martin verbringen alle drei Erholungsferien im Schwarzwald, in Österreich, am Schwarzen Meer, an der Adria. Anstrengende Bildungsreisen unternehmen Erwin und Renate jeweils allein. Da locken Renate die Provence, Burgund und sogar Island, Erwin die Türkei, Island, England, die Bretagne und schließlich Israel. Zusammen mit Frieda unternimmt er noch einmal eine Kreuzfahrt nach Nordafrika. Es sollte die letzte gemeinsame Reise sein.

Wohnzimmer

Renate wollte die Möbel für das Wohnzimmer nicht auf Pump kaufen, wie ihre Eltern es gezwungenermaßen taten, sondern hat erst tüchtig gespart. Nun sind Kleider- und Bücherschrank, Sofa, Schreibtisch, ausziehbarer Tisch und zwei Sessel geliefert worden. Auf einer Kommode haben Tonband und Radio Platz gefunden. Für zwei kleine Kissen hat Renate aus hellgelber Seide Bezüge genäht. Das passt farblich sehr schön zu der mit blau meliertem Stoff überzogenen Polstergarnitur, ebenso wie die weinroten Stores und der helle Teppich. Über dem Sofa hängen zwei Zeichnungen von Martin an der Wand, jeweils in einem weißen Bilderrahmen.

Das Bett steht nun im anderen Zimmer, wodurch es zum richtigen Schlafzimmer geworden ist. Kommt Sum Ming zu Besuch, wird das Sofa aufgeklappt und zum bequemen Bett für zwei umfunktioniert.

Ja, der Leser hat richtig gelesen, auch ein Tonband ist vorhanden. Oft lässt Renate es laufen, wenn Martin beim Spielen Selbstgespräche führt. Eigentlich redet er ununterbrochen. Diese Eigenschaft macht es Renate bereits beim Eineinhalbjährigen möglich, mit innerer Ruhe einen Mittagsschlaf zu halten, denn er sitzt dann die ganze Zeit neben ihrem Kopf auf dem Boden und redet, sodass sie im Unterbewusstsein mitbekommt, dass er in Sicherheit ist. Aber er möchte natürlich auch viel wissen und stellt Fragen, von denen manche nun für alle Zeit auf dem Tonband festgehalten sind.

Es ist Winter. Die Möwen umkreisen das Haus. „Warum sind die Möwen bei uns?" - „Sie haben Hunger und hoffen, dass jemand sie füttert." - „Was essen Möwen denn?" - „Sie mögen gerne Fisch." - „Essen sie den gekocht?" - „Nein, sie fangen ihn im See und essen ihn roh." - „Aber sie können doch in unsere Küche kommen und ihn kochen." Später hören sich die Erwachsenen diese und ähnliche Unterhaltungen gerne an und vielleicht eines Tages auch der herangewachsene Martin.

Die Großeltern sind inzwischen vom oberen Stock nach unten gezogen, denn oben will die Schwester der Chefin mit Mann und Sohn einziehen. Doch Familie Porepp möchte gern einen Balkon haben. Deshalb wurde unten angebaut, wodurch Kinzels jetzt ein wesentlich größeres

Wohnzimmer haben, als es oben der Fall war. Renates aufklappbares Sofa gefällt, und so wird das gleiche auch für diesen Anbau gekauft, nebst Couchtisch und zwei Sesseln. Eine große Blattpflanze macht diese lauschige Ecke noch gemütlicher. Für die Wand des ursprünglichen Wohnzimmers kauft Renate ein Bücherregal aus Kirschbaum. Es enthält eine Bar und ein Fach für einen Fernseher. Doch auf den wird noch eine Weile verzichtet, aber ein neues Radio nebst Plattenspieler sorgt für Unterhaltung.

Erwin hat sich als erste Platte Schuberts Forellenquintett gekauft. Bald danach folgt eine Aufnahme der Dreigroschenoper. Und Renate lässt immer wieder durchblicken, wie schön es wäre, wenn an Weihnachten die Platte von „Porgy and Bess" unter dem Weihnachtsbaum liegen würde. Sie liegt!

Porepps haben einen kleinen Sohn, Michael. Als ein Zirkus in die Stadt kommt, geht Frau Porepp mit ihm zur Tierschau. Zu Hause gefragt, was ihm am besten gefallen habe, lautet die Antwort: „Das Feuerwehrauto!" Martin ist noch zu klein dazu. Doch als im Jahr darauf wieder ein Zirkus in der Stadt ist, hält seine Mutter ihn für alt genug, die Tierschau zu besuchen. Abseits vom Besuchertrubel entdeckt Martin neben einem Wohnwagen einen kleinen Käfig mit einer Meerkatze. Er hockt sich davor und betrachtet sie eine ganze Stunde lang eingehend. Die anderen Tiere interessieren ihn nicht weiter. Daheim, auf die Frage, was ihm am besten gefallen habe: „Das Feuerwehrauto!"

Wieder ist ein Jahr vergangen und ein Zirkus schlägt sein Zelt auf. Renate fragt sich, ob ihr Sohn dieses Mal auch alle anderen Tiere anschauen möchte. Nein, das tut er nicht, denn ein Tiger fesselt seine Aufmerksamkeit.

Allerdings gibt es auch etwas zu sehen, da der Wärter dessen Käfig putzt und dem Tiger freundschaftlich auf die aus dem Gitter heraushängende Tatze klopft. Renate dagegen betrachtet währenddessen die Artisten, die auf ihren Auftritt warten. Gelangweilt, mit ausdruckslosem Gesicht, oft mit einem Morgenrock bekleidet, stehen sie vor dem Hintereingang, reden manchmal ein bisschen miteinander oder schweigen. Dann plötzlich fällt der Morgenrock, der Körper strafft sich, das Gesicht erstrahlt, und mit einem Lächeln betritt der Artist die Arena. Was für eine Verwandlung! Ja, das kann sie nachempfinden. Zu ihrem Sohn zurückgekehrt, kann sich dieser immer noch nicht vom Anblick des Tigers lösen. Er scheint sein Wesen voll und ganz in sich aufnehmen zu wollen, wie im Jahr zuvor das der kleinen Meerkatze. Nach etwa einer Stunde möchte er heim. Nur noch das Feuerwehrauto wird wieder ausgiebig betrachtet.

Michael ist zweieinhalb Jahre älter als Martin und, wollte man spotten, würde man sagen, doppelt so groß. Er ist in der Tat für sein Alter sehr groß, während Martin extrem klein ist. Doch das hindert die beiden nicht, eine innige Freundschaft zu führen. Fast jeden Nachmittag spielen sie zusammen, und manchmal gehen sie auch miteinander fort. Renate steht im Garten, als die beiden nach Hause kommen. Michael sieht sie, denn er überragt die Hecke des Nachbargartens um Haupteslänge, Martin aber hört sie!

Eigentlich wäre das Zimmer der Großeltern groß genug, um noch Platz für einen Hamsterkäfig zu haben, oder? So ein niedliches Tierchen hat Martin nämlich kürzlich zusammen mit Mutti in der Tierhandlung bewundert. Es wird erlaubt, und so erfreut Juchan zwei Jahre lang seinen kleinen Besitzer, bis er leider an einer Krankheit stirbt. Ganz zahm wird er nach der ersten mit einem Angstschrei und einem Biss begleiteten körperlichen Berührung und ist gern auf Martins Schulter oder Kopf unterwegs. Einmal schreit nicht der Hamster, sondern Frieda auf. Sie sitzt am Tisch und stickt an einer Tischdecke, die bis unten auf den Boden hängt. An ihr klettert Juchan hoch, bis er zu Friedas Rock kommt, an dem er nun innen weiterklettert. Das gibt ein Gelächter! Übrigens betätigt er sich auch als Staubsauger, denn seit er zur Familie gehört, liegen keine Krümel mehr unter dem Tisch. Nach seinem Tod fehlt allen dieser kleine Kerl.

Auch Rosmaries Wohnzimmer hat sich verändert, denn in der Schrankwand befindet sich nun ein französisches Bett, das abends heruntergeklappt und morgens wieder hochgezogen wird. Das andere Zimmer ist jetzt Ursulas Reich. Unverständlich bleibt weiterhin, warum ihnen nur eine Zwei- und keine Dreizimmerwohnung bewilligt wurde. Andere Mieter im Haus haben mit ebenfalls nur einem Kind drei Zimmer bekommen. Jedenfalls ist auch bei ihnen noch Platz für ein Haustier. Das Meerschweinchen ist so zahm, dass es sogar die sonntäglichen Ausflüge zum Bootshaus mitmachen und dort frei herumlaufen darf.

Vater und Sohn

Wieder einmal steht Sum Ming unangemeldet vor der Tür. „Ich muss morgen unbedingt ein neues Rezept ausprobieren", sagt er zur Begrüßung. Bei der Zubereitung des Hähnchens muss sie ihm helfen. Zuerst reibt er es innen und außen mit einer Gewürzmischung aus Salz, Pfeffer, Paprika und frisch geriebenem Ingwer ein. Nun wird das Hähnchen, umgeben von einer zwei Zentimeter dicken

Salzschicht, in Aluminiumfolie eingepackt. Das ist leichter gesagt als getan. Aber gemeinsam schaffen sie es. Im Backofen bleibt es zweieinhalb Stunden. Durch diese lange Prozedur dringen die Gewürze tief ins Fleisch ein. Es schmeckt vorzüglich. Das braun gefärbte Salz kann noch ein zweites Mal verwendet werden, und das nächste Hähnchen wird noch besser schmecken. Sum Ming kocht leidenschaftlich gern und probiert bei jedem seiner Besuche etwas aus. „Manchmal denke ich, du besuchst mich nur der Küche wegen", sagt sie scherzhaft zu ihm. Er widerspricht nicht. Satt und faul liegt er nun auf dem Sofa. Deshalb meint sie, es wäre schön, wenn sie ein bisschen spazieren gehen würden. „Wenn du den Jungen zu deinen Eltern bringst", ist seine Antwort. Er will also immer noch nicht zusammen mit ihr und dem Kind gesehen werden. Das muss jetzt ein Ende haben. „Dann gehe ich nur mit Martin." - „Bitte, wenn du willst!" Im Keller wartet sie noch eine Weile, ob Sum Ming nachkommt, bis Martin unruhig wird und den Sportwagen zur Treppe schiebt. Durch den Wald marschiert sie nach Wollmatingen und verbringt einen angenehmen Nachmittag bei ihrer Schwester.

Bereits zwei Wochen später ist Sum Ming wieder da: „Eine ganze Stunde habe ich darauf gewartet, dass du zurückkommst. Dann bin ich gegangen." Sie zuckt nur mit den Schultern. Am Nachmittag des nächsten Tages können die ersten Gebäude der neu gegründeten Konstanzer Universität besichtigt werden. Das interessiert Sum Ming sehr. Mit seinem kleinen Sohn an der Hand läuft er durch die Räume. Na also! Wo war da das Problem? Als er sich am Sonntag verabschiedet, schenkt er Martin ein Matchboxauto. Es ist ein kleiner Traktor in den Farben Gelb und Blau. „Das soll ihn an die Arbeit der Bauern in China erinnern", sagt er. Martin freut sich, denn er spielt gern mit diesen kleinen Autos. Ob er den Traktor tatsächlich mit den chinesischen Bauern verbindet, bleibt dahingestellt.

Renate reißt den Brief auf, während sie die Treppe hinaufgeht, und da er wie alle seine Briefe kurz ist, hat sie ihn schon gelesen, als sie im vierten Stock ankommt. Wie üblich liest sie zuerst von Sum Mings furchtbarer Erkältung und zum Schluss, dass er jetzt schlafen gehen will, um seine Probleme eine Weile zu vergessen. Doch zwei Dinge sind anders als sonst. Sie vermisst die Bemerkung, dass er nur studiert, um die Tatsache dieser Ehe zu vergessen, und schreibt stattdessen, dass sein Vater Krebs hat und er nach Hongkong zurückkehren muss, jedenfalls für einige Zeit. Soll er doch! Weiter weg als in Stuttgart kann er für sie nicht sein, denn in letzter Zeit hat er sich kaum noch blicken lassen.

Als sie Martin die Schuhe aus und die Hausschuhe anzieht, überlegt sie, dass sie mit ihrem Leben, so wie es ist, eigentlich ganz zufrieden ist. Sie hat diesen an so vielen Dingen interessierten kleinen Jungen, hat ihren Beruf und ist drum herumgekommen, ein Leben als Hausfrau zu führen, was ihr so gar nicht liegt. Abends, wenn Martin schläft, hat sie Zeit für ihre Hobbys. Sie liest viel, schriftstellert manchmal auch ein bisschen, näht alles selbst oder strickt, während sie im Radio einem Hörspiel lauscht. Wie oft hat sie von anderen Frauen diesen Satz gehört: „Abends muss ich für meinen Mann da sein." Man beachte das „Muss!"

Sum Mings Briefe aus Hongkong werden häufiger. Er braucht jemanden, bei dem er sich in seiner Verzweiflung ausweinen kann, und dazu ist plötzlich Renate gut. Auf ihm, dem Ältesten, laden seine Eltern den ganzen Hass ab, den sie aufeinander haben. Besucht er den Vater im Krankenhaus, fasst der seine Hände, weint. Die Mutter hat ihm das ganze Leben vergällt. Wenn er nun stirbt, was wird aus seiner Geliebten? Würde seine Frau sich an ihr rächen? Der Sohn soll helfen. Der Sohn soll trösten. Zu Hause jammert die Mutter. Die ganze Ehegeschichte muss sich Sum Ming noch einmal anhören, nur jetzt aus ihrer Sicht. Was hat der Vater aus ihrem Leben gemacht? Wieder soll der Sohn trösten, ihr Recht geben, mit auf den Vater schimpfen.

Als der Vater aus dem Krankenhaus entlassen wird, prallen die Fronten aufeinander und Sum Ming steht dazwischen. Jeder will ihn auf seine Seite ziehen. Das hält er nicht aus. „Ihr seid Großeltern!", schleudert er ihnen entgegen. Da er selbst Frau und Kind hat, haben seine Eltern kein Recht mehr auf ihn. Also beginnt er, vom Familienglück zu träumen. „Jetzt erst begreife ich, wie gut wir uns verstehen", schreibt er, „ich will nicht weiterstudieren, sondern mir Arbeit als Ingenieur suchen." Sie träumt mit ihm, sieht sich schon als Familie in Hongkong. Er möchte, dass sie ihn mit dem Kind besucht. Doch das Geld für den Flug hat er nicht. Sie erkundigt sich. Ein Flug für sie und das Kind würde von Zürich aus etwa achttausend Franken kosten. Das kann sie vergessen! Nein, so viel Geld hat sie nicht übrig. Dann stirbt der Vater. Es ist keine Rede mehr von einem Besuchswunsch. Sum Mings Briefe werden seltener. Renate spürt, dass der Traum von einem gemeinsamen Leben zu dritt wie eine Seifenblase zerplatzt ist. Aber ein Gutes hat das Ganze: Da er sie nicht mehr verschweigt, bekommt sie Kontakt zu zwei seiner

Geschwister, die inzwischen beide in Deutschland leben. Betty studiert in Ulm Nachrichtentechnik, Samson, durch die Folgen einer Kinderlähmung gehbehindert und schwerhörig, hat in Wuppertal eine Lehrstelle.

Und eines Tages macht Martin an der Hand der Mutter seine erste Reise. Sie fahren mit dem Zug nach Ehingen, um Tante Betty zu besuchen und ihr Söhnchen, den kleinen Thomas, kennen zu lernen. Es ist immer wieder die gleiche Geschichte. Betty verliebt sich in den blonden, blauäugigen Christian. Nach einem Theaterbesuch gehen sie gemeinsam essen. „Es war so schön und so romantisch. Ja, und dann bin ich mit zu ihm nach Hause. Er wohnt noch bei seiner Mutter, doch die war gerade verreist. Nur dieses einzige Mal war ich mit ihm zusammen und bin gleich schwanger geworden. Dann hat er mich nicht mehr sehen wollen." Und sie erzählt von ihrer Reise nach Graz, als sie hochschwanger noch einmal den Versuch gemacht hat, ihn zurückzuerobern. „Das war so demütigend. Seine Mutter hat mich hereingelassen, und ich hab gesehen, wie er schnell in sein Zimmer gehuscht ist. Er sei krank, hat sie gesagt. Hier, diese Strampelhose hat sie für Thomas gestrickt. Aber ich mag sie ihm gar nicht anziehen. Wenn das alles ist! Schließlich ist Tommy nicht nur sein Sohn, sondern auch ihr Enkel." Ist das mit ihrer, Renates Geschichte zu vergleichen? Nein! Für diesen Christian war Betty nur ein Abenteuer.

Thomas hat feine blonde Haare und helle, blaugraue Augen, ein Beweis dafür, dass Oma Tong Yim Yong tatsächlich keine reine Chinesin ist, womit sie ihre Kinder immer aufgezogen haben. Wäre Betty eine reine Chinesin, hätte ihr Kind laut Vererbungslehre braune Augen haben müssen, denn Braun ist stärker als Blau. Yim Yongs Mutter war die dritte Frau ihres Vaters gewesen, und wer weiß, in welchen Kreisen er sie kennen gelernt hatte, denn standesgemäß musste nur die Verbindung mit der ersten Frau sein.

Renate will gerade Martin zu ihren Eltern bringen, als Sum Ming plötzlich auftaucht. Nach einem Jahr ist er von Hongkong zurückgekommen und geradewegs zu ihr gefahren. Da kann Martin ja beim Papa bleiben. „Ich muss aber bald ins Bett, denn ich bin dreißig Stunden unterwegs gewesen." - „Das macht nichts. Hauptsache, Martin ist nicht allein." Heute ist im neu gegründeten Kreuzlinger Theater an der Grenze Derniere. Eigentlich hatte sie sich Hoffnung auf eine Rolle gemacht, als sie den Gründer aufgesucht hat, ist aber mit der Bedienung von Beleuchtung und Tonband auch zufrieden. Es ist richtige Theaterluft, die sie schnuppern kann, nicht nur die einer Laienbühne.

Nach einer Feier im „Hades" hat der Regisseur den Einfall, noch bei einer Frau vorbeizugehen, bei der sich nachts Künstler aller Sparten zu treffen pflegen. Man wirft seinen Obolus in eine Kasse und bedient sich an den reichlich bereitgestellten Getränken. Als sie morgens um vier Uhr aufbrechen, ist es bereits hell, und Renate macht sich zu Fuß auf den Heimweg. Schon im Treppenhaus hört sie Martins Geschrei und beeilt sich, in die Wohnung zu kommen. „Zudecken", ruft er immer wieder. Sum Ming ist wach, denn das Geschrei stört ihn. Doch auf die Frage, warum er ihn nicht einfach wieder zugedeckt hat, antwortet er nicht. Männer!

Am nächsten Tag fahren sie alle drei gemeinsam mit der Fähre hinüber nach Meersburg, schlendern durch die Stadt und gehen schließlich im berühmten „Becher" essen. Sum Ming schaut seltsam drein. Schließlich sagt er: „Am Nebentisch sitzt ein Chinese, den ich vor drei Tagen in Hongkong noch bei einer Tagung gesehen habe." Gegen seinen Willen dreht sich Renate um. Auch dieser Chinese speist zusammen mit einer deutschen Frau. Als die beiden gehen, bleibt er stehen und begrüßt sie: „Wir kennen uns aus Hongkong, nicht wahr?" Zufälle gibt es!

Ja, manchmal gibt es schon seltsame Zufälle. Viele Jahre später habe ich in Hongkong auf der Straße tatsächlich eine deutsche Kollegin getroffen. Doch das Seltsamste ist mir passiert, als ich mit Martin in Kyoto in einer Jugendherberge übernachtet habe. Ich saß einem jungen Amerikaner gegenüber, der ein ausgezeichnetes Deutsch sprach. Nach dem Grund gefragt, erfuhr ich, dass seine Mutter eine Deutsche war. Woher er denn sei? Aus Washington. „Aus Washington? Da ist eine Klassenkameradin von mir, die Ingeborg Schleier." - „Die kenne ich. Es ist eine Kollegin meiner Mutter."

Sum Ming wohnt nun schon seit einigen Wochen wieder in Stuttgart im Studentenwohnheim. Von einer Anstellung als Ingenieur ist nicht mehr die Rede. Wenn er Renate besucht, dann meistens mit einem seiner Geschwister, denn auch die Jüngste, Patsy, ist nach Deutschland gekommen und besucht in Sindelfingen das Gymnasium. Auch sie ist sehr schnell der deutschen Sprache mächtig. Eine sprachbegabte Familie! Nur Samson spricht sie seiner Schwerhörigkeit wegen nicht ganz akzentfrei. Plötzlich kann sich auch Erwin für dieses chinesische Völkchen begeistern, besonders die junge Patsy hat es ihm angetan. Er lädt sie zu einem Theaterbesuch ein, und allem Anschein sind ihr

Deutschkenntnisse bereits so gut, dass sie das meiste des Stückes verstehen konnte.

Fernsehen

Müllers, die Nachbarn von gegenüber, sind eine der Ersten in der Bekanntschaft, die sich einen Fernseher gekauft haben, und manchmal werden Kinzels für einen Film oder ein Ereignis eingeladen, während Martin im Bett der Großeltern schläft. Fünf Jahre zuvor, als Marika Kilius und Hans-Jürgen Bäumler im Paarlauf die Weltmeisterschaft gewannen, besaßen Müllers noch keinen Fernseher, doch Kinzels konnten dieses Ereignis bei Bekannten einer Bekannten miterleben. Zwanzig Leute hatten sich damals in dem kleinen Wohnzimmer eingefunden, wobei Frieda mit auf dem Sofa sitzen durfte, während sich Erwin und Renate zu den anderen auf den Teppich setzten.

Die Mondlandung aber dürfen sie nun in Müllers Wohnzimmer alle bequem auf einem Sessel sitzend erleben. Seitdem sind fünfzig Jahre vergangen. Der Jahrestag dieses Ereignisses inspirierte Martin zu folgender kleinen Geschichte:

Plötzlich Zeitzeuge

Ich merke, dass ich alt geworden bin, nicht etwa, weil ich mich alt fühlen würde, ganz im Gegenteil, ich fühle mich jung. Im Vergleich zu manchen wirklich Jungen habe ich nicht selten das Gefühl, im Geiste jünger zu sein als diese. Auch nicht deshalb, weil mir ein nicht mehr junger Mensch aus dem Spiegel entgegenblickt.

Gewahr wurde ich meines Alters, weil in diesem Jahr ein Ereignis, nämlich die Mondlandung, ihr Fünfzigjähriges feiert, von dem ich in einer gewissen Weise ein Zeitzeuge bin, und als Zeitzeuge eines geschichtlichen Ereignisses ist man definitiv alt und nicht mehr jung.

Ich war damals drei Jahre alt und kann mich nur vage daran erinnern. Es ist meine erste Kindheitserinnerung überhaupt. Ich sehe den beigefarbenen Teppich, auf dem ich sitze, die hellen Holzmöbel, das unscharfe Bild auf dem Schwarzweißfernseher der Nachbarn und vor allem sehe ich den Eagle, die Landefähre, deutlich vor mir. Nicht Neil Armstrong, wie er aussteigt und seine historischen Worte spricht, sondern einfach nur schemenhaft den Eagle.

Warum kann ich mich ausgerechnet daran erinnern und an sonst nichts? Wahrscheinlich, weil es ein wirklich welthistorisches Ereignis war. Das muss ich als Kleinkind gespürt haben, denn sonst hätte ich nicht vor diesem Fernseher sitzen können. Rekonstruieren wir also einmal Weltgeschichte aus der Sicht eines Kleinkinds: 1969 besaß noch nicht jede Familie einen Fernseher, meine Mutter nicht und ihre Eltern auch nicht. Aber die befreundeten Nachbarn aus dem Reihenhaus gegenüber dem, in welchem meine Großeltern wohnten, hatten einen. Laut der Erzählung meiner Mutter habe ich normalerweise, erst einmal eingeschlafen, auch durchgeschlafen. Es hätte also kein Problem sein sollen, mich zu diesem weltgeschichtlichen Ereignis für eine Weile im Bett der Großeltern alleine zu lassen, um eben dieses Ereignis am Fernseher der Nachbarn miterleben zu können. Aber ausgerechnet an diesem Abend wacht der kleine Martin auf, strampelt sich seine Schlafanzughose weg und schafft es irgendwie, unten ohne, ins Freie zu gelangen und laut plärrend auf der Straße herumzuirren, wo er von einer völlig schockierten und über das Verhalten seiner Mutter entsetzten anderen Anwohnerin aufgegabelt und bei besagten Nachbarn abgeliefert wird. Warum wohl war der kleine Martin ausgerechnet in dieser Nacht nicht pflegeleicht? Natürlich, weil ein weltgeschichtliches Ereignis bevorstand!

Erwachsene können ja so naiv sein. Wenn sie wochenlang ständig nur über das anstehende Ereignis reden, und ich gehe einmal davon aus, dass das auch in meiner Familie der Fall gewesen ist, dann kriegt ein Kind das doch mit! Zumal, wenn es schon drei Jahre alt ist. Also wirklich!

Jedenfalls bin ich so doch noch Zeuge dieses Jahrhundertereignisses geworden. Genau: Jahrhundertereignis! Das Ereignis, welches das zwanzigste Jahrhundert geprägt haben wird. Achten Sie bitte auf die Grammatik: Geprägt haben wird!

Was wird wohl in tausend Jahren über dieses Jahrhundert in den Geschichtsbüchern erwähnt werden, wenn hundert Jahre auf zwei oder drei Absätze geschrumpft sein werden? Von Kriegen, Massakern und Völkermorden strotzt die menschliche Geschichte nur so. Das ist nicht der Erwähnung wert. Von unserer heutigen jüngeren Generation mag sich der ein oder andere ja noch ein wenig für den Zweiten Weltkrieg interessieren, aber auch für den Ersten Weltkrieg? Oder fragen Sie einmal nach dem Dreißigjährigen Krieg, der in unseren Landen ein Drittel der Bevölkerung vernichtete. Was sind nun die wirklich historischen Ereignisse des zwanzigsten Jahrhunderts? Computer, Internet und Raumfahrt! Für Computer gibt es kein wirkliches Urknalldatum, die sind aus mechanischen Rechenmaschinen hervorgegangen, deren Vorläufer es schon in der Antike gab. Das heutige Internetprotokoll wurde 1989, dem Jahr des Mauerfalls, in Genf eingeführt, und außer ein paar durchgeknallten Wissenschaftlern hat das kaum jemand mitbekommen. Die Raumfahrt beginnt, wie bekannt ist, mit Sputnik, der allerdings nur piep piep piep gemacht hat und auch nicht wirklich der Startschuss war. Das war ein geheimer Start einer deutschen V2 im Zweiten Weltkrieg. Von Juri Gagarin gab es bereits Bilder, aber die Mondlandung, die wurde live übertragen. Viele, vielleicht sogar alle Menschen, die Zugang zu einem Fernseher hatten, haben sie verfolgt.

Computer sind vielleicht wichtiger als Weltraumraketen, Letztere aber faszinierender. Jedenfalls für meine Generation, für mich. Die Weltraumfahrt hat mich geprägt. Ob es mein Erlebnis mit drei Jahren war, weiß ich nicht, vielleicht, vielleicht auch nicht. Aber als ich etwas größer war, habe ich einen Lego-Bausatz der Eagle besessen und eifrig mit den Astronautenfiguren gespielt. Astronaut, das war der absolute Traumberuf. Lokomotivführer, Feuerwehrmann - passee. Astronaut war angesagt.

Und heute? Das ist einer der Unterschiede zur heutigen jungen Generation. Raumfahrt ist heutzutage vielleicht nicht alltäglich, aber auch nicht mehr so wirklich neu. Vor ein paar Jahren haben die Chinesen angekündigt, bis zum Ende des kommenden Jahrzehnts erneut bemannt auf dem Mond zu landen. Diese Meldung schaffte es bei uns, wenn überhaupt, auf Seite drei unter „Vermischtes aus aller Welt." Für mich aber, einen Zeitzeugen, bleibt die Mondlandung das Jahrhundertereignis schlechthin.

Oh, diese Miniröcke!

Sie füllen die Praxen der Urologen. Auch Renate hat sich in diesem Winter eine Blasenentzündung zugezogen, geht aber leider zum falschen Arzt. Statt ihr zu raten, dass sie viel trinken soll, damit die Bakterien aus der Blase herausgeschwemmt werden, verschreibt er ihr immer wieder Antibiotika, und das acht Jahre lang! Sie aber denkt, sie müsste seltener die Toilette aufsuchen, wenn sie wenig trinkt, was natürlich katastrophale Folgen hat. Erst, als ihr ein Bekannter sagt, dass auch er bei diesem Arzt falsch behandelt worden sei und erst nach sechs Jahren den Arzt gewechselt habe, tut sie es ihm gleich. Der andere Arzt, im Stillen schlägt er beim Gedanken an seinen Kollegen die Hände über den Kopf, schafft es zwar, sie von den Medikamenten abzusetzen, doch eine Reizblase bleibt ihr. Die Blase ist verdorben, kann sich nur schwach entleeren, was häufige Toilettengänge zur Folge hat. Damit muss sie nun leben.

Die „Ent-Scheidung"

Der Weg von den Eltern zu ihr nach Hause beträgt nur eine knappe Viertelstunde. Dabei kommt sie zuerst am deutschen Kino Camera vorbei und ein paar Schritte weiter an einer Stellwand, auf der die Filme des französischen Kinos angekündigt werden. Sie geht zusammen mit Erwin heim und wirft einen Blick auf diese Bilder. „Ich lass mich scheiden." - „Tu das."

Kein weiteres Wort fällt. Bis zu diesem Augenblick hat Renate diese Möglichkeit nie in Erwägung gezogen. Doch kaum ist ihr dieser Gedanke gekommen, ist er auch schon ausgesprochen. Hat der Anblick eines besonderen Kinobilds diesen plötzlichen Entschluss ausgelöst? Sie kann es sich selbst nicht erklären, weiß nur, dass sie von einem Augenblick zum anderen ihren Mann nicht mehr liebt. Da sie die Kosten übernimmt, ist Sum Ming sofort damit einverstanden. Er verzichtet auf das Sorgerecht, wenn sie auf Unterhalt verzichtet. Das tut sie doch bereits. Abgesehen davon, dass sie ihm die unvergesslich schöne Griechenlandreise verdankt, hat sie nie Geld von ihm bekommen. Da sie sich einig sind, benötigen sie nur einen Rechtsanwalt, was die Sache wesentlich preiswerter macht.

Nun sitzen sie gemeinsam auf der Bank und harren der Dinge, die da kommen. „Kannst du meinen Pass einstecken?", fragt er, denn er hält ihn in der Hand. Ganz im Gegensatz zur Heirat, bei der sich Sum Ming in Anwesenheit der Gäste mürrisch gab, ist die Scheidung eine lustige Sache. Schon das verdutzte Gesicht des Richters, als er die Wartenden friedlich nebeneinander auf einer Bank sitzen sieht, erheitert beide. Nicht ohne Grund gibt es für die Wartenden zwei weit auseinander stehende Bänke. Im Raum selbst stehen viele Stühle, wahrscheinlich für eventuelle Zeugen. Sie setzen sich vorn in die Mitte. Der Richter bittet um ihre Ausweise. Wieder dieser erstaunte Blick, als Renate ihm beide reicht. Solche Gesten ist er offensichtlich nicht gewöhnt. Er steigt zu seinem Pult hinauf und wartet auf den Rechtsanwalt. Er sollte eigentlich schon da sein. Um die Wartezeit zu überbrücken, sagt er, wie schön er es finde, dass beide gekommen seien, denn man will ja allen gerecht werden. Die Zeit vergeht. Alles schweigt. Nun wird der Richter ungeduldig. „Eigentlich", beginnt er, „sollte Ihr Rechtsanwalt jetzt die Anklageschrift verlesen. Aber ich glaube, in Ihrem Fall können wir darauf verzichten."

In diesem Augenblick wird die Tür aufgerissen, und der Ersehnte stürzt außer Atem und mit wehendem Mantel herein. Unter dem Arm trägt er einen Stapel Akten und Bücher, die, als er bei ihnen vorbeihasten will, ins Rutschen geraten und Renate vor die Füße fallen. Beide verkneifen sich das Lachen, weil die Situation wohl doch zu ernst dafür ist. Aber als der Richter nun auch noch von oben herab verkündigt: „Sie verlesen gerade die Anklageschrift!", platzen sie los. Davon werden auch die beiden „würdigen" Herren angesteckt. In einer heiteren Atmosphäre sind Sum Ming und Renate ein paar Minuten später geschieden, denn die Tatsache, dass sich für das Kind nichts verändert, hat die ganze Sache vereinfacht. Auf dem Bahnhof geben sie sich schüchtern einen Kuss auf die Wange, als wären sie nie ein Paar gewesen. Da fährt er hin - ihr Mann!

Ein paar Wochen später erscheint bei Renate eine Dame vom Jugendamt, die prüfen will, ob das Kind gut versorgt wird. Typisch! Nur, weil sie nun eine geschiedene Frau ist, wird sie überprüft! Das hat doch vorher auch niemanden interessiert! Natürlich muss auch das Schulamt von ihrer Scheidung erfahren, und ihr Chef fragt Renate, ob sie nun wieder ihren Mädchennamen annimmt. „Dann heiße ich ja anders als mein Sohn!", sagt sie, ein bisschen entsetzt über diese Vermutung. In der Pause sitzt sie neben einer Kollegin, die wie sie geschieden ist und einen Sohn hat. Sie gibt ihr einen Rat, der auf ihr und Martins künftiges Leben großen Einfluss hat: „Wenn man nur mit seinem Sohn zusammen lebt, muss man sich davor hüten, ihn zum Ersatzpartner zu machen."

Greifen wir der Geschichte vor: „Ich fühle mich so benachteiligt", sagt Martin eines Tages beim Mittagessen, „immer, wenn die anderen in der Schule über ihre Eltern schimpfen, kann ich nicht mitreden." Oder, als er achtzehn Jahre alt geworden ist: „Ich kann mich gar nicht darüber freuen, denn ich habe ja vorher schon alles, was ich wollte, gedurft."

Aber erst einmal muss er zur Schule kommen, das heißt, es wird Zeit für ihn, denn er will unbedingt lesen lernen. Doch nur für Kinder, die bis Ende Juni geboren sind, beginnt die Schulpflicht. Da er Anfang Juli Geburtstag hat, müsste er noch ein ganzes Jahr in den Kindergarten gehen. Das wäre nicht gut, denn er würde sich nur langweilen. Deshalb möchte ihn Renate am liebsten vorzeitig einschulen lassen. Aber dazu gehört auch der Schulweg, und er ist doch noch so klein! Könnte er sich gegen die allgemein üblichen Angriffe unter Schulkameraden wehren? Im Urlaub freundet sich Martin mit einem gleichaltrigen Jungen an, der - nicht anders zu erwarten - einen Kopf größer ist als er. Buben müssen immer kämpfen. Renate beobachtet, wie ihr Kleiner den großen Jungen mit einem geschickten Griff zu Boden bringt. Das gibt den Ausschlag, ihn zum Test anzumelden. Als sie nach dem Ergebnis fragt, lautet die Antwort: „Ihr Sohn hat von allen Konstanzer Kindern das beste Testergebnis." Na also! Der Kinderarzt will prüfen, ob er trotz der geringen Größe körperlich tatsächlich schulreif ist und lässt ihn sich mit der rechten Hand über den Kopf ans linke Ohr fassen. Es gelingt ihm. Um seine Beobachtungsgabe zu prüfen, fragt er ihn, woran man einen Zwerg erkennt. „An den verkürzten Gliedmaßen." - „Oh", sagt der Arzt ganz erschrocken, „ich hatte gemeint an der Zipfelmütze." Martin wird also eingeschult.

Durch die Überlegungen in Bezug auf seine Körpergröße wird eine Idee geboren, der Martin mit Begeisterung zustimmt: Er lernt Judo!

Erwin und Renate

Frieda ist nicht mehr gut zu Fuß, bekommt auch vieles nicht mehr richtig mit. Deshalb beschließen Vater und Tochter, einen Badeurlaub am Teutonengrill zu machen. Dort kann Martin im Sand buddeln und Frieda sich im Liegestuhl ausruhen. Sie mieten einen Sonnenschirm und - nur zwei Stühle. „Ich gehe ja meistens spazieren", meint das Familienoberhaupt, „dann kannst du im Stuhl sitzen." Renate sagt nichts, fügt sich. Eine Woche lang! Dann endlich begreift sie, dass es an der Zeit ist, sich von Vaters Herrschaft zu befreien. Schließlich ist sie dreiunddreißig Jahre alt und hat einen sieben Jahre alten Sohn. Gewiss, sie hat zwar eine eigene Wohnung, hält sich aber viel bei den Eltern auf, lebt im Grunde genommen noch bei ihnen und ist, was die Betreuung Martins betrifft, auch von ihnen abhängig.

Erwin denkt sich das so einfach, kommt nicht darauf, dass sie in seiner Abwesenheit seine Frau daran hindern muss, ihm hinterherzulaufen. Und wenn er endlich wieder anwesend ist, genießt natürlich er die Bequemlichkeit des Stuhls, während Renate im Sand zu sitzen hat. Nein, sie will jetzt auch ihren eigenen Stuhl haben! Abgesehen davon, hat die Reise zum größten Teil sie bezahlt.

Erwin schaut erstaunt. Allem Anschein nach hat er sich bei seiner Sparmaßnahme keinerlei Gedanken über deren Auswirkungen gemacht. Renate aber fühlt sich befreit. Ihre Lebensgewohnheiten werden sich zwar nicht ändern, doch der Vater scheint begriffen zu haben, dass er in Zukunft bei Entscheidungen auch ihre Meinung einholen sollte.

Der Nachbar

Renate hat sich gerade ihre Schuhe angezogen, als es klingelt. Es ist der Nachbar, der mit seinen beiden Buben unter ihr wohnt. „Ich möchte einmal etwas mit Ihnen besprechen", sagt er. Aber da sie gerade fortgehen will, verabreden sie, dass sie am morgigen Nachmittag bei ihm vorbeikommt. Ein bisschen neugierig ist sie schon, was er von ihr will. Er ist sehr nett, und sie haben sich seit ihm seine Frau weggelaufen ist und ihn mit den Kindern allein gelassen hat schon oft im Treppenhaus unterhalten. Aber sie ist dann doch sehr überrascht, als er fragt, ob Renate mit ihm zusammenziehen will. Dabei hätte sie sich eigentlich etwas Ähnliches denken können. „Die Firma hat mir eine Vierzimmerwohnung zur Verfügung gestellt. Wir sind beide einsam. Sie sind abends allein, ich bin abends allein, unsere Buben sind alle drei im gleichen Alter …" Sie unterbricht ihn: „Abends mache ich meine Vorbereitungen für die Schule, und ich ruhe mich aus, höre gern Musik. Diese Erholung brauche ich. Ich kann auch nicht behaupten, einsam zu sein." Er kann nicht begreifen, dass sie sich bei dieser Lebensweise wohl fühlt. Sie aber schreckt vor der Vorstellung zurück, was sie erwarten würde, nähme sie seinen Antrag an: Den Haushalt für eine große Familie müsste sie führen, seinen Buben eine Mutter sein! Nie hätte sie Zeit für sich, müsste immer abrufbar sein. Womöglich sollte sie dann ihren Beruf aufgeben, wäre nicht mehr selbstständig. Nein, und nochmals nein. Unter keinen Umständen wollte sie sich das antun. Den Nachbarn lässt sie ganz enttäuscht zurück. Im Nachhinein ist sie ihm jedoch dankbar, weil ihr sein Antrag bewusst gemacht hat, dass sie genau das Leben führt, das zu ihr passt.

Am Bootshaus

Wie so oft an warmen Tagen halten sich die Mitglieder der Naturfreunde auch an diesem Sonntag am Bootshaus auf. Frieda genießt diese Wochenenden. Da hat sie alle ihre Lieben um sich. Sie ist nicht mehr so gut zu Fuß und hat auf einem Stuhl Platz genommen. Renate liegt ein paar Schritte weiter auf einer Luftmatratze und liest. Nun ist sie geschieden, und Sum Ming ist nach Hongkong zurückgekehrt. Für ihre Ehe gab es leider doch keine Zukunft.

Das bedauert Frieda zwar, aber andererseits kann sie deshalb weiterhin ihren Enkel genießen, der nach der Schule zusammen mit seiner Mutter zu ihr zum Essen kommt. Ihr Blick schweift über den Platz. Walter gehört zur Faustballmannschaft. Erwin hilft, ein Boot zum Wasser zu tragen. Ursula ist schon ein großes Mädchen und ist zusammen mit anderen Kindern im Wasser. Martin baut im Sandkasten eine Burg. Rosmarie unterhält sich mit anderen jungen Müttern über die Fortschritte ihrer Kinder. Sie beendet ihr Gespräch und kommt zu ihr herüber, denn es ist Zeit, den „Tisch", eine auf dem Rasen ausgebreitete Decke, für das Mittagessen zu decken. Sie hat dafür zu Hause eine große Portion Kartoffelsalat zubereitet. Dazu gibt es kalte Bouletten, Renates Beitrag. Die Männer haben ihr Faustballspiel beendet, und Walter schwimmt schnell noch eine Runde. Nun versammeln sich alle bei ihr zum Mittagessen. Ja, Frieda ist der ruhende Pol, dem alle zustreben. Frieda geht es gut.

Momentaufnahmen eines Untergangs

Sie genießen beide die Ruhe auf dem Sonnendeck des Kreuzfahrtschiffes. Erwin ist auf seinem Liegestuhl eingeschlafen. Frieda möchte in die Kabine gehen und will ihn nicht wecken. Sie geht die Treppe hinunter und zielstrebig den Gang entlang. Doch als sie ihre Kabine aufschließen will, passt der Schlüssel nicht. Ist sie falsch eingebogen? Sie geht zurück, versucht es in einem anderen Gang. Auch dort ist ihre Kabine nicht. Wieder zurück! Ein Steward sieht sie. „Kommen Sie, ich bringe Sie zu Ihrem Mann." Doch Erwin hat inzwischen den Liegestuhl verlassen. Auf dem Weg zur Rezeption begegnen sie ihm.

„Wo warst du denn? Ich suche dich überall. Du sollst doch bei mir bleiben. Bitte gehe nicht noch einmal alleine los."

Zu Hause antwortet sie auf die Frage, wie ihr Nordafrika und vor allem Karthago gefallen habe: „Lauter Klamotten, lauter Klamotten." Man lacht.

Als Frieda den Metzgerladen betritt, warten schon einige Kunden darauf, bedient zu werden. Die Metzgerin entdeckt sie und fragt: „Frau Kinzel, wollen Sie uns nicht etwas vorsingen?" Brav fängt Frieda an, ein Kinderlied zu singen und dreht sich dabei im Kreis. Man lacht.

Die Ordensschwester, die den Kindergarten leitet, wirkt nervlich angespannt: „Nein, Frau Kinzel, der Kindergarten ist noch nicht aus. Ihr Enkel geht allein nach Hause. Es sind ja nur ein paar Schritte. Bitte kommen Sie nicht noch einmal her."

Martin ist nun ein Schulkind und soll als Hausaufgabe etwas basteln, wozu er eine Schere braucht. Die nimmt sie ihm weg, weil er für sie immer noch ein Kleinkind ist. Geschrei, bis Frau Porepp kommt und den Buben zu sich nach oben holt. „Frau Kinzel, Sie haben heute schon achtmal ein Pfund Tomaten gekauft. Wollen Sie wirklich noch ein neuntes Pfund holen?" Frieda beharrt darauf. Völlig entnervt gibt ihr die Verkäuferin ein weiteres Mal das verlangte Pfund Tomaten. „Bitte, kommen Sie nicht noch einmal her."

Erwins Firma ist inzwischen verkauft worden. Sein neuer Chef, ein ehemaliger Kollege, macht ihn darauf aufmerksam, dass seit diesem Jahr die Möglichkeit besteht, schon mit dreiundsechzig in Rente zu gehen. „Und da Ihre Frau krank ist, wäre das für Sie sicher eine Erleichterung." Erwin denkt nicht lange darüber nach. Beruf und nervliche Belastung zu Hause sind kaum noch zu bewälti-

238

gen. Er beschließt, dieses Angebot anzunehmen, auch wenn er dann weniger Geld bekommt. Doch wie groß ist sein Erstaunen: Seine Rente als ehemaliger Facharbeiter ist zweihundert Mark höher als sein jetziger Lohn als ungelernte Kraft! Doppelt gut, dass er den Rat seines Chefs befolgt hat. Außerdem ist es ihm möglich, sich beim Stadttheater zu melden, als diese für eine Aufführung Statisten suchen. Das macht ihm großen Spaß. Aber leider kann er das nicht wiederholen, denn bald danach muss seine Frieda ständig beaufsichtigt werden.

Da er nun zu Hause ist, kann Renate endlich den Kuraufenthalt beantragen, der ihr ihres Blasenleidens wegen empfohlen worden ist. Da sie jedoch in letzter Zeit das Mittagessen zubereitet hat, weil Friedas Kochkünste nicht mehr zu genießen waren, heißt es für ihn, in dieser Zeit das Kochen zu übernehmen. Sie schreibt ihm deshalb zehn einfache Gerichte auf, bevor sie Richtung Bad Wildungen aufbricht. Abgesehen davon, dass sie viel in der reizvollen Landschaft spazieren geht und auch längere Wanderungen unternimmt, bringt ihr die Kur nicht viel. Nein, eine gesundheitliche Besserung gibt es nicht. Doch sie lernt andere Menschen kennen. Zu den Kurgästen gehört auch ein von vielen kritisch betrachtetes Ehepaar. Nicht nur, dass der Mann zehn Jahre jünger ist als sie, sie sitzt obendrein im Rollstuhl und hat bereits einen Sohn. Einmal hört Renate den Satz: „Die beiden sind miteinander verheiratet. Grässlich!"

Wieder zu Hause, animiert sie das zu einem Theaterstück, dem sie den Titel „Das Glashaus" gibt. Sie schickt es an mehrere Theater und erhält von Veit Relin, dem Leiter des Torturmtheaters in Sommerhausen die Antwort, dass es sich um ein gutes Stück handle, es sich aber mit acht Darstellern nicht für seine kleine Bühne eigne. Abgesehen davon könne er sie sich bei seinem bescheidenen Etat nicht leisten. Es ist ein gutes Gefühl, für ihr Stück gelobt zu werden. Aber eine Bühne, in der es zur Aufführung kommt, findet sich nicht.

Als sie von der Kur zurückkommt, meint Opa: „Jetzt kann ich kochen. Dann können wir schon essen, wenn ihr beide aus der Schule kommt." Eine große Erleichterung! Und Martin fügt noch hinzu: „Bei Opa gibt es immer einen Nachtisch!" Renate bewundert ihren Vater. Mit vierundsechzig Jahren noch kochen zu lernen, das macht ihm so schnell kein anderer nach. Aber Erwin kocht nicht nur besagte zehn Gerichte, nein, er hat Spaß daran gefunden, selbst Rezepte auszuprobieren. Und eines Tages bringt er tatsächlich das Kölner Gericht Himmel und Erde auf den Tisch. Wider Erwarten schmeckt es allen, was damals in Köln nicht der Fall gewesen war. Und zusätzlich gibt es tatsächlich oft einen Nachtisch, mal Obstsalat, mal Pudding. Obendrein übernimmt er den ganzen Haushalt und ist über die Anschaffung einer Spülmaschine sichtlich froh. Er putzt und wäscht, zieht seine Frau an, geht mit ihr spazieren, zeigt ihr alle seine Liebe.

Manchmal steht Renate sinnend vor ihrer kranken Mutter und bedauert, dass sie all seine Mühen nicht mehr mitbekommt, vor allem nicht merken kann, wie sehr er sie liebt. So oft hat er sie abfällig behandelt, eine schüchtern gestellte Frage mit „Ja weißt du das denn nicht?" beantwortet, bis sie sich gar nicht mehr getraut hat, ihn etwas zu fragen. Nie hat sie in seinen Inszenierungen auch nur die kleinste Rolle spielen dürfen, weil er sie für nicht würdig hielt. Und nun diese Aufopferung bis zur Erschöpfung. Vati, Vati, hättest du ihr nicht früher, als sie noch bei klarem Verstand war, so viel Aufmerksamkeit schenken können?

Erwin wacht auf. Es ist auf einmal so ruhig im Zimmer. In letzter Zeit findet er nur noch dann erholsamen Schlaf, wenn Frieda schnarcht, und ihm sein Unterbewusstsein signalisiert, dass sie neben ihm im Bett liegt. Er tastet hinüber zu ihrem Kopfkissen. Das Bett ist leer. Erschrocken springt er auf. Was stellt sie wieder an? Hat sie wieder den Herd angeschaltet? Im dunklen Flur stößt er fast mit ihr zusammen. Weil sie offensichtlich den Lichtschalter nicht gefunden hat, ist sie hier glücklicherweise stehen geblieben. Der Herd ist aus. Er atmet erleichtert auf. Schon einige Male ist sie, besonders dann, wenn er Zeitung liest und sie sich unbeobachtet fühlt, in die Küche gegangen, um das Mittagessen zuzubereiten, weiß jedoch nicht mehr, was genau sie dann zu tun hat. Nur eines weiß sie: Man muss den Herd anschalten. Bis jetzt hat es Erwin immer noch gemerkt, bevor die Platte zu glühen anfing, aber nachts? Die Angst, nicht rechtzeitig aufzuwachen, sitzt tief. Wie gut, dass er jetzt in Rente ist. Das war sozusagen in letzter Minute. Bevor er sie zurück ins Bett holt, wechselt er noch das Laken und zieht ihr ein trockenes Nachthemd an. Es kommt immer öfter vor, dass sie einnässt. Nun liegt er wach. Nach einer Weile beruhigt ihr Schnarchen seine angespannten Nerven und er schläft ebenfalls wieder ein.

Frieda ist verschwunden. Nur einen Augenblick hat Erwin sie aus den Augen gelassen, als er die Brombeeren beschnitten hat, und schon ist sie aus dem Garten auf die Straße gegangen. Renate und Martin fahren mit dem Fahrrad die nähere Umgebung ab, finden sie aber nicht. Sie dehnen ihre Suche aus. Schließlich entdeckt sie Martin ziemlich weit entfernt von daheim. „Oma, komm mit nach Hause." Bereitwillig geht sie mit. Zu Hause angekommen, legt sie sich völlig erschöpft aufs Bett. Ihr Mund ist ganz ausgetrocknet.

Bisher waren Mutter und Sohn sonntags bei sich geblieben, damit der eigene Haushalt nicht zu kurz kam. Doch um Erwin zu entlasten und ihm die Möglichkeit für einen längeren Spaziergang zu geben, kommen sie nun auch sonntags zum Mittagessen. Als sie die Wohnung betreten, finden sie Opa in völliger Verzweiflung vor, denn Frieda liegt im Schlafzimmer auf dem Boden in ihren Exkrementen. „Es macht mir nichts aus, den Dreck wegzuputzen, auch nicht, dass sie jede Nacht ins Bett macht, aber ich habe nicht die Kraft, sie aufzuheben." Vater und Tochter versuchen es beide zusammen. Doch sowie sie sie anfassen, schreit sie auf, dabei haben sie noch gar nicht fest zugepackt, sondern sie nur sachte berührt. Renate hat eine Idee: Sie zeigt ihr, wie man auf allen vieren kriechen kann, und fordert sie auf, es ihr nachzumachen. Erwin hat schon alle Hoffnung aufgegeben, als Frieda tatsächlich zum Bett kriecht und sich dort allein aufrichten kann.

Als Renate von der Schule nach Hause kommt, ist die Wohnungstür abgeschlossen. Erwin hat einen Zusammenbruch gehabt und konnte das mit letzter Kraft gerade noch tun. Jetzt heißt es zu handeln. Schon vor drei Wochen hat Friedas Ärztin eine Überweisung in das Psychiatrische Landeskrankenhaus geschrieben, weil sie der Meinung ist, wenn Erwin sie noch länger bei sich behält, geht er zugrunde. Doch er hat es nicht fertiggebracht, sie dort hinzubringen. Renate holt sich erneut eine Überweisung, geht zur Telefonzelle und ruft Rosmarie an. Die Schwester kommt mit dem Auto und gemeinsam fahren sie die Mutter ins Psychiatrische Landeskrankenhaus, dem einzigen Ort in Konstanz und Umgebung, wo senile Menschen betreut werden können. Fünf Wochen braucht Erwin, um sich zu erholen und wieder im Stande zu sein, das Haus zu verlassen. Erst dann ist er in der Lage, seine Frieda zu besuchen. Das erste Mal geht Renate mit. Zurück auf der Straße fängt er bitterlich an zu weinen, und es tut ihm gut, dass sie ihn in den Arm nimmt. „Mein ganzes Leben mit ihr läuft in meinem Innern ab. So viel haben wir miteinander erlebt." Alle zwei bis drei Tage besucht er sie. Im Klinikgelände kann er mit ihr nette Spaziergänge machen, auch in einem kleinen Café einkehren. Zurückgekehrt ist der Abschied kein Problem. Frieda fügt sich friedlich in die neue Umgebung.

In etwas größeren Abständen besucht Renate sie, und hin und wieder kommt Martin mit. Rosmarie besucht sie nur ein einziges Mal, während Walter und Ursula draußen im Auto auf sie warten. „Das kann ich nicht aushalten", klagt die Schwester, „ich weiß gar nicht, worüber ich mich mit ihr unterhalten soll. Und dann diese vielen anderen irren Frauen! Da geh ich nicht noch einmal hin." Nein, unterhalten kann man sich nicht mehr mit der Mutter. Aber sie lauscht gern auf das, was Erwin ihr erzählt, und wenn Renate ihr ein Lied vorsingt, fallen ihr manchmal ein paar Worte ein, die sie mitsingt. Besonders „Hänschen klein" liebt sie.

Eines Tages hat sie an einem Fuß eine Entzündung und soll nicht aufstehen. Als der Fuß verheilt ist, weiß sie nicht mehr, wie man läuft. In ihrem Gehirn ist der Bereich, in dem diese Fähigkeit gespeichert ist, stillgelegt.

Das Personal schafft es gerade noch, sie mit vereinten Kräften in einen Rollstuhl zu setzen, aber das Gebäude kann sie nicht mehr verlassen, weil es keinen Fahrstuhl hat und keine der Schwestern in der Lage ist, Frieda im Rollstuhl die Treppe hinunterzutragen. Jetzt ist der Abschied jedes Mal schlimm. Frieda kann kaum noch sprechen, nur einzelne Wörter, doch ihre großen blauen Augen flehen: Nimm mich mit nach Hause!

Frieda ist an Lungenentzündung erkrankt, und Erwin möchte, bevor er geht, noch den Arzt sprechen. Doch der Arzt kommt an diesem Abend nicht. Als die Patientinnen für die Nacht gerichtet werden, geht Erwin nach Hause. Am nächsten Morgen erhält er ein Telegramm: Seine Frieda ist gestorben.

Danach

„Die Trauer beginnt erst richtig nach einem halben Jahr. Vorher hat man durch alles, was die Beerdigung so mit sich bringt, gar keine Zeit dazu."
Wie Recht ihre Nachbarin hatte. Doch bei ihnen, bei Erwin, Renate und Martin, gesellte sich noch die Erleichterung dazu, dass Frieda nun erlöst von ihrer Einsamkeit war. Es wäre unmöglich gewesen, sie nach Hause zu holen, wo sie ihre Lieben um sich gehabt hätte. Doch plötzlich überfällt sie die Leere.
„Hier hat Oma früher immer gesessen", sagt Martin. Ja, alle, auch das Kind, werden sich der Endgültigkeit bewusst.
Aber Erwin will nach dieser schweren Zeit noch etwas vom Leben haben und schließt sich einer Reisegruppe nach

Israel an. Voll der gewonnenen Eindrücke kommt er zurück und erzählt mit Begeisterung. Doch allein mit der Tochter sagt er: „Ich spucke Blut." - „Vielleicht hast du Nasenbluten oder das Zahnfleisch ist verletzt." Renates Bewusstsein weigert sich, das ernst zu nehmen. Doch der Vater schüttelt den Kopf. „Ich werde morgen zum Arzt gehen."

Renate steht in der Küche und brät für einen Eintopf gerade Gulasch an, als Erwin die Wohnungstür aufschließt. Er war beim Lungenspezialisten, zu dem ihn sein Hausarzt überwiesen hat. Als er ihr das Ergebnis der Untersuchung mitteilen will, bittet sie ihn, einen Augenblick zu warten, weil sie ihre volle Aufmerksamkeit gerade für die Zubereitung der Mahlzeit braucht. Sie ist in keiner Weise aufgeregt, denn sie weiß, was er sagen will: Er hat Lungenkrebs. Aber sie weiß auch, dass er gerettet wird. Woher nimmt sie diese Sicherheit? Das kann sie selbst nicht beantworten. Sie fühlt es einfach. Und ihre Vermutung erweist sich als wahr.

Nach gelungener Operation werden Rosmarie und Renate zum Arzt gebeten. Er erklärt ihnen, dass durch den plötzlichen Mangel an Adrenalin - nach Friedas Tod fiel körperliche und seelische Belastung fort - eine verkapselte Lungenentzündung, die er sich ohne sein Wissen im Krieg zugezogen haben muss, aufgebrochen ist. Die Stelle war leider direkt zwischen zwei Lungenlappen, sodass beide entfernt werden mussten. Doch erst, wenn sich im Laufe der nächsten zwei Jahre keine Metastasen gebildet haben, kann man mit Sicherheit sagen, dass er geheilt ist.

Ein paar Tage vor der Operation hat er eine Zweizimmerwohnung bezogen, da seine ehemalige Chefin das Haus verkaufen will. Aus dem Krankenhaus entlassen, ist er froh darüber, denn hier muss er keine Öfen heizen, also auch keine Kohlen schleppen. In dieser Wohnung hat er zu jeder Zeit ein warmes Badezimmer, in dem ihm stets warmes Wasser zur Verfügung steht. Besonders in den Morgenstunden genießt er diese angenehme Wärme. Wenn er unter der Dusche steht, auch das ist hier möglich, leitet er einen Wasserstrahl, so heiß, wie er es gerade noch ertragen kann, auf seine Lendenwirbel. Das lindert nicht nur auftretende Schmerzen, sondern bringt ihm etwas mehr Beweglichkeit zurück. Für das Schlafzimmer kauft er einen Schreibtisch, sodass es ihm gleichzeitig als Arbeitszimmer dient, denn er hat vor, einen Roman zu schreiben.

„Ich habe noch nie so eine schöne Wohnung gehabt", sagt er zu Tochter und Enkel. Hinzu kommt, dass sie zu Fuß nur fünf Minuten von Renates Wohnung entfernt ist und sie weiterhin gemeinsam zu Mittag essen können. Für seine beiden ist es natürlich eine große Erleichterung, sich mittags sofort an den gedeckten Tisch setzen zu können und nicht erst noch warten zu müssen, bis Mutti gekocht hat. Und will man etwas besprechen, ist man sozusagen mit ein paar Schritten in der Wohnung des anderen.

Es gibt eine lustige Sache, die Waschmaschine betreffend. Als sie noch unten im Keller der Gebhardsösch stand, bekam Renate öfter zu hören: „Wie schön für Sie, dass Ihre Mutter Ihre Wäsche macht." Das konnte Frieda die letzten Jahre nicht mehr, Renate tat es für alle. Als Erwin in Rente ging, übernahm er diese Arbeit, denn er hatte ja nun Zeit. Als Frieda gestorben war, hieß es: „Wie schön, dass Sie für Ihren Vater die Wäsche machen!" Was für ein Klischeedenken! Nun steht die Maschine aus Platzgründen in ihrer Küche, und sie macht die Wäsche tatsächlich für alle.

Zwei Jahre lang schleicht Erwin nur langsam daher, denn mit drei Lungenlappen atmet es sich nicht so gut wie mit fünf, doch plötzlich muss Renate sich wieder anstrengen, um mit ihm Schritt halten zu können.

Erwins neues Leben

Erwin entdeckt in der Zeitung eine Notiz, die er gerade noch einmal genauer lesen will, als Renate und Martin ins Zimmer kommen. „Schaut mal, das Stadttheater will die neue Spielzeit mit Carl Sternheims *Der Kandidat* eröffnen und sucht wieder Statisten." - „Na", meint Martin, „das wär doch was für dich, Opa, du alter Schauspinner!" Und Opa weiß, dass diese Bezeichnung nicht abwertend, sondern eher anerkennend zu deuten ist. Erst ist er sich im Zweifel, ob er das noch einmal wagen soll. Doch beide machen ihm Mut.

Und so begibt er sich gleich am nächsten Vormittag in die Inselgasse, wo sich die Verwaltung des Theaters befindet. Kurz vor ihm sind schon zwei andere Herren erschienen, und die Sekretärin geht mit ihnen hinüber ins Theater. Sie betreten das Haus durch den Bühneneingang, gehen eine Treppe hoch, lassen den Gang, der zu den Garderoben und zur Kantine führt, links liegen, steigen höher und halten vor einer Eisentür. Die Sekretärin hebt Ruhe heischend die Hand, öffnet die Tür einen Spalt, lauscht und winkt ihnen, ihr zu folgen.

Die Bühne ist nur schwach erleuchtet, der Zuschauerraum liegt im Dunkeln. Fünf Männer stehen in einer Gruppe und drehen sich nach ihnen um. In die erwartungsvolle Stille ruft die Sekretärin: „Drei haben wir schon, drei Ältere!" - „Sehr schön", ruft es aus der Dunkelheit. Ein bärtiger Mann schwingt sich auf die Bühne, offensichtlich der Regisseur, und heißt sie willkommen. „Sie wollen also bei uns mitmachen. Fein! Ich bin überzeugt, es wird Ihnen Spaß machen. Hans, komm doch mal!" Seitlich der Bühne ist ein Stehpult zu sehen, von einer kleinen Leuchte spärlich erhellt, das Reich des Oberinspizienten. „Sieh sie dir an, Hans, hier haben wir Konservative wie aus dem Bilderbuch!" Das versetzt Erwin einen kleinen Stich. Nun, wenn er ehrlich ist, sieht er mit Anzug und Krawatte tatsächlich eher wie ein Konservativer denn wie ein Rebell aus. „Hans wird Sie unter seine Fittiche nehmen, denn mit ihm zusammen bilden Sie die Gruppe der Konservativen. Aber heute nicht mehr. Können Sie auch vormittags?" Ja, das können sie, denn sie sind alle drei Rentner.

Da die Proben zu verschiedenen Zeiten stattfinden, auch manchmal verschoben werden, ist Erwin froh, seit kurzem ein Telefon zu besitzen.

Endlich sind die oft durch lange Wartezeiten ermüdenden Proben vorbei und die Vorstellungen beginnen. Für die Volksversammlung füllen viele Statisten die Bühne, unter ihnen einige Schauspieler, die dem Redner etwas zurufen. Der Schauspieler in der Rolle des Redners hat ziemlich viel Text, den er noch immer großartig gemeistert hat. Doch heute stockt er plötzlich. Eine Souffleuse ist nicht eingesetzt. Erwin beschleicht ein banges Gefühl, als wäre er selbst dieser Schauspieler. Da ruft einer der zum Volk gehörenden Schauspieler dessen Text und ein anderer antwortet. Diese Hilfe könnte den Redner wieder zu seinem Text führen, doch er schweigt noch immer. Vor lauter Schreck über sein Versagen hat er einen totalen Aussetzer. Doch seine Kollegen werfen sich weiterhin die Bälle zu, und so wird die ganze Szene gespielt, ohne dass die Zuschauer etwas von dem Hänger mitbekommen. Erwin ist begeistert über diesen Zusammenhalt. Aber am meisten fasziniert ihn, dass hinterher kein einziges Wort darüber verloren wird.

Das Stadttheater wird sein zweites Zuhause werden. Bis zu seinem Tod wird es ihn begleiten.

Weitere Titel aus dem Programm des

*biografie*VERLAG
ruth damwerth

finden Sie unter www.biografieverlag.de und
auszugsweise auf den folgenden Seiten.

„Wo gehst Du, Mariechen?"

Ruth Damwerth. Taschenbuch, 148 Seiten. 14,90 Euro. ISBN: 978-3-937772-32-5

Im Alter von 105 Jahren blickt Marie Olschewski auf ihr Leben zurück. 1897 geboren, umspannt ihre Lebensgeschichte das gesamte 20. Jahrhundert, ein Jahrhundert, das sie mit zwei Kriegen, drei Fluchten und dem Verlust ihrer Heimat vor besondere Aufgaben gestellt hat. Genauso bewegend ist jedoch, wie die Bäuerin und neunfache Mutter den Alltag meistert. Marie Olschewski lässt in ihrer lebhaften, detailreichen Erzählung und mit ihrer zärtlichen Sprache eine untergegangene Welt wieder aufleben - Masuren.

Das halbe Leben ganz

Angelika Weirauch (Hg.). Taschenbuch, 352 Seiten. 18,90 Euro. ISBN: 978-3-937772-36-3

Als wir neun Dresdnerinnen uns zur Erzähl- und Schreibgruppe fanden, stand neben vielen anderen verbindenden Elementen eine wesentliche biografische Gemeinsamkeit im Mittelpunkt: Unser Leben in der DDR. Von frühester Kindheit an bis ins mittlere Erwachsenenalter bildete dieses Land den Rahmen, in dem wir uns entwickelten, Prägungen erfuhren, Pläne verwirklichten oder aufgaben, Begrenzungen wahrnahmen und – jede auf ihre Weise – manchmal überwanden. Wie wir geworden sind, was unsere Kindheit prägte, wovon wir träumten, wem wir uns verbunden fühlten, was uns trug, antrieb und politisch bewegte – all diesen Fragen nachzuspüren, erwies sich als ebenso herausfordernder wie erkenntnisreicher Prozess, denn ungeachtet der gemeinsamen Sozialisationserfahrungen trat dabei ein Kontrastreichtum zutage, der uns manchmal selbst erstaunte. Von einer Gleichförmigkeit der Lebenswege, wie sie der DDR-Biografie oft unterstellt wird, kann keine Rede sein…

Ausreisezeit.
Abschied von der DDR.

Inge Krausbeck. Taschenbuch, 170 Seiten.
14,90 Euro. ISBN: 978-3-937772-15-8

„Ich komme nicht zurück in die DDR!" Fassungslos vernimmt Inge Krausbeck im Februar 1988 am Telefon den vollkommen unerwarteten Entschluss ihres Mannes, von einem Verwandtenbesuch in Westdeutschland nicht nach Hause zu kommen - und weiß zunächst keine Antwort auf seine Frage: „Kommt Ihr nach?" Inge Krausbeck lebt gerne in der DDR. Als sie schließlich einen Ausreiseantrag für sich und die beiden Söhne stellt, geht es ihr in erster Linie darum, die Familie wieder zusammen zu bringen. Drei abgelehnte Ausreiseanträge, zwanzig Monate und zahllose Schikanen später sieht die Ärztin ihr Heimatland in einem ganz anderen Licht und nur noch einen Ausweg: die westdeutsche Botschaft in Prag. Es ist der Sommer 89... Inge Krausbecks Erinnerungen, Auszüge aus ihrer Stasiakte und aus Briefen machen einen spannungsgeladenen „Abschied von der DDR" lebendig.

Arnold Munter. Ein biografisches Geschichtsbuch

Ruth Damwerth. Taschenbuch, 320 Seiten.
18,90 Euro. ISBN: 978-3-937772-25-6

Es gibt Biografien, gegen die ist jedes Geschichtsbuch langweilig. Arnold Munters Lebensgeschichte gehört dazu. 1912 im Berlin der Kaiserzeit geboren, erlebt er nahezu alle Ereignisse, die das „deutsche" Jahrhundert geprägt haben, hautnah mit. Dabei ist er nie nur Beobachter. Jedes der politischen Systeme, die er in seinem Leben kennen lernt, versucht er mitzugestalten - oder zu bekämpfen. Dadurch erlebt er jede Epoche ganz bewusst. Sein ungewöhnliches Erinnerungsvermögen und seine lebendigen Schilderungen machen ihn neben seinem für die deutsche Geschichte geradezu exemplarischen Leben zu einem faszinierenden Zeitzeugen.

Haben Sie nahe Angehörige, deren Erinnerungen Sie gerne in würdiger Form bewahrt wissen wollen? Oder möchten Sie Ihre eigene Lebensgeschichte weitergeben? Ich bin Ihnen gerne dabei behilflich.

Bitte nehmen Sie über meine website www.biografieverlag.de oder per mail (ruthdamwerth@biografieverlag.de) Kontakt mit mir auf.